Knaur

Von Alexandra David-Néel sind außerdem erschienen:

Mein Indien
Mein Weg durch Himmel und Höllen

Über die Autorin:

Alexandra David-Néel, geboren 1868 bei Paris, studierte als erste Frau an der Sorbonne und am Institut für orientalische Sprachen. Ab 1888 verbrachte sie, nur unterbrochen von Lehraufträgen und Vortragsreisen, ihr Leben in Asien. Mit ihrem Adoptivsohn Lama Yongden (der auch die erste Fassung dieses Romans schrieb) reiste sie durch Indien, Sikkim, Nepal, die Wüste Gobi, China und, natürlich, Tibet. Dort lebte sie über ein Jahr in einer selbstgebauten Hütte auf über viertausend Metern Höhe, studierte bei einem buddhistischen Lama und wurde schließlich als erste und einzige Europäerin selbst in den Stand eines Lama erhoben. Kurz vor ihrer Rückkehr nach Paris besucht sie Lhasa, die Verbotene Stadt. Noch im Alter von hundert Jahren ließ Alexandra David-Néel vorsorglich ihren Reisepaß verlängern. Sie starb im Alter von 101 Jahren im September 1969.

Alexandra David-Néel

Der verborgene Türkis

Roman

Aus dem Französischen
von Dagmar Türck-Wagner

Knaur

Die französische Originalausgabe erschien 1954 und 1978
unter dem Titel »La puissance du néant« bei Plon, Paris

Dank an Bruno Baumann, Jürgen Manshardt und Robert
Sommer für die kritische Durchsicht der tibetischen
und chinesischen Bezeichnungen.
Alle im Text kursiv gesetzten Begriffe werden im Glossar
am Ende des Buches nach Fußnoten Alexandra David-Néels
und Lama Yongdens aufgelöst.
Die Fußnoten im Text sind ebenfalls von den Autoren.

Besuchen Sie uns im Internet:
www.droemer-knaur.de

Vollständige Taschenbuchausgabe Dezember 1999
Droemersche Verlagsanstalt Th. Knaur Nachf., München

Umschlaggestaltung: Agentur Zero, München
Umschlagabbildung: Tony Stone, München/Keren Su
Druck und Bindung: Elsnerdruck, Berlin
Printed in Germany
ISBN 3-426-60869-3

2 4 5 3 1

Sie tauchen im Geist empor
Und im Geist versinken sie.

MILAREPA

1

Durch die leere Unendlichkeit der Changthang, der öden Steppe im nördlichen Tibet, eilt schnellen Schrittes ein einsamer Mann mit einem Sack auf dem Rücken. Es wird Abend. Die Finsternis umhüllt den Wanderer immer beharrlicher, immer dichter, mit beklemmender Eindringlichkeit. Die vereinzelten Felsen und die Gebirgsvorsprünge nehmen bizarre, beängstigende Formen an. Die meergrünen, in das Grasland eingebetteten Augen der Seen* lauern auf den nächtlichen Spuk. Dies ist die Stunde, zu der die bösen Geister in Horden ihre Schlupfwinkel verlassen und auf der Suche nach Beute umherstreifen.
Schleichend kriecht die Angst empor, wächst mit zunehmender Dunkelheit ... Den einsamen Mann schaudert es, er hat sich allzu sehr verspätet ... Keuchend beschleunigt er seinen Schritt.

In weiter Ferne galoppiert ein Reiter dahin. Blankes Entsetzen macht ihn unempfindlich gegen das Grauen, das aus der in Finsternis getauchten Einöde emporsteigt.

* Im tibetischen Volksglauben sind die Seen die »Augen«, durch die die Wesen der unterirdischen Welten sehen können, was sich in unserer Welt ereignet.

Marionetten alle beide, die von geheimnisvollen Fäden auf der hochgelegenen Bühne des nördlichen Tibet bewegt werden.

Indessen hatte der Mann mit dem Sack sein Ziel erreicht: den Fuß eines Abhangs, auf dessen halber Höhe eine Felsenhöhle dürftig als Einsiedelei hergerichtet war.

In dieser Höhle lebte ein Guru, der Münpa Desong (den, »der die Finsternis überwunden hat«, der »geistig Erleuchtete«) zusammen mit einigen anderen Schülern in der geistlichen Lehre unterwies. Während dieser den Vorzug genoß, als Diener in der Nähe des Eremiten leben zu dürfen, mußten seine Mitschüler sich mit den kurzen Unterrichtszeiten begnügen, zu denen er sie ganz nach Belieben zu sich rief.

In dieser seiner Eigenschaft als Schüler und Diener wanderte Münpa Desong von Siedlung zu Siedlung, um Vorräte einzusammeln, die ihm die Hirten mit offenen Händen darboten, da sie auf ihre Weise zum Lebensunterhalt des *gomchen* beitragen wollten.

Man brachte ihm so große Verehrung entgegen, weil man ihn für den geistigen Nachkommen einer langen Reihe von gelehrten Meistern der Geheimwissenschaften hielt, die einer nach dem anderen den Namen ihres glorreichen Ahnen führten: Gyalwai Öser, der »siegreiche Lichtstrahl«, dessen Geist und dessen Leben und Werk sich, wie man glaubte, in ihnen fortführte.

Eine geheimnisvolle Legende verband sich mit der Erinnerung an diesen ersten Gyalwai Öser.

Diese Legende, deren Wahrheitsgehalt niemand bezweifelte, war zeitlos, denn keiner der Hirten am *Tso Ngönpo,* dem großen Blauen See, hätte auch nur im entferntesten sagen können, wie alt sie sein mochte.
Sie war so sehr zum Allgemeingut geworden, daß man sie nicht einmal mehr weitererzählte. Ein jeder kannte sie seit seiner Kindheit. Sie hatte sich zu einer Art Dogma entwickelt, dem man ergeben und unerschütterlich anhängt, ohne je über den Ursprung nachzudenken oder die Wahrscheinlichkeit in Frage zu stellen.
In jenem unbestimmten Zeitalter nun, in das diese Geschichte uns zurückführt, lebte einer jener sagenumwobenen *drubthobs,* einer jener heiligen Magier, die man auch in unserer Zeit noch findet, und zwar in abgeschwächter Form in Gestalt von *gomchen* und *naljorpas,* die von den Tibetern zugleich verehrt und gefürchtet werden.
Dieser *drubthob* hieß Gyalwai Öser. Er stand in Verbindung mit Göttern und Dämonen, deren Unterstützung er sich erbat oder die er sich mit Hilfe magischer Rituale unterwarf.
Die *nagas,* die Wassergottheiten, gehorchten seiner Stimme. Sie tauchten aus den Seen empor, an deren Ufer er verweilte, und legten ihm als Huldigung außergewöhnliche Geschenke zu Füßen, die sie den eifersüchtig gehüteten Schatzkammern entnommen hatten, die sich in den kristallenen und goldenen Palästen tief im Wasser der großen Seen und Meere befinden.

Doch der machtgierige Geist, der die menschliche Natur des *drubthob* beherrschte, verlangte nach mehr.
Und so kam der Tag, an dem einer der Fürsten der tiefen Gewässer, der dem magischen Geheiß nicht zu widerstehen vermochte, aus dem See emportauchte, Öser seine zur Schale geformten Hände entgegenstreckte und in unterwürfigem Ton zu ihm sagte: »Nimm.«
In seinen gewölbten Händen ruhte ein großer, himmelblauer Türkis von außergewöhnlichem Glanz.
»Hör zu«, sagte der *naga*.
»Der *norbu gö dö pung dzom* wird den Bewohnern der göttlichen Welten zuteil. Er erfüllt unverzüglich alle Wünsche.
Doch ist es wahres Glück, dieses Juwel zu besitzen? – Die Weisen zweifeln daran. Die Götter, die im Paradies die Früchte der guten Taten ernten, die sie in ihren früheren Leben vollbracht haben, sind nur selten über die reine Einsicht in den wahren Gehalt der Dinge zur Erkenntnis gelangt. Deshalb richten sich ihre Wünsche, geboren aus blinden Impulsen, auf Dinge, deren Genuß sie in ihrem Inneren so sehr verändert, daß sie zu Inkarnationen in niederen Welten führen können.
Neben dem Juwel, das die ersehnten Dinge herbeizaubert, enthalten unsere Schatzkammern noch eine Vielfalt anderer Kostbarkeiten, und einer jeden wohnt eine besondere Kraft inne. Der Türkis, den ich dir gebe, ist ein Bruchstück des *norbu rimpoche,* eines unendlich kostbaren Edelsteins. Er verleiht das Vorrecht, dem Wesen aller Dinge auf den Grund zu gehen

und die Gesetze zu entdecken, die sie lenken. Dieses Wissen wird dir unbegrenzte Macht verleihen.
Betrachte diesen Türkis, der mit mir aus dem Reich des Wassers emporgetaucht ist. Er ist ganz und gar von einer geheimen Kraft durchdrungen. Zum ersten Mal ist er dem Licht des irdischen Tages ausgesetzt. Und es sollte auch das letzte Mal sein.
In Zukunft darf ihn niemand mehr sehen oder berühren. Nähe ihn in dichten Stoff und schließe ihn in ein Reliquienkästchen ein.
Sobald du den Weg in eine andere Welt antrittst, übergibst du das Reliquienkästchen dem würdigsten deiner Schüler, der es, ohne es je zu öffnen, seinerseits dem würdigsten seiner Schüler hinterlassen soll. Auf diese Weise werden in deiner ganzen geistigen Nachkommenschaft, die sich über lange Zeit fortsetzen wird, deine Nachfolger ebenso wie du den kostbaren Talisman unter ihrem Mönchsgewand verborgen tragen.«
Nachdem er diese Worte gesprochen hatte, tauchte der *naga* wieder in das azurblaue Wasser des großen Sees hinab, und Gyalwai Öser, der mit dem Türkis in der Hand allein zurückgeblieben war, begab sich in seine Einsiedelei.
Dort wickelte er den zauberkräftigen Edelstein in ein Stück Seide und verwahrte ihn auf diese Weise bis zu dem Tag, an dem er ihn fest in dem silbernen Reliquienkästchen verschloß, das er hatte anfertigen lassen.
Die übernatürlichen Kräfte von Gyalwai Öser steigerten sich in der Folge beträchtlich.

Er brauchte nur zu wollen, und die Felsen bewegten sich von einem Ort zum anderen, die Berge veränderten ihre Form, die Flüsse bahnten sich neue Wege, oder ihre Wasser flossen plötzlich zur Quelle zurück.

Ähnliche Wunder und noch viele mehr wurden auch von den unmittelbaren Nachfolgern des ersten Gyalwai Öser vollbracht. Bei ihren Nachfolgern wurden solche großartigen Taten jedoch seltener, weniger spektakulär. Die Einzelheiten der Legende verschwammen nach und nach in einem Nebel der Ungewißheit ... Das alles war schon so lange her.

Doch die geistige Hinterlassenschaft des großen Wundertäters war noch immer lebendig, und der Glaube an die Wirksamkeit des zauberkräftigen Türkises, den alle Nachfolger des Gyalwai Öser an ihrem Leib getragen hatten, blieb unverändert, wenngleich niemand ihn je gesehen und man keinen greifbaren Beweis für seine Existenz hatte.

Im Land am großen Blauen See gingen die Dinge ihren Gang wie eh und je. Eine Jahreszeit folgte auf die andere, war günstig oder widrig, brachte den für die Fruchtbarkeit der Weiden unerläßlichen Regen oder verweigerte ihn. Die Herden gediehen oder wurden von Seuchen dahingerafft. In den schwarzen Zelten wurden Kinder geboren, und manche wurden von Krankheit befallen. Der Tod trug die Alten hinweg, die ihn erwartet hatten, und junge Menschen, die sich gegen ihn auflehnten und gegen ihn ankämpften ...

Muß man die Götter am Werk sehen, um an sie zu glauben? ... Der Glaube ist ein Geschenk. Die Bewohner der Changthang besaßen ihn in hohem Maße.

Nachdem Münpa Desong die steile Anhöhe erklommen hatte, hielt er vor der Tür der Einsiedelei inne. Sie war halb geöffnet, was ihn ein wenig erstaunte. Doch ging sein Meister manchmal des Nachts hinaus, um gewisse Rituale zu vollziehen, bei denen er völlig ungestört sein mußte; er konnte also draußen sein. Münpa stieß die Tür auf und trat ein.
In der kärglichen Bleibe des *gomchen* herrschte fast völlige Dunkelheit. Seine hohe, eckige Gestalt, die an der Rückwand des *gamti,* des Meditationssitzes, lehnte, war dennoch vage zu erkennen.
Der Meister ist in eine tiefe *tingngedzin* versunken, dachte Münpa. Schon häufig hatte er diesen Zustand vollkommener geistiger Konzentration miterlebt, der Öser über lange Zeit unempfindlich für jeden Kontakt mit der Außenwelt machte. Er bemühte sich, jedes Geräusch zu vermeiden, warf sich ehrerbietig vor dem Eremiten nieder, stellte dann seinen Sack am Eingang zur Einsiedelei ab, setzte sich mit gekreuzten Beinen in Meditationshaltung nieder und bemühte sich, seine Gedanken auf die Höhen zu richten, in denen der Geist seines unbeweglichen Meisters schwebte.
Draußen, in den einsamen Weiten, die vom Mantel der Finsternis umhüllt waren, herrschte Stille. Ein unbeschreiblicher Friede lag über der unerschütterlichen Erde, die souverän und gleichgültig bleibt angesichts

der Unrast der Geschöpfe, die sie hervorbringt und die nach allerlei vergeblichem Tun wieder in ihren Schoß zurückkehren.
In der Ferne heulte ein Wolf... In der Einsiedelei rührte sich nichts.
Der Morgen dämmerte – der junge klare tibetische Morgen. Das Licht drang durch die Ritzen der aus rissigem alten Holz grob zusammengefügten Tür, berührte die Stirn des Schülers und weckte ihn aus seiner Meditation, drang vor in die enge Einsiedelei, glitt entlang der rauhen Wände aus nacktem Fels und legte sich über die starre Gestalt des *gomchen*.
Münpa hatte die Augen zu ihm erhoben. Er sah, daß sein Obergewand, der *sen*, sich geöffnet hatte, über den Rand des Meditationssitzes herabhing und Ösers Weste und seine nackten Arme freigab. Diese ungewohnte Nachlässigkeit erfüllte ihn mit plötzlicher Angst. Mit einem Sprung war er auf den Beinen und bei seinem Meister.
Das Gesicht des alten Eremiten war bleich, seine unnatürlich weit geöffneten Augen blickten starr. Ein dünner Faden schon getrockneten Blutes war von seiner Schläfe auf die Wange herabgeronnen und zeichnete sich als bräunliche Spur am Ausschnitt seiner Weste ab. Darüber hing das ausgefranste Ende einer Schnur, die mit Gewalt zerrissen worden war.
Münpa war stumm vor Entsetzen, er vermochte kaum zu glauben, was er sah. Einen Augenblick blieb er wie angewurzelt stehen, den Blick unverwandt auf den *gomchen* gerichtet. Dann sank er plötzlich vor dem Me-

ditationssitz nieder. Sein verehrter Meister war ermordet worden!
Regungslos verharrte Münpa lange Zeit, bar aller Gedanken, völlig leer. Dann, allmählich, vermochte er wieder zu denken.
Gyalwai Öser getötet! Wie war das möglich? Er besaß übermenschliche Kräfte, er vermochte die Dämonen, die Götter, alle Lebewesen, alle Dinge zu beherrschen … Wie hatte man ihn umbringen können?
Wer war der Mörder? – Sicher keiner der Hirten der Gegend. Vielleicht einer dieser islamischen Soldaten der chinesischen Truppen, die durch die Changthang streiften. Wer hatte sie zu der Einsiedelei geführt? Mit welcher Absicht waren sie gekommen? – Um zu stehlen? … Öser besaß nur seine religiösen Bücher, die drei Kupferlampen, die er jeden Abend vor dem Bild seines Schutzgottes anzündete und … den zauberkräftigen Türkis … Ja! Das ausgefranste Ende der Schnur! Das Reliquienkästchen hatte daran gehangen … Das Reliquienkästchen …
Münpa richtete sich auf, ließ die Hand unter die Weste des Eremiten gleiten, dann in die Falten des geöffneten *sen*. Er durchsuchte den Meditationssitz rund um den Leichnam. Nichts. Das Reliquienkästchen war verschwunden.
So war dieser Diebstahl also das Motiv für das Verbrechen. Während die Mörder durch die Siedlungen streiften, hatten sie wahrscheinlich gehört, wie die Hirten von dem kostbaren alten Türkis sprachen, und beschlossen, ihn zu entwenden.

Aber wieso hatte er, der zauberkräftige, der allmächtige Stein, der Wunder zu vollbringen vermochte, den Diebstahl zulassen können? Wieso hatte er sie nicht zu Boden geschmettert, um den zu schützen, der ihn hütete, seinen rechtmäßigen Besitzer, der in direkter Linie von dem ersten großen Gyalwai Öser abstammte?
All das konnte nur Blendwerk sein, das Werk eines Dämonen. Wahrscheinlich wollte ihn sein Meister mit einem Trugbild auf die Probe stellen, das sich in nichts auflösen würde. Gyalwai Öser würde aus seiner Meditation emportauchen, er würde kein Blut mehr auf der Wange haben, das Reliquienkästchen würde auf seiner Brust ruhen, und der alte Eremit würde ihm ein wenig ironisch zulächeln.
Wieder warf Münpa Desong sich vor dem Sitz des *gomchen* nieder, erhob sich erneut ... Sein Meister hatte sich nicht gerührt. Wieder sah er die Spuren getrockneten Blutes auf der Wange des alten Mannes, den *sen*, der über den Rand des Sitzes hing, die ausgefranste Schnur über der Weste aus gelber Seide.
Doch er zweifelte noch immer, trotz der eindeutigen Beweise, die er vor sich sah. Mechanisch, mit der gewohnten Bewegung tiefen Respekts, beugte er sich nieder und berührte mit den Fingerspitzen die Füße seines Meisters. Dicht neben ihnen spürte seine Hand einen harten Gegenstand, den er ganz unbewußt ergriff. Nachdem er sich wieder aufgerichtete hatte, betrachtete er dieses Ding, das er umklammert hielt. Es war eine ganz gewöhnliche hölzerne Tabaksdose, wie

die einfachen Leute in Tibet sie in ihrem *ambag*, der Tasche ihres Gewandes, tragen. Öser konnte sie nicht gehören, denn er schnupfte nicht.

Um sie bei Tageslicht zu betrachten, ging Münpa zur Tür und öffnete sie. Ihm entfuhr ein Schrei der Bestürzung und der Abscheu. Er hatte die Tabaksdose wiedererkannt: Sie gehörte seinem Mitschüler Lobsang. Er hatte sie in seinen Händen gesehen, und er hatte sich darüber lustig gemacht, da Lobsang versucht hatte, zur Verzierung eine Blume hineinzuschnitzen, und es ihm lediglich gelungen war, einige unförmige Kerben zustandezubringen.

Auf der Stelle waren alle Zweifel wie fortgefegt aus Münpas Hirn. Das Motiv für das Verbrechen lag auf der Hand, und der Mörder hatte sogar den Beweis für seine Schuld hinterlassen. Er hatte sich sicherlich hinabgebeugt, um nach dem Reliquienkästchen zu greifen und die Schnur zu zerreißen, an dem es befestigt war: Die Tabaksdose mußte dabei aus seinem *ambag* geglitten und heruntergefallen sein.

Er mußte den Frevler unverzüglich einholen, ihm das Reliquienkästchen abnehmen, ihn vor den *dokpas* seines Verbrechens überführen und es ihnen überlassen, ihn dafür zu bestrafen.

Lobsang zu finden erschien ihm nicht schwierig. Er wohnte in der Regel bei seiner Familie auf dem Gebiet des Stammes, dem sie angehörte und dessen Weiden sich entlang des Gelben Flusses in Richtung Amnye Machen erstreckten. Münpa wußte, daß er nicht lange brauchen würde, um dort hinzugelangen, doch zuvor mußte er seinem Meister die letzte Ehre erweisen. Nur wie?

Um den Leichnam einzuäschern, benötigte er Holz. In den Grassteppen gab es keine Bäume, und es würde der Hilfe mehrerer Männer bedürfen, um das Holz in geraumer Entfernung zu schneiden und herbeizuschaffen. Bevor man den Leichnam andererseits als höchstes Almosen den Geiern darbieten konnte, mußte er zuerst in Stücke zerlegt werden. Sobald die Knochen vom Fleisch entblößt waren, mußten sie, dem Brauch zufolge, zerstößelt werden. Das Pulver wurde sodann mit Erde vermischt, und man formte *tsa tsa* daraus, die an einem reinen Ort aufzubewahren waren. Diese Vorgänge nahmen Zeit in Anspruch und konnten von einem Mann allein nicht ausgeführt werden. Er mußte sich schnellstens auf den Weg machen, und er war allein.

Münpa faßte einen Entschluß: Das Begräbnisritual würde nach seiner Rückkehr vollzogen werden. Sobald er Lobsang gefunden und den *dokpas* übergeben hatte, würde er *lamas* zusammenrufen, und man würde den sterblichen Überresten des Gyalwai Öser die Ehre erweisen, die ihnen gebührte.

Münpa kehrte zu dem Leichnam zurück und brachte ihn in die Stellung, die den traditionellen Regeln entsprach: in Meditationshaltung, die Beine auf dem Sitz gekreuzt. Er hielt den Oberkörper aufrecht, indem er ihn mit Hilfe des *gomthag,* des Meditationsriemens, an die Rücklehne band. Mehrere *khadaks,* Schärpen, die neben dem Altar hingen, schlang er um Hals und

Glieder des Toten. Schon mehrmals hatte Münpa Verstorbenen diesen letzten Dienst erwiesen und dann gemeinsam mit anderen Mönchen die heiligen Texte gesprochen, die der Anlaß erforderte.
Nachdem Münpa sein trauriges Werk vollendet hatte, versah er die drei Lampen des Altars mit neuen Dochten, schmolz Butter und füllte die Lampen damit. Dann entnahm er den mitgebrachten Vorräten das *tsampa,* einige *kabse* und eine Handvoll getrockneter Aprikosen. Er schüttete *tsampa* in eine Schale und formte es zu einem Kegel. Das Gebäck und die Früchte legte er auf kleine Teller und reihte diese Gaben auf dem niedrigen Tisch vor dem Meditationssitz auf. Dazwischen ordnete er die drei brennenden Lampen an.
Nachdem Münpa diese Vorkehrungen getroffen hatte, entnahm er den Lebensmittelvorräten, die er mitgebracht hatte und die seinem Meister nun nicht mehr dienlich waren, einen üppigen Reiseproviant. Er behielt auch ein wenig von dem Geld, das die Hirten ihm als Geschenk für den *gomchen* mitgegeben hatten. Er dachte, es könne ihm unterwegs von Nutzen sein, und er verspürte keinerlei Skrupel, es zu verwenden, um den Mörder seiner Strafe zuzuführen.
Erneut wandte Münpa sich dem toten Eremiten zu, warf sich vor ihm nieder und verweilte lange so. Dann erhob er sich, lud sich den Sack mit den Vorräten auf den Rücken, trat über die Schwelle der Einsiedelei nach draußen, schloß sorgsam die Tür, schob einen schweren Stein davor und machte sich auf den Weg.

In der Höhle blieb der Einsiedler und Magier Gyalwai Öser, der letzte Besitzer des zauberkräftigen Türkises der *nagas,* allein und reglos auf seinem Sitz zurück, wie versunken in eine unendlich tiefe Meditation. Vor ihm brannten drei Lampen.

Der Nachmittag ging seinem Ende zu. Die rotglühende Sonne senkte sich gen Horizont und tauchte die Berge in purpurnes und goldenes Licht. In der Farbenpracht des kurzen tibetischen Sonnenuntergangs machte sich der Rächer, eine winzige dunkle Gestalt in der Unendlichkeit der einsamen Weiten, an die Verfolgung des Verbrechers.

2

Während Münpa Desong noch glaubte, der alte Einsiedler sei in tiefe Meditation versunken, und in der Furcht, ihn zu stören, die Nacht reglos und in ehrfürchtiger Sammlung verbrachte, floh der Mörder Lobsang, sein Mitschüler, im Galopp in die Finsternis ... Er hatte seinen Meister ermordet, und ihn trieb die Angst, eine Angst, die weniger von Gewissensbissen als von Aberglauben genährt war. Die Dämonen, die Gyalwai Öser untertan und mit seinem Schutz beauftragt waren, würden ihm schon auf den Fersen sein.

Im Gegensatz zu Münpa, der als *trapa* zur Geistlichkeit gehörte, war Lobsang ein Laienbruder. Es gibt viele Tibeter, die aus frommen Beweggründen einen *lama* um den einen oder anderen *lun* ersuchen. Der Begriff *lun* bedeutet »Vorschrift«, »Gebot«, aber er hat in der Umgangssprache eine andere Bedeutung angenommen.

Unter *lun* versteht man in Tibet eine kurze Zeremonie, mit der jemandem das Recht übertragen wird, gewisse religiöse Handlungen zu vollziehen. Zugleich ermöglichen die *lun* den Personen, denen sie zugute kommen sollen, sich die moralischen oder materiellen Vorteile zunutze zu machen, die sich aus der Rezitation bestimmter Formeln oder aus der Lektüre bestimmter heiliger Schriften ergeben. Falls dem Gläubigen nicht der richtige *lun* erteilt worden ist, bleiben solche Praktiken ohne Wirkung. Der *lun* ist deshalb eine Art magischer Vorgang. Ähnlich wie bei den *wangkur* handelt es sich um die Übermittlung von Kraft, wenn auch in geringerem Maße.

Gyalwai Öser hatte Lobsang, wie auch einer Reihe anderer Hirten am *Tso Ngönpo,* den *lun* von Tschenräsig erteilt, und da er eine gewisse Intelligenz an den Tag gelegt hatte, unterwies ihn der Eremit hin und wieder in den Grundregeln der buddhistischen Lehre. Lobsang hielt sich deshalb von Zeit zu Zeit in der Nähe der Einsiedelei auf und lernte dort die Schüler von Öser kennen, so auch Münpa Desong.

Bei Gelegenheit hatte Lobsang gehört, wie sie das Türkis-Amulett erwähnten, das der *gomchen* am Leibe trug. Wie alle *dokpas* kannte er die Geschichte, und wie alle anderen glaubte er daran. Das Gerede seiner Gefährten offenbarte ihm nichts Neues, deshalb schenkte er ihm weiter keine Beachtung. Doch da er sich nun in unmittelbarer Nähe des übernatürlichen Edelsteins befand, gewann er für ihn eine Realität, die jene märchenhaften Erzählungen in den schwarzen Zelten der Hirten ihm in keiner Weise hatten vermitteln können. So war es nur natürlich, daß Lobsang ab und zu an ihn und an seine außergewöhnliche Schönheit dachte. Und da in jeder tibetischen Seele ein Kaufmann lebt, verband sich die Vorstellung von seiner außergewöhnlichen Schönheit ganz von selbst mit der seines hohen Wertes. Die »Kaufmannsseele« ist zudem fast unweigerlich mit einer gewissen Neigung zur Habgier verbunden, und das war auch bei Lobsang der Fall. Doch war sie nicht stark genug, um ihn an einen Diebstahl denken zu lassen, geschweige denn an ein Verbrechen, um eben diesen Diebstahl ausführen zu können, denn auf diese Weise hätte er sich die Rache der Horden von Göttern und Dämonen zugezogen, unter deren Schutz sich Gyalwai Öser nach vorherrschender Meinung befand. Doch ein simples und im Leben der Changthang alltägliches Geschehnis hatte den friedlichen Hirten Lobsang ganz plötzlich in eine Art Besessenen verwandelt.

Ein junges Mädchen, dem er in der Abenddämmerung begegnet war, als es gerade seine Schafherde in die Umfriedung bei den Zelten zurücktrieb, hatte eine plötzliche und unwiderstehliche Flamme des Begehrens in ihm entfacht.

Er hatte in einer jähen, heftigen Umarmung, die er ihr teils aufgezwungen, teils abgerungen hatte, ihren Körper gekostet, und er war nun bis in die Tiefe seines Wesens von ihrem Duft durchdrungen.

Er war in die Gegend zurückgekehrt, in der Pasangma, die Hirtin, ihre Tage verbrachte, und sie hatte sich gefreut, diesen unverhofften Liebhaber wiederzusehen, den die arglistigen Götter ihr über die einsamen Weiden hinweg zugeführt hatten. Lobsang seinerseits war von diesen verstohlenen Begegnungen in keiner Weise befriedigt, zumal ihm die Vorsicht gebo-

ten hätte, ganz darauf zu verzichten, denn Pasangma war kaum fünfzehn Jahre alt, aber schon verheiratet.
Kalsang, ihr Mann, war ein wohlhabender fünfzigjähriger *dokpa* von mürrischer Art und gewalttätigem Wesen, der eine Reihe von Herden besaß.
Daß seine erste Frau Tseringma ihm keine Kinder geschenkt hatte, ärgerte ihn über die Maßen. Er machte seine Gefährtin für diese Enttäuschung verantwortlich, ohne daß es ihm je in den Sinn gekommen wäre, daß der Mangel bei ihm selbst liegen könne.
Der tibetische Brauch erlaubt es dem Mann – ja, er legt es ihm sogar nahe –, sich in einem solchen Fall eine zweite Ehefrau zu nehmen. Und das hatte Kalsang getan.
Die eifersüchtige, herrische Tseringma hatte sich mit dieser Teilung abfinden müssen. Aber sie hatte die Situation geschickt zu ihren Gunsten genutzt und das Augenmerk ihres Mannes auf eine arme Familie gelenkt, die gerne bereit war, einem reichen älteren Mann ihr verschüchtertes Töchterchen gegen eine stattliche Abfindung* zu überlassen. Sie ging davon aus, daß sie eine solche Ehefrau auf den zweiten Platz verweisen und sich zur gefügigen Dienerin machen konnte.
Und diesen Plan hatte sie in die Tat umgesetzt. Die Hochzeit war so unaufwendig gefeiert worden, wie es der bescheidenen Herkunft der Braut entsprach, und

* Man bezeichnet den Betrag, der in Geld oder in Naturalien an die Eltern der Braut gezahlt wird, als »Preis für das Stillen«. Er soll die Eltern für die Ausgaben entschädigen, die nötig waren, um das Mädchen großzuziehen.

seit ihrer Ankunft im ehelichen Zelt oblag Pasangma der größte Teil der Arbeit, die zuvor von Tseringma ausgeführt worden war.
Kalsang mischte sich nicht ein. Es war ihm einerlei. Er verspürte keinerlei Zuneigung für die junge Frau; sie hatte lediglich die Aufgabe, ihm einen Sohn zu gebären. Das Geschick, das Tseringma bei der Verwaltung seiner Geschäfte bewies, machte sie für ihn nicht minder wertvoll.
Tseringma verstand es, zur Schurzeit einen vorteilhaften Preis für die Wolle auszuhandeln. Und es gelang ihr – besser als ihm selbst –, durch erbarmungsloses Feilschen den Höchstpreis zu erzielen, wenn die Tiere zum Transport von Waren vermietet wurden.
Was zählte neben dieser tüchtigen Frau ein schwaches, verängstigtes kleines Mädchen, das nicht mehr vermochte, als den Kopf zu senken und zu weinen? Kalsang überließ Pasangma deshalb völlig der Willkür der Älteren.
Zwischen ihrem alten Ehemann, der ihr Widerwillen einflößte, und Tseringma, die sie für das geringste Ungeschick bestrafte, begann die arme Pasangma zu verzweifeln, ohne es zu wagen, ihre Traurigkeit zu zeigen, denn eine mürrische Miene trug ihr unweigerlich Vorwürfe oder Schläge ein.
Einmal jedoch hatte sie die Beherrschung verloren und erklärt, daß sie zu ihren Eltern zurückkehren wolle.
Tseringma hatte sie grausam geschlagen, während Kalsang höhnisch dazu grinste.

Doch schnell war der Kleinen bewußt geworden, daß ihre Wut sinnlos und ihre Drohung müßig war.
Ihr Vater war tot, und ihre Mutter lebte bei ihren drei Söhnen und deren Frauen. Keiner von ihnen würde auch nur im Traum daran denken, die entlaufene Ehefrau aufzunehmen und ihrem Mann den Preis zurückzuerstatten, den er für sie gezahlt hatte. Dazu waren sie zu arm.
Alles, was sie sich von einer Flucht erwarten konnte, waren Beschimpfungen und Schläge, noch mehr Schläge ... Sie hatte schon so viele bekommen. Was? ... Wohin? ... Fragte sie sich, als sie alle Hoffnung aufgegeben hatte.
In eben diesem Augenblick war Lobsang aufgetaucht.
Nach ihrer zweiten Begegnung hatte er den Plan entwickelt, seine junge Geliebte zu entführen. Nach der dritten schlug er ihr vor, mit ihm zu fliehen, und sie war hingerissen von diesem Gedanken.
Lobsang war ebenso begeistert, aber er wußte mehr vom Leben als seine kleine Freundin.
Wohin sollten sie gehen? ... Überall würden sie Geld brauchen, um zu essen ...
Das Geld war das einzige Hindernis. Alles andere erschien ihm einfach.
Er hatte Freunde in einem Stamm, der mit den *dokpas* aus Kalsangs Stamm verfeindet war. Als Kalsangs Herden in die Weideflächen der anderen eingedrungen waren, hatten die Männer sich geprügelt, und es hatte Verletzte gegeben. Wenn er Pasangma in diese Richtung brachte, würde man ihn mit Gewißheit

nicht verfolgen, zumindest nicht, bevor er die Changthang verlassen und die Grenze zu China oder Tibet* erreicht hatte.

Aber das Geld? ... Wie sollte er es beschaffen?

Lobsang lebte bei seiner Familie. Sein persönliches Besitztum bestand aus Pferd und Sattel, einem Säbel, der in einer hübschen, aber wertlosen Scheide steckte, zwei Decken, einer *chupa* aus Schafsleder, einem weiteren Gewand aus *nambu* und einer Weste aus rotem Stoff. Abgesehen von seinem Pferd, das ihm für die Reise unerläßlich war, konnte ihm kein anderer Gegenstand soviel Geld einbringen, wie er benötigte, um durchzuhalten, bis er ... Bis er was? ... Sich bei einem Händler, der mit Lasttieren unterwegs war, als Diener verdingen konnte ... Womöglich bot sich eine Gelegenheit. Aber wann? ... Er brauchte dringend Geld, und bestenfalls konnte er, unter dem einen oder anderen Vorwand, in großen Satteltaschen einen Vorrat von Lebensmitteln mit sich nehmen, der für eine Reise von mehreren Wochen ausreichen würde.

Pasangma hatte er inzwischen gesagt, sie solle sich bereit machen und Ausschau nach ihm halten. Eines Abends würde er kommen und sie holen ... Wie bald, vermochte er nicht vorauszusagen, aber kommen würde er.

* Die Tibeter benennen die Gegenden, in denen sie leben, mit ihren regionalen Namen: Kham, Tso Ngönpo, Ngari etc. Tibet *(bod yul)* besteht für sie aus den beiden zentralen Provinzen Ü und Tsang – vor allem aus der ersteren, in der Lhasa liegt.

Und Pasangma wartete jeden Abend an der Biegung des Tals, in dem die Schafe weideten.
Die Einsamkeit der hochgelegenen nördlichen Weiden, die leicht zu Sinnestäuschungen führen kann, ist gefährlich für einen Mann, der in Leidenschaft entbrannt ist. Der Wind flüsterte Lobsang, der in seine Sorgen versunken war, die seltsamsten Ratschläge zu. Worte klangen ihm in den Ohren, die von arglistigen, beharrlichen, schmeichlerischen Stimmen gesprochen wurden.
»Verzweifle nicht«, sagten sie, »es gibt ein Mittel gegen deine Pein, ein Mittel ganz in deiner Nähe. Dieses Juwel, das sich in Gyalwai Ösers Besitz befindet ... Wozu dient es ihm?
Schon so lange ist es her, seit der Türkis im Palast der *nagas* verwahrt wurde, und schon so lange benutzen ihn die *gomchen*, um Wunder zu vollbringen. Deshalb könnte seine Zauberkraft sich erschöpft haben, aber dennoch bleibt er ein Stein von unvorstellbarem Wert. In China gibt es mächtige Statthalter, die Schätze ansammeln. Würden sie nicht jeden Preis bezahlen, um in den Besitz eines so seltenen Edelsteins zu gelangen? ...
Und in China trifft man auch wohlhabende Händler, die Indien und die Mongolei bereisen. Bestimmt würden sie den Türkis kaufen, da sie sicher sein könnten, ihn mit großem Gewinn wieder zu veräußern.
Man hat es dir erzählt: Jeden Tag im Morgengrauen und in der Abenddämmerung versenkt Gyalwai Öser sich für mehrere Stunden so tief in seine Meditation,

daß er unempfindlich für jede Berührung von außen wird.
Er wird es nicht bemerken, wenn man ihm das Reliquienkästchen mit dem Türkis entwendet ... Man muß nur die Schnur durchschneiden, an der es hängt ... Was ist schon Böses dabei?
Wenn Gyalwai Öser ein so großer *drubthob* ist, wie man behauptet, wird er einen *naga* anrufen und ihn zwingen, ihm einen neuen Zaubertürkis zu bringen ... Falls er nicht dazu in der Lage ist, was hast du dann zu befürchten? Er wird nicht einzugestehen wagen, daß man ihm das Amulett geraubt hat, das er von der Ahnenreihe seiner geistigen Vorfahren empfangen hat ...«
Der Wind säuselte weiter sein Lied, und die hohen Gräser, die er sanft krümmte, erschienen wie eine zustimmende Zuhörerschaft, die beifällig nickte.
»Entschließ dich, Lobsang. Pasangma hält Ausschau nach dir an der Biegung des Tals. Laß sie nicht warten.«
Und in dem Nebel, der über den Sümpfen aufstieg, vermochte Lobsang nun Bilder zu erkennen.
Er sah sich selbst, wie er mit dem Geld, das ihm der Verkauf des Türkis eingebracht hatte, Waren einkaufte ... Er trieb Handel ... Nach und nach sammelte er Reichtümer an ... Und dann, irgendwo in China oder in Tibet, führte er selbst als vermögender Händler ein angenehmes Leben in einem schönen Haus, das von Waren überquoll (Tuch- und Seidenrollen, Teppiche, Pelze, Wollballen und viele andere Dinge) und in dem er jeden Abend Pasangma in seinem Bett vorfand, das

Mädchen mit dem warmen Körper, den zu liebkosen so köstlich war.
Der Wind sang weiter sein schmeichelndes Lied, und in den wallenden Nebeln gewannen die verführerischen Visionen immer deutlichere Konturen.
Lobsang hatte seinen Entschluß gefaßt.
Von seinem Versteck in der Nähe der Einsiedelei aus hatte Pasangmas Geliebter beobachtet, wie Münpa Desong sich zu einer seiner gewohnten Wanderungen aufmachte, um Lebensmittel in den Siedlungen der Gegend einzusammeln. Lobsang wußte, daß er drei oder vier Tage dafür brauchte, und folglich glaubte er, alle Zeit zu haben, die notwendig war, um seinen Plan ohne leichtfertige Hast zur Ausführung zu bringen.
Nicht einen Augenblick lang war es ihm in den Sinn gekommen, den Eremiten zu töten. Schon bei dem Gedanken wäre er vor Entsetzen erschaudert. Er wollte lediglich, ohne entdeckt zu werden, einen Gegenstand entwenden, der für seinen gegenwärtigen Besitzer im Grunde wertlos war.
Zweifellos konnte er diesen Plan noch am gleichen Abend zur Ausführung bringen.
Doch kurz nach Münpas Aufbruch erschienen unvermutet drei Hirten. Sie kamen, um Öser zu besuchen und weil sie wahrscheinlich irgendeine Sache mit ihm besprechen wollten, die ihnen am Herzen lag.
Sie schlugen ihr Lager am Fuße des Pfades auf, der zur Einsiedelei emporführte, und sie kochten Nudelsuppe, von der sie jeweils auch dem Eremiten eine Schüssel brachten. Sie blieben drei Tage und stiegen in

dieser Zeit immer wieder zu Osers Höhle empor, um sich lange mit ihm zu unterhalten. Sobald sie zu ihrem Lager zurückgekehrt waren, plauderten sie miteinander, tranken Buttertee und Branntwein, gingen spät schlafen und erhoben sich vor Sonnenaufgang.

Lobsang saß wie auf heißen Kohlen. Solange diese Störenfriede nicht wieder aufbrachen, waren ihm die Hände gebunden, und bald würde Münpa zurückkehren. Womöglich hatte der Besuch der Hirten Ösers gewohnten Tagesablauf durcheinandergebracht, womöglich hatte sich die Zeit seiner täglichen Meditation geändert, womöglich hatte die Intensität seiner geistigen Konzentration nachgelassen ...

Je mehr Zeit verstrich, desto quälender wurde die Ungeduld, die Lobsang peinigte.

Am Nachmittag des dritten Tages brachen die Hirten endlich auf. Er konnte nicht mehr länger warten. Noch am selben Abend mußte er seinen Plan zur Ausführung bringen.

Die Sonne war schon untergegangen, als der treulose Schüler an die Tür von Ösers Einsiedelei klopfte. Gleich bei der Schwelle warf er sich nieder.

Diese Vorsichtsmaßnahme war nötig, um herauszufinden, wie tief der *gomchen* in seine Meditation versunken war. Wenn er den Eintritt des Besuchers bemerkt hatte, würde er zu ihm sprechen, oder er würde ihm mit einer Geste bedeuten zu bleiben oder sich zurückzuziehen.

Lobsangs Niederwerfung war nun ein Akt der Besonnenheit, doch war ihm diese Gewohnheit, sich vor dem

Meister niederzuwerfen, in Fleisch und Blut übergegangen. Es kam wohl noch mehr dazu. Die Gefühle der Verehrung und der Furcht, die der unwürdige Schüler seit langem für Öser hegte, waren auch jetzt in ihm lebendig. Er würde den *gomchen* berauben, aber ... aber ... Trotz allem ... Lobsang wäre absolut unfähig gewesen, das konfuse Gemisch von widersprüchlichen Gedanken zu entwirren, die in seinem Hirn durcheinanderwirbelten und aufeinanderprallten.
Das Innere der Einsiedelei war in Dunkel getaucht. Lobsang brauchte eine Weile, bis er im flackernden Licht der kleinen Lampe auf dem Altar die Gestalt des Eremiten auszumachen vermochte, der in sein dunkelrotes Gewand gehüllt mit gekreuzten Beinen auf dem Meditationssitz saß.
Bei seinem Eintritt hatte Gyalwai Öser mit keinem Zeichen zu erkennen gegeben, daß er seine Anwesenheit wahrgenommen hatte. Lobsang trat weiter vor, bis er den kleinen Tisch berührte, der vor dem Sitz des *gomchen* stand. Wie gewohnt war eine Teeschale, eine Dose, die *tsampa* enthielt, und eine schwere bronzene Teekanne* darauf.
Öser verharrte in völliger Reglosigkeit, und er hatte die Augen mehr als zur Hälfte geschlossen.
Erneut warf Lobsang sich vor seinem Meister zu Boden, stand langsam wieder auf und wandte dabei keinen Blick von ihm. Dieser rührte sich noch immer

* Die Tibeter sind begeisterte Teetrinker, und folglich haben sie große Teekannen. Die kleinsten sind mindestens dreißig Zentimeter hoch.

nicht, und nicht das leiseste Wimpernzucken verriet, daß Leben in ihm war.
Vorsichtig glitt Lobsang in den engen Zwischenraum, der den Meditationssitz von dem kleinen Altar trennte, zögerte einige Sekunden, ließ dann seine zitternde Hand in das Gewand des Einsiedlers gleiten, spürte das harte Reliquienkästchen unter seinen Fingern, berührte das Schnürchen, an dem es hing, und da, plötzlich, entfuhr ihm ein erstickter Schrei des Entsetzens.
Gyalwai Öser hatte unnatürlich große, starre, rotglühende Augen, und die schrecklichen Blicke, die sie dem Dieb entgegenschleuderten, durchbohrten ihn wie Feuerpfeile.
Als er diese blitzenden Blicke instinktiv mit der Hand abzuwehren versuchte, streifte diese die bronzene Teekanne, griff ganz unbewußt danach, hob sie hoch, und die Augen des Eremiten, der gewaltsam an der Schläfe getroffen worden war, erloschen.
Der Mörder verdrängte jeden weiteren Gedanken. Wie ein mechanisch betriebener Roboter führte er den Plan, den er sich im Laufe der letzten Tage ausgedacht hatte, bis in alle Einzelheiten durch. Er zerriß die Schnur, nahm das Reliquienkästchen und verbarg es unter seinem Gewand. Ohne sich umzublicken, verließ er die Einsiedelei, schloß die Tür, kehrte zurück zu dem Versteck, an dem er die Säcke mit den Vorräten verborgen und sein Pferd angebunden hatte, schwang sich in den Sattel und galoppierte davon. Es war schon Nacht.

Erst am Abend des nächsten Tages kehrte Münpa zurück.
Lobsang trieb sein Pferd voran und hielt die ganze Nacht nicht ein.
Der kalte Wind, der ihm ins Gesicht peitschte, verscheuchte nach und nach die Benommenheit, in der er sein Verbrechen begangen hatte. Sobald er wieder zum Bewußtsein erwachte und zu denken vermochte, stieg Entsetzen in ihm hoch.
Er spielte mit dem Gedanken, daß der Mörder von Gyalwai Öser für immer unentdeckt bleiben würde. Wer würde den Mord je mit ihm in Zusammenhang bringen? Zweifellos niemand. Aber war der *gomchen* wirklich tot? ... Der Schlag, den er ihm versetzt hatte, konnte ihn betäubt haben, ohne ihn umzubringen. Falls dem so war, würde er den Angreifer, den Dieb des Reliquienkästchens, nennen. Wahrscheinlich hatte er ihn erkannt ... Zudem war Öser ein Magier. Er vermochte zu sehen, was anderen verborgen blieb. Und deshalb ... Falls der Tod ihn nicht zum Schweigen gebracht hatte, würde Öser reden, würde ihn strafen ...
Er mußte auch den toten *gomchen* fürchten ... Vielleicht mehr als den lebenden ...
Während der Meister scheinbar tot in seiner Klause saß, lebte der wirkliche Öser in einer unsichtbaren, feinstofflichen Form weiter und würde ihn mit seinen ihm ergebenen Dämonen unnachgiebig verfolgen. Vielleicht würde er plötzlich vor ihm auftauchen, mit diesen schrecklichen Augen, die Blitze schleuderten ...

Auf Lobsangs geistige Erstarrung folgte ein Anflug von Wahnsinn.
Die bleiche Helle der Morgendämmerung begann sich über die unendliche Weite der Changthang zu breiten, als der zu Tode erschöpfte Verbrecher und sein ermattetes Pferd Schutz zwischen ein paar kleinen, grasbewachsenen Hügeln suchten, die sich am Rande eines Baches erhoben.
Sie verbrachten dort den ganzen Tag. Lobsang versank bis zum Sonnenuntergang in einen tiefen Schlaf, während sein an den Vorderhufen gefesseltes Pferd in der Nähe weidete.
Mit dem Erwachen lebten auch die Ängste des Flüchtigen von neuem auf. Doch die langen Stunden des Schlafes hatten seinen übererregten Geist etwas beruhigt: Er begann, seiner Lage mit größerer Klarheit ins Auge zu sehen.
Er war niemandem begegnet, als er die Einsiedelei verlassen hatte, niemandem während seines nächtlichen Rittes. Mit Gewißheit hatte ihn niemand gesehen, als er schlief, denn es ist völlig undenkbar, daß ein *dokpa,* der einen einsamen Mann am hellichten Tag neben seinem Pferd schlafen sieht, nicht stehenbleibt, um ihn zu fragen, wer er sei, woher er komme und wohin er gehe. Lobsang, der ein *dokpa* war, wußte sehr genau, wie er selbst sich unter solchen Umständen verhalten hätte.
Somit stand für den Augenblick alles zum besten, aber er mußte jetzt zu Pasangma gelangen, ohne daß ihm unterwegs Neugierige begegneten.

Er würde deshalb wieder erst in der Nacht weiterreiten.
Ein wenig besser gestimmt, befeuchtete er etwas *tsampa* mit Wasser aus dem Bach, knetete zwei Klößchen daraus, aß sie, trank einige Schlucke Wasser, nahm dem Pferd die Fesseln von den Beinen, sattelte es, lud seine Vorratssäcke wieder auf und machte sich auf den Weg, sobald die Dunkelheit sich über die Steppe breitete.
Das Vergessen, das ihm die Zeit der Ruhe geschenkt hatte, dauerte nicht an. Mit der Nacht kehrten die Geister zurück, verfolgten ihn, umkreisten ihn und grinsten ihn höhnisch an. Vergeblich hetzte er sein Pferd voran – die dämonischen Wesen waren schneller, überholten ihn und ergingen sich vor seinen Augen in drohenden Gebärden. Erneut war der Mörder wie vom Wahnsinn gepackt.
Als die Nacht ihrem Ende zuging, erreichte Lobsang das vorgesteckte Ziel, einen Ort etwas abseits der belebten Wege, die er während dieser beiden Nächte seiner Reise aus Vorsicht gemieden hatte.
Er befand sich jetzt nicht mehr weit entfernt von der Talbiegung, an der Pasangma ihm allabendlich zu warten versprochen hatte. Sie würde da sein, daran zweifelte er nicht. Die junge Frau hatte ihm das erbärmliche Leben beschrieben, das sie bei ihrem alten Ehemann und der jähzornigen Tseringma führte. Und sie wünschte sich nichts sehnlicher, als davon erlöst zu werden. Außerdem liebte sie ihn, zumindest glaubte er das, ohne sich dessen völlig sicher zu sein. Doch

verspürte er ein überwältigendes Verlangen nach ihr, und nur das allein zählte.

Er mußte handeln, entschlossen handeln, aber es konnten sich Schwierigkeiten ergeben. Es war denkbar, daß Pasangma von irgendeiner Arbeit zu Hause festgehalten worden war, daß man deshalb einen von Kalsangs jungen Dienern beauftragt hatte, die Herde* heimzutreiben und daß er ihn anstelle von Pasangma vorfinden würde. Man würde ihn sehen, ihm Fragen stellen, und die Entführung würde mit sehr viel größeren Schwierigkeiten verbunden sein ...

Aber es war sinnlos, solchen Vermutungen nachzuhängen. Von dem Platz, an dem er sich befand, konnte er weder überblicken, was die Leute in der Siedlung taten, noch was in dem Tal vor sich ging, in dem die Schafe weideten. Es blieb ihm nichts anderes übrig, als auf sein Glück zu vertrauen und sich hervorzuwagen, bevor es dunkel wurde. Wenn die Schafe nicht, wie gewohnt, gen Abend in den Pferch zurückkehrten, würden Kalsangs Leute sich nach dem Grund fragen und sich auf die Suche nach Pasangma machen. Sie mußten deshalb schon weit fort sein – und die Dunkelheit mußte es unmöglich machen, ihren Spuren zu folgen –, bevor man sich wegen ihrer Abwesenheit beunruhigte.

* In der Regel werden die Herden während des Tages nicht gehütet. Man treibt sie am Morgen aus den Pferchen, in denen sie während der Nacht eingeschlossen waren, und führt sie sodann an den Platz, an dem sie den Tag verbringen. Am Abend treibt man die Tiere zusammen und bringt sie wieder in die Pferche zurück.

Wohl oder übel mußte er den ganzen Tag in seinem Versteck verbringen. Falls er Pasangma am Abend nicht antraf oder fürchten mußte, bemerkt worden zu sein, würde er sich an einen anderen, entfernteren Platz zurückziehen und noch einen Tag warten ... einen Tag ... mehrere Tage ... Wer konnte das wissen? Die Probleme, die sich ihm stellten, nahmen Lobsangs Gedanken so sehr in Anspruch, daß die Spukgestalten der rachsüchtigen Dämonen erneut in den Hintergrund traten. Hingegen brachte die Erinnerung an Pasangma, die er ganz in seiner Nähe wußte und die er mit sich fortnehmen würde, sein Blut in Wallung.

Trotz seiner Müdigkeit schlief er nicht an diesem Tag. Waren es nun die nachsichtigen Götter oder die arglistigen Dämonen der großen Einöden, die Lobsang die Schwierigkeiten ersparten, die er befürchtet hatte – auf jeden Fall fand er am späten Nachmittag an der Talbiegung Pasangma vor, die auf ihn wartete.

Während dieser Wochen des Wartens hatte die verliebte Kleine einige Lebensmittel beiseite geschafft: ein wenig *tsampa,* getrockneten Käse und ein kleines Stück Butter. Sie wäre grün und blau geschlagen worden, hätte Tseringma sie bei diesen Räubereien erwischt, aber die Liebe und der Wunsch, ihrer Sklaverei zu entrinnen, hatten sie mutig gemacht. Und so zog sie den Sack, in dem sie ihren Schatz verborgen hatte, mit Stolz unter einem Stein hervor und hielt ihn ihrem Geliebten entgegen. Der befestigte ihn eilig vorn am Sattel, sprang auf sein Pferd, half Pasangma, hinter ihm aufzusitzen, und galoppierte eilig

davon. Es war dies nicht der Augenblick, um Zärtlichkeiten auszutauschen, die Zeit drängte, sie mußten so schnell wie möglich außer Sichtweite des Dorfes gelangen.
Beide schwiegen sie, Augen und Ohren aufs höchste angespannt, damit ihnen kein Anzeichen der Gefahr entging. Trotz des Gewichts, das es zu tragen hatte, trabte Lobsangs kräftiges Pferd zügig voran, und bei Einbruch der Nacht hatten sie Kalsangs Siedlung schon weit hinter sich gelassen.
Bei einem Bach hielt Lobsang an, stieg ab und half Pasangma vom Pferd.
»Du mußt essen«, sagte er, »aber wir dürfen uns nicht lange aufhalten. Bei Tagesanbruch müssen wir diese Gegend verlassen haben.«
Pasangma antwortete nicht. Sie war glücklich, glücklich auf ihre Art, wie ein kleines ergebenes Tier.
»Wir können kein Feuer machen«, fügte Lobsang hinzu. »In der Dunkelheit finden wir kein *chiwa,* keine getrockneten Yakfladen. Außerdem sieht man ein Feuer von weitem. Wir dürfen keinerlei Spuren hinterlassen. Morgen werden sie dich suchen.«
»Ja«, antwortete Pasangma schüchtern, »sie werden mich suchen, aber nicht in dieser Richtung. Kalsang wird glauben, daß ich zu meiner Familie geflüchtet bin. Als Tseringma mich eines Tages allzu heftig geschlagen hat, habe ich ihnen gedroht, daß ich zu meinen Brüdern zurückkehre.«
Diese Erklärung beruhigte Lobsang. Die Siedlung, in der Pasangmas Mutter und Brüder lebten, befand sich

weit nördlich von Kalsangs Siedlung, während sie nach Süden geritten waren.
Pasangmas Vorhersage bestätigte sich. Als Tseringma die Herde am Abend nicht heimkommen sah, dachte sie zuerst, die Jüngere habe sich selbstvergessen beim Sammeln von *tumas*, jener Wurzeln, die nach Kastanien schmecken, verspätet. Doch als es dunkel wurde, schickte sie einen Mann aus, um die Säumige zu holen und die Tiere heimzutreiben.
An dem Platz, an dem Pasangma sich hätte befinden müssen, sah der Mann sie nicht. Er stieg auf einen Hügel, um die Umgebung abzusuchen: so weit das Auge reichte, war niemand zu erblicken. Die Schafe, aus ihrer Gewohnheit gebracht, hatten sich nach allen Seiten verstreut und blökten jämmerlich. Er konnte sie während der Nacht nicht sich selbst überlassen, denn das hieß, sie den Wölfen auszuliefern. Noch einmal rief der *dokpa* aus vollem Halse nach Pasangma. Keine Antwort. So trieb er die Tiere zusammen und heim in die Umfriedung.
Kalsang hatte nicht den geringsten Verdacht, daß seine junge Ehefrau beim Hüten der Schafe einen Geliebten gefunden haben könnte, doch wußte er, daß sie sich bei ihm und Tseringma nicht wohl fühlte: Ihre leidende Miene ließ keinen Zweifel offen. Hatte sie ihm nicht eines Abends wutentbrannt zugebrüllt, daß sie zu ihrer Familie zurückkehren wollte? Dort würde er sie finden. Wenn er sein Pferd nahm, würde er die Kleine überholen, die zu Fuß gegangen war, und er würde ihr eine gesalzene Begrüßung bereiten, bevor er sie

zurückbringen würde. Diese Anwandlung von Unabhängigkeit, die seine unbedarfte und immer noch unfruchtbare Ehefrau überkommen hatte, versetzte ihn in Wut. Seine derben Fäuste juckten vor Ungeduld, auf die wagemutige Kleine niederzuprasseln.
Doch Pasangma befand sich nicht im Zelt ihrer Eltern. Sie traf dort auch in den folgenden Tagen nicht ein. Ihre Mutter und ihre Brüder beschworen, nichts mit ihrer Flucht zu tun zu haben, und die *dokpas,* die in den Nachbarzelten wohnten, bestätigten, daß sie Pasangma nicht mehr gesehen hatten, seit Kalsang sie am Tag nach der Hochzeit mit sich fortgenommen hatte.
Dennoch verlangte Kalsang von der Familie die Rückgabe der Summe, die er ihr für das Töchterchen bezahlt hatte. Eine Zahlung, die Pasangmas Mutter und Brüder ihm entschieden verweigerten.
Tatsächlich hatte der Ehemann einer entflohenen Frau erst dann das Recht, diese Rückgabe zu verlangen, wenn er die Flucht beweisen konnte. Zeugen mußten sie an dem Ort gesehen haben, an den sie sich geflüchtet hatte. Solange niemand Pasangma gesehen hatte, konnte man nicht wissen, ob sie wirklich gegen den Willen ihres Mannes davongelaufen war. Möglicherweise hatte er sie fortgejagt ... getötet. Man mußte die Schuldige sehen, sie anhören. Das Gesetz war in dieser Hinsicht eindeutig. Kalsang wußte das sehr wohl, wollte sich jedoch nicht fügen. Der Gedanke, das Vieh und das Geld verloren zu haben, das er den Verwandten der Braut übergeben hatte, verdroß ihn

über die Maßen, aber mehr noch ärgerte ihn, daß er nun das Gespött von Tseringma ertragen mußte, die sich mit seiner zweiten Heirat nur widerwillig abgefunden hatte und sich an seinem demütigenden Mißgeschick ohne Zweifel ergötzen würde.
Er ließ daher nicht locker, und, wie es in Tibet der Brauch ist, erschienen nun die Schiedsrichter, um über die Fehde zu urteilen. Es gibt keinen Tibeter, den man zu einem solchen Amt drängen müßte, denn den Schiedssprüchen gehen zwangsläufig einige üppige Mahlzeiten voraus, die von jeder der beiden Parteien offeriert werden, um sich die Richter gewogen zu stimmen.
So geschah es auch in der Siedlung von Pasangmas Familie. Ihre Brüder härmten sich, daß sie, die so arm waren, Tiere aus ihrer jämmerlich kleinen Herde opfern mußten, damit sie von den gefälligen Schiedsrichtern mit Hochgenuß verschlungen wurden. Kalsang seinerseits ärgerte sich, daß auch er solche Ausgaben auf sich nehmen mußte, und der Gedanke an den Hohn, mit dem ihn die eifersüchtige und gehässige Tseringma überschütten würde, quälte ihn zunehmend. Dennoch weigerte er sich trotzig, seine Niederlage einzugestehen, und die wohlgestimmten Schiedsrichter, die weiterhin fröhlich schmausten, drängten ihn in keiner Weise, das Verfahren abzukürzen.
So gingen die Tage dahin, und Pasangma blieb unauffindbar. Um der Wahrheit die Ehre zu geben, legte keiner der Männer, die mit der Suche betraut waren, allzu großen Eifer an den Tag – sieht man einmal von Kal-

sang, dem Betroffenen, ab. Statt die Changthang zu durchkämmen, zogen sie es ebenso wie die Schiedsrichter vor, in der Nähe der Zelte zu verweilen, wo nach Herzenslust gegessen und getrunken wurde.
Kalsang folgte dem Ratschlag eines *dokpas* und wandte sich an einen *ngagpa mopa,* der berühmt für seine Wahrsagekunst war. Auch alle anderen versicherten ihm, daß es ein Kinderspiel für ihn sein würde, das Versteck von Pasangma ausfindig zu machen.
Zuallererst verlangte der *mopa* Geld für seine Beratung. Er breitete Zauberbücher aus, warf Würfel, zählte die Punkte, die sie aufzeigten, setzte sie in bezug zu bestimmten Zeichnungen und erklärte schließlich, die junge Frau entferne sich, ohne daß ihre Füße den Boden berührten, und sie sei bereits weit fort ... sehr weit fort. Aber er wisse Mittel und Wege, um sie zur Rückkehr zu zwingen, und zu diesem Zweck müsse er gewisse Gottheiten um ihren Beistand ersuchen ... Doch um sich die Dinge zu beschaffen, die für die notwendigen Rituale erforderlich waren, brauche er Geld. Kalsang zahlte erneut ... Doch er sah Pasangma niemals wieder.
Natürlich wußte Lobsang nichts von diesen Ereignissen. Er vertraute auf die Aussage seiner Geliebten, daß Kalsang sich auf seiner Suche zweifellos in eine Richtung wenden würde, die der ihren entgegengesetzt war. Dennoch war er nicht völlig beruhigt. Pasangma konnte sich über die Absichten ihres Ehemannes auch täuschen.
»Wir können nicht lange hierbleiben«, hatte Lobsang

bei ihrer Rast gesagt, »das wäre unvorsichtig.« Aber es war ihm nicht gelungen, sich an diesen weisen Vorsatz zu halten. Pasangmas warmer, geschmeidiger Körper, den er hinter sich spürte, löste ein unwiderstehliches Verlangen in ihm aus …

Erst im Morgengrauen machte das Paar sich erneut auf den Weg.

Lobsang, dessen Sinne befriedigt waren, verfiel wieder seinen Grübeleien und wurde schweigsam. Noch immer hatte er nicht genügend Abstand zwischen sich und Kalsangs Zelte gebracht … zwischen sich und Ösers Einsiedelei. Diesen letzteren Gedanken wagte er nicht zu vertiefen, er schüttelte ihn von sich ab und zwang sich, statt dessen an das Nächstliegende zu denken.

Sobald der Tag die Weiden in helles Licht tauchte, würde man die Reisenden schon von weitem bemerken, denn die *dokpas* haben scharfe Augen. Auf der weiten Fläche, die sich zwischen ihnen und einer Hügelkette erstreckte, die sich am Horizont abzeichnete, war nicht die kleinste Senke zu erblicken, die ihnen Schutz bieten konnte. Wie weit das noch war! Doch blieb ihnen keine andere Wahl. Lobsang trieb sein Pferd voran.

Am frühen Nachmittag erreichten die Flüchtlinge die Hügel. Unterwegs hatten sie weder Zelte noch Herden bemerkt … nur weite Einöde. Ganz am Fuß der grasbewachsenen Hänge entdeckte Lobsang eine Erdhöhle, einen *saphug,* in dem er und Pasangma sich für den Rest des Tages ausruhen konnten.

Lobsang wurde nunmehr wankelmütig in seinen Entscheidungen. Zu Anfang hatte er auf dem nächsten Weg nach Xining reiten wollen, um dort den Türkis zu verkaufen, aber er hatte diesen Gedanken in der Folge verworfen. Denn viele der Hirten vom *Tso Ngönpo* begeben sich in die Grenzstadt oder deren Umgebung. Er lief dort Gefahr, jemanden zu treffen, den er kannte. Zumindest konnte ihn der eine oder andere *dokpa,* ohne ihn persönlich zu kennen, ansprechen und fragen, welchem Stamm er angehöre und welcher Art die Geschäfte seien, die ihn nach China führten. Seine Herkunft zu verbergen würde unmöglich sein, denn sein Aussehen und seine Sprache verrieten ihn eindeutig als einen Nomaden aus der Changthang.
Selbst wenn man von Gyalwai Ösers Tod noch nichts wußte, konnte es nicht mehr lange dauern, bis die Neuigkeit sich unter den Nomaden herumgesprochen hatte. Da er ebenfalls als ein solcher zu erkennen war, würde man ihn unweigerlich über den *gomchen* auszuhorchen versuchen. Zumindest würde man ihn fragen, ob er ihn gekannt habe.
Die Angst, von Kalsang oder von seinen Leuten verfolgt zu werden, nahm in Lobsangs Befürchtungen einen immer geringeren Platz ein, während die Gestalt des Eremiten und Magiers zunehmend anwuchs und immer gegenwärtiger und bedrohlicher wurde.
Es konnte gefährlich, überaus gefährlich für ihn werden, wenn bekannt wurde, daß er einen Türkis von unschätzbarem Wert besaß, wenn er ihn einem Händler in Xining zeigte, der dies weitererzählte. Xining

kam nicht in Frage. Um Kalsangs Zelten auszuweichen, war er zudem gen Süden geritten und hatte sich so von Xining entfernt, das im Norden lag.
Es war besser, wenn er sich nach Dartsedo* begab. Dort lebten ebenfalls reiche Händler, die große Geschäfte tätigten. Davon hatte er oft genug gehört. Er hatte eine weite Strecke zu überwinden, und entlang der Wege lauerten Räuber. Trotzdem war die Gefahr in dieser Richtung viel geringer. Im Augenblick war nur eines wichtig: So schnell wie möglich die Changthang hinter sich zu lassen.
Bei Einbruch der Nacht machten sie sich erneut auf den Weg.
Um sein Pferd nicht zu überanstrengen, überließ Lobsang es nunmehr Pasangma und lief neben ihr her. Sie kamen deshalb langsamer voran, durchquerten jedoch weiterhin einsame Gegenden. Man hatte sie nicht verfolgt, und alles schien sich zum besten für sie zu wenden. Pasangma hatte sich beruhigt und überließ sich fröhlich, mit kindlicher Sorglosigkeit, dem Zauber ihres neuen Daseins an der Seite eines Mannes, der sie liebte, der sie aus harter Sklaverei befreit hatte und mit dem sie ein glückliches Leben führen würde. Wo? ... Wie? ... Besaß Lobsang die notwendigen Mittel, um für ihren Unterhalt zu sorgen? Solche Fragen kamen dem unbedarften Vögelchen gar nicht in den Kopf.

* Tibetischer Name der Stadt, die von den Chinesen als Kanting bezeichnet wird, in der chinesischen Provinz Sikang gelegen (Osttibet, im Land Kham). Auf den Karten findet man sie im allgemeinen unter ihrem alten chinesischen Namen Tatsienlu.

Ganz anders erging es ihrem Geliebten. Wenn er sich nicht in Anfällen von roher Begierde auf seine Gefährtin warf, wurde er von vielerlei Ängsten geplagt.
Die beträchtlichen Vorräte, die er mitgenommen hatte, waren noch lange nicht erschöpft. Sie würden zweifellos ausreichen, bis sie eine chinesische Stadt erreichten, wo der Verkauf des Türkis ihn reich machen würde.
Eine Stadt? ... Welche? ... Ihm kamen Zweifel, ob Dartsedo ihm wirklich Sicherheit bot. Die Chinesen sind mißtrauisch. Doch wohin sollte er sich wenden, wenn er sich gegen Dartsedo entschied?
Lobsangs Kenntnisse der chinesischen Grenzregionen waren äußerst dürftig. Alles, was er darüber wußte, hatte er von den Nomaden in seiner Nachbarschaft erfahren, die selbst kaum je über ihre Weiden hinausgelangt waren.
Nachdem Lobsang Xining und Dartsedo verworfen hatte, mangelte es ihm an einer neuen Idee.
Doch er mußte sich weit, sehr weit entfernen, und diese Notwendigkeit trieb ihn voran. Die Vision dessen, was er hinter sich gelassen hatte – Ösers Leichnam, der auf seinem Meditationssitz verblieben war –, stieg jeden Tag klarer vor ihm auf. Sie bedrängte nicht mehr allein seine Gedanken, sondern er sah sie ganz deutlich und greifbar vor Augen. Und die hohnlachenden Dämonen hörten gar nicht mehr auf, ihn zu umkreisen.
Er mußte diesen Zauberstein schnellstens loswerden – um zu dem Geld zu kommen, das er benötigte, aber

mehr noch, um sich von der Besessenheit zu befreien, für die dieser zweifellos verantwortlich war.
Noch hatte er es nicht gewagt, das Reliquienkästchen zu öffnen, um ihn zu betrachten. Man erzählte sich, er sei in eine goldene Lotusblüte gefaßt. Er hatte Angst, sich ihm allein auszusetzen ... Später, wenn er sich in einer Stadt und umgeben von Menschen, sehr vielen Menschen, befand, würde die Zauberkraft des Edelsteins, der aus dem Schatz der *nagas* stammte, weniger bedrohlich sein.
Er mußte deshalb noch warten, bevor er sich von ihm befreien konnte, obwohl der Türkis ihm von Tag zu Tag größere Qualen bereitete. Er brannte ihm nunmehr auf der Brust. Er spürte, wie Klauen aus dem Reliquienkästchen hervortraten und sich in sein Fleisch krallten. Vor Schmerz entfuhren ihm dann heisere Schreie, er stammelte unverständliche Worte, und er verschreckte Pasangma damit so sehr, daß die Liebe, die sie für ihn empfunden hatte, sich in blanke Angst zu verwandeln begann.
Einige Tage lang irrte das Paar aufs Geratewohl durch die Gegend. Lobsang, der schweigsam und schlecht gelaunt war, offenbarte seiner Geliebten nichts von den Sorgen, die ihn quälten, und sie begann, sich wegen dieser Reise durch die Einsamkeit abseits der belebten Wege zu beunruhigen. Sie waren nun fern der Siedlungen, in denen man sie kannte. Warum mußten sie sich dann so sorgsam verstecken? Und wohin führte sie die Route, der sie folgten? Lobsang hatte ihr erklärt, weshalb es nicht ratsam sei, nach Xi-

ning zu gehen. Er hatte ihr sodann Dartsedo als Reiseziel angegeben, aber inzwischen sprach er auch nicht mehr von Dartsedo, und obwohl Pasangma keine Ahnung hatte, welcher Weg dorthin führte, spürte sie die Unsicherheit, mit der Lobsang sich voranbewegte. Wo brachte er sie hin?… Wußte er selbst überhaupt, wohin er wollte?

Eines Abends wagte sie es, ihn zu fragen. Lobsang, der in finsterem Schweigen neben dem kleinen Lagerfeuer saß und Tee trank, fuhr bei dieser Frage seiner Gefährtin auf. Und er antwortete ihr etwas, das er zuvor in keiner Weise gedacht hatte: »Wir gehen nach Nepal.«

Nepal: *bal yul* – das Land der Wolle. Er wußte von diesem Land. Die Leute pilgerten dorthin, um den großen *chörten* Verehrung zu erweisen; diese standen an jenen Orten, die das Leben Buddhas und seiner Schüler geheiligt hatte. Von alledem hatte er gehört, wie auch von den großen Städten, die die Pilger in Nepal besuchten. Nur wo genau befand sich Nepal? Sehr weit fort, in der Nähe des Kang Rimpoche*, wie es hieß.

Lobsang hatte nicht die geringste Absicht gehabt, Pasangma nach Nepal zu bringen, als er sie entführte. Er wußte nicht, wieso ihm jetzt Nepal eingefallen war, aber nachdem er das Wort ausgesprochen hatte, weckte es allerlei Gedanken in seinem fiebrigen Hirn.

* Der heilige Berg Kailash im Südwesten Tibets, den indischen Legenden zufolge der Wohnsitz Shivas.

Nepal? … Warum nicht? … Das war sehr weit fort … Um so besser. Je weiter er fortging, desto sicherer würde er sein. Und er dachte keineswegs an den Ehemann seiner Geliebten, wenn er sich um seine Sicherheit sorgte. Fast hatte er Kalsang vergessen, ebenso seine Männer, die ihn womöglich verfolgten, um Pasangma zurückzuholen, ihn zu verprügeln und ihm sein Pferd und seine wenigen Besitztümer fortzunehmen. Es war ein anderer, den er fürchtete und der seine Gedanken völlig in Anspruch nahm: Gyalwai Öser, reglos auf seinem Meditationssitz. Er würde sich niemals weit genug von ihm entfernen können.

Konnte er sich überhaupt von dem *gomchen* entfernen? … Hatte er ihn nicht bereits eingeholt, hatte er ihn nicht seit seiner Flucht aus der Einsiedelei verfolgt? Spürte er ihn nicht ständig in seiner Nähe? Wenn er seine Rache hinauszögerte, dann sicher deshalb, weil er eine unvorstellbar schreckliche Strafe für ihn im Sinn hatte, die an Grausamkeit alles übertraf, was er, der Verbrecher auf der Flucht, sich überhaupt ausmalen konnte.

Wann würde er zuschlagen, dieser unfaßbare Zauberer, den er unablässig um sich kreisen fühlte? Bereitete es ihm nicht ein boshaftes Vergnügen, ihn in der Furcht vor dem Unausweichlichen zu halten, das sich Lobsang nicht auszumalen vermochte? War es nicht seine quälende Angst, die die Dämonen, die ihn umwirbelten, zu ihrem höhnischen Gelächter anregte?

Das Gelächter der feindlichen Geister, die ihn belauerten, ihr boshaftes Geflüster über die Verzweiflung, in

der er zu versinken drohte – er hörte sie deutlich. Ganz klar vernahm er die Worte der Drohung oder des gnadenlosen Spotts, die der Wind ihm zutrug.
Um sich zu betäuben, warf er sich plötzlich wie ein Rasender auf seine Gefährtin, nahm sie mit Gewalt …
Dicht an seinem Ohr erklang daraufhin ein schrilles Gelächter, dröhnte tausendfach wider in einer markerschütternden Kakophonie, raste in Wellen über das einsame Hochland und bis an dessen entfernteste Grenzen. Mit einem rauhen Schrei richtete Lobsang sich auf, stieß seine Geliebte von sich, rannte davon und ließ sich in einiger Entfernung wieder fallen, vergrub den Kopf in dem dichten Pelz seines Mantels, hielt sich vergeblich Augen und Ohren zu, um dem Alptraum zu entrinnen, der ihn umgab.
Weiterhin wanderten sie ziellos umher. Die Tage vergingen, Tage und nochmals Tage. Ihre Etappen wurden immer kürzer, und häufig machte Lobsang tagsüber halt oder blieb während eines ganzen Tages wie schlafend am Boden liegen.
Pasangma wagte es nicht mehr, ihn nach dem Ziel ihrer sonderbaren Reise zu fragen. Der Überfluß an Proviant war zerronnen, das Paar begann, den schwindenden Vorrat streng einzuteilen, aber bald sah Lobsang sich jedoch gezwungen, seine Gefährtin zu abgelegenen Gehöften zu schicken, um dort einen ihrer Silberringe nach dem anderen gegen *tsampa* einzutauschen. Diese einfachen Ringe stellten Pasangmas ganzes Vermögen dar, die einzigen Beweise für die sehr begrenzte Großzügigkeit ihres Mannes. Es wider-

strebte ihr, sich davon zu trennen, aber schließlich mußten sie essen, solange sie noch nicht dort waren, wo sie reich sein würden, wie Lobsang ihr versprochen hatte. Wo war dieses *dort*? ... In Nepal? ... Wie lange würden sie noch brauchen, um es endlich zu erreichen?

Von den drei Ringen, die sie besessen hatte, war ihr nur einer geblieben. Das hatte sie Lobsang eines Abends zu verstehen gegeben. Er hatte ihr nicht darauf geantwortet, als zwei Tage später in der Ferne jedoch eine Siedlung in Sicht kam, hatte er ihr barsch befohlen, sich dort hinzubegeben und ihn zu verkaufen. Er selbst wollte sich nicht sehen lassen, denn man hätte ihm als allererstes vorgeschlagen, sein Pferd zu verkaufen, hätte seine Bedürftigkeit auszunutzen versucht und ihm einen lächerlichen Preis dafür geboten. Er wagte es auch weder, die großen Ledersäcke anzubieten, die an seinem Sattel hingen, noch den Sattel selbst. Dieses Zubehör ließ vermuten, daß ein Pferd vorhanden war, und die Leute, Nomaden oder Bauern, würden dem einsamen Reisenden folgen, um sich seines Pferdes zu bemächtigen, ohne auch nur das geringste dafür zu bezahlen. Lobsang kannte die Bräuche seines Landes, hatte sie vermutlich auch hin und wieder praktiziert ... Er selbst oder die Seinen ... Pasangma, die nur ein kleines Bündel auf dem Rücken trug und sich als arme Pilgerin vorstellte, hatte nichts Derartiges zu befürchten. In Tibet waren viele Leute so wie sie unterwegs, daß sie keinerlei Aufmerksamkeit erregte.

Als ihre Vorräte schließlich völlig erschöpft waren, schlug Pasangma Lobsang schüchtern vor, er könne doch bei nächster Gelegenheit das Reliquienkästchen verkaufen, das er an seiner Brust trug. Sie hatte dieses Reliquienkästchen, das in ein Stück roten Stoff eingenäht war, niemals gesehen, hatte es aber hart gespürt, wenn ihr Geliebter sie an sich zog. Die meisten Tibeter tragen auf Reisen solche Reliquienkästchen bei sich, die das Bild einer Gottheit oder zauberkräftige, schützende Gegenstände enthalten. Wenn das, was Lobsang besaß, aus Silber war, konnte er einen guten Preis dafür erzielen, das heißt, er konnte es gegen einen üppigen Vorrat an Lebensmitteln eintauschen, der zweifellos ausreichen würde, um sie an ihr Ziel gelangen zu lassen.
Doch bei den ersten Worten, die sie dahingehend äußerte, geriet Lobsang dermaßen in Wut, daß sie ihren Vorschlag nicht zu wiederholen wagte.
Zwar bedauerte sie es in keiner Weise, ihren widerwärtigen alten Ehemann verlassen zu haben, aber insgeheim überlegte sie sich nun, daß sie wenig damit gewonnen hatte, als sie diesem Lobsang gefolgt war, der immer nur finster vor sich hinbrütete und aus seinen düsteren Gedanken nur emportauchte, um wütend und gewalttätig zu werden. Sie spürte, daß er sie nicht mehr liebte. Sie zweifelte sogar daran, daß sie selbst Lobsang je geliebt hatte. Sie hatte in ihm vor allem einen Befreier gesehen, der sie aus einer bedrückenden Sklaverei herausgeführt hatte …
Ihr war der Gedanke gekommen, an das Mitleid jener

zu appellieren, denen sie ihre Ringe zum Verkauf anbot, sie zu bitten, ihr Zuflucht zu gewähren. Doch sobald sie zu sprechen versuchte, waren ihr die Worte auf den Lippen erstorben. Sie würde Fragen zu ihrer Herkunft, zu ihrer Familie, beantworten müssen. Sie konnte nicht preisgeben, daß sie ihrem Ehemann davongelaufen war. Und vor allem fürchtete sie Lobsang: Dieser launische Mann, der in der Nacht um sich schlug und schrie, war fähig, sie zu töten. Bestimmt würde er sich beruhigen, wenn sie erst in Nepal, in einer größeren Stadt wären, denn er hatte ihr zu Anfang ihrer Reise versichert, daß er dort reich sein würde. Wie bei Kalsang blieb ihr nichts anderes übrig, als abzuwarten und sich in ihr Schicksal zu fügen.

Sie hatte abgewartet. Man kann dem Geist zwar Ergebenheit befehlen, doch fordert der Körper irgendwann gebieterisch sein Recht. Das Paar hatte seit drei Tagen nichts mehr gegessen. Während dieser Zeit hatten sie in der Ferne zwei Ansammlungen von Zelten gesehen, aber Lobsang hatte sich hartnäckig geweigert, dort hinzugehen. Er hatte nichts anderes mehr zu verkaufen als das, was er nicht verkaufen wollte: sein Pferd.

Das Tier, das wohlgenährt war (das Gras wuchs üppig zu dieser Jahreszeit) und lange Zeiten der Rast hatte, war in prächtiger Verfassung und fähig, einen Reiter schnell und weit zu tragen. Wenn Lobsang ihm während ihrer häufigen Ruhepausen beim Weiden zusah, beschlich ihn immer häufiger ein heimtückischer Gedanke: sich auf das Pferd zu schwingen, im Galopp davonzureiten und Pasangma sich selbst zu überlassen.

Ihretwegen hatte er den Türkis gestohlen und deshalb auch Öser getötet. Diese Geschehnisse waren keineswegs angetan, das leidenschaftliche Verlangen wieder aufleben zu lassen, das sie in ihm entflammt hatte, und keinerlei zärtliches Gefühl war an die Stelle dieses wilden Begehrens getreten.

Ganz im Gegenteil hegte Lobsang einen Groll gegen seine Gefährtin, der dicht davor war, in Haß umzuschlagen. Er würde Pasangma ohne Skrupel und ohne Bedauern zurücklassen, aber auch er verspürte jetzt die Wirkung des Fastens, und er begriff, das er es nicht bis ins Unendliche fortsetzen konnte. So schnell ihn sein starkes Pferd auch zu tragen vermochte – es würde dauern, sehr lange dauern, bevor er einen Ort erreichte, an dem er versuchen konnte, den Türkis zu verkaufen. Wie viele Tage oder Wochen mochten das sein? Eines Tages hatte er aufs Geratewohl und ohne nachzudenken von Nepal gesprochen. Zweifellos würde er sich dort in größerer Sicherheit als in Xining oder in Dartsedo befinden. Die Gefahr, jemanden zu treffen, der ihn kannte, war weit geringer, und was seine Person und den Grund seiner Reise anging, so konnte er jedes nur mögliche Märchen erzählen. Nur würde es ihm in Nepal gelingen, den Türkis schnell zu verkaufen? … Ihn sehr teuer zu verkaufen? Geschäfte von solcher Bedeutung lassen sich nur in Städten tätigen, und den Erzählungen der Pilger zufolge, die aus Nepal zurückgekehrt waren, lagen die Städte fern der Grenze. Wo befand sich die Grenze überhaupt? Er kannte nicht einmal den Weg dorthin. Seitdem er in einer Gegend, in der er niemals gewesen war, abseits der Wege umherirrte, hatte er völlig die Orientierung verloren.

Die vernünftigen Überlegungen, zu denen er in den Zeiten der Klarheit fähig war, in denen sich die gespenstischen Alpträume verflüchtigt hatten, wurden nunmehr durch den quälenden Hunger beeinträchtigt. Sich von seinem Pferd zu trennen, war völlig undenkbar. Wollte er den Türkis zu einem hohen Preis verkaufen, ohne sich Unannehmlichkeiten zuzuziehen, mußte er den Anschein eines wohlhabenden Reisenden erwecken. Einen ärmlichen Landstreicher würde man für einen Dieb halten, man würde ihm zahllose Fragen über die Herkunft des kostbaren Steins stellen. Nein, das Pferd konnte er nicht verkaufen.

»Ich verkaufe es nicht … ich verkaufe es nicht …«, murmelte Lobsang, während sein leerer Magen ihn zunehmend peinigte.

Pasangma lag ausgestreckt am Boden und weinte leise vor sich hin.

Es wurde Nacht. Eine weitere Nacht des Leidens, und am folgenden Tag würde ihre Lage sich nicht geändert haben – sie konnte sich nicht ändern.

Er mußte dringend etwas unternehmen, bevor die Entkräftung sie alle beide handlungsunfähig machte.

Da es keinen anderen Gegenstand gab, auf den seine Gedanken sich richten konnten, sah Lobsang nun das Bild des Reliquienkästchens vor seinem geistigen Auge. Dieses Reliquienkästchen, Erbe des berühmten

Zauberers Gyalwai Oser, war gewiß aus Silber und wahrscheinlich obendrein – wie es häufig der Fall ist – mit kleinen goldenen Ornamenten verziert. Wie jammerschade, daß er es in dieser Einöde den armen *dokpas* überlassen mußte, die ihm nur einen lächerlichen Preis dafür zahlen würden.
Allerdings brauchte er nicht zu befürchten, daß er womöglich einen Verdacht erregte, der seine Sicherheit gefährden konnte, wenn er einen solchen Gegenstand zum Verkauf anbot.
Es ist nichts Ungewöhnliches, daß einem *lama* im Laufe einer langen Pilgerreise zu den heiligen Orten die Mittel ausgehen und er gezwungen ist, die religiösen Gegenstände zu verkaufen, die er bei sich trägt: rituelles Glöckchen oder *dorje,* Rosenkranz oder Reliquienkästchen. Dem Reliquienkästchen wird in diesem Fall zuvor sein Inhalt entnommen: das Bild eines Schutzgottes, eine schützende Zauberformel, *sung,* eine Zeichnung, die seine magische Bedeutung versinnbildlicht, eine Reliquie oder ein anderer verehrungswürdiger Gegenstand. Entleert ist das Reliquienkästchen nur eine Dose, die ihrer religiösen Bedeutung beraubt ist. Sie hat keinen anderen Wert als den des Metalls, aus dem sie gemacht ist, und den der Schönheit der Goldschmiedearbeit.
Er würde den kostbaren Türkis also herausnehmen und ihn sorgsam aufbewahren, bis die Umstände so günstig waren, daß er ihn zum Verkauf anbieten konnte, ohne sich über seine Herkunft äußern zu müssen.

Obgleich er das Reliquienkästchen weit unter seinem wirklichen Wert verkaufen mußte, würde es ihm doch ohne Zweifel neben einigem Geld einen reichlichen Mundvorrat einbringen. So ausgerüstet würde er ohne Probleme eine Stadt in Nepal erreichen, und das Geld würde es ihm ermöglichen, dort so lange durchzuhalten, bis er den Türkis verkaufen konnte.

Im übrigen blieb ihm gar kein anderer Ausweg.

Lobsang zögerte jetzt nicht länger. Er überlegte nur noch, wie sein Plan am geschicktesten in die Tat umzusetzen war.

Ein solches Geschäft konnte von keiner Frau getätigt werden – von keiner Frau, die so unbedarft wie Pasangma war. Er würde es selbst übernehmen, und um den Anschein eines wohlhabenden Mannes zu erwecken, dem man es zutraute, einen so kostbaren Gegenstand zu besitzen, würde er sein Gewand aus weinrotem *puruc* anziehen. Er hatte es sorgsam geschont, um es bei seiner Ankunft in einer Stadt zu tragen, wo ihn sein weiter Mantel aus Schafsleder als einen *dokpa* des Hochlandes verraten würde. Außerdem würde er sich zu Pferde zeigen.

Überdies mußte er aus Vorsicht vermeiden, daß man ihn für einen Alleinreisenden hielt. Er würde erzählen, daß er sich in Gesellschaft von Freunden befand, die schon vorausgeritten waren und die er so schnell wie möglich wieder einholen mußte, ob er nun einen Käufer für sein Reliquienkästchen fand oder ob er es wieder mitnahm.

Während Lobsang diesen Plan entwickelte, beschli-

chen ihn erneut hinterhältige Gedanken. Pasangma … bah! Sie begann, ihm lästig zu werden. Sie behinderte sein Fortkommen, da sie das Pferd beanspruchte. Sie verzehrte einen Teil der Vorräte … Für den Augenblick schob er diese Gedanken beiseite. Er mußte sich jetzt einzig und allein um den Verkauf des Reliquienkästchens kümmern.
Von ihrem Lagerplatz aus war weit und breit weder Haus noch Zelt zu erblicken, und er konnte nicht wissen, ob er bald auf eines stoßen würde, wenn er seinen Weg fortsetzte. Am besten war es, wenn er umkehrte und zu einer kleinen Gruppe von Gebäuden ritt – einem Weiler oder vielleicht einem ländlichen Kloster –, die er am Vortag in der Ferne erblickt hatte.
Das würde er tun: Am nächsten Tag noch vor Morgengrauen würde er aufbrechen.
Das anhaltende Fasten verursachte ihm immer noch Schwindelgefühle, aber die Tatsache, daß er jetzt einen Entschluß gefaßt hatte, beruhigte seinen übererregten Geist.
Er würde jedoch warten, bis es völlig dunkel war, bevor er das Reliquienkästchen öffnete. Nachdem er sich gewünscht hatte, dies am hellichten Tag an einem belebten Ort zu tun, fürchtete er nun das Licht, in dem er sehen würde, wie er den Frevel beging: wie er mit seiner verbrecherischen Hand den Türkis ergriff.
Die Angst begann ihn zu bedrängen. Vielleicht war dies der Augenblick, auf den die Dämonen, von denen er umgeben war, warteten. Sie würden sich auf ihn werfen und ihn zerfleischen. Eindeutig war seine erste

Idee die bessere gewesen. Er mußte das Kästchen im hellen Licht der Sonne öffnen, das die Gespenster in die Flucht treibt.
Aber konnte er noch einen Tag verstreichen lassen? … Der Hunger quälte ihn zu sehr. Falls er dieses Unternehmen aufschob, würden es ihm seine schon schwachen Kräfte dann noch erlauben, eine lange Strecke zu Pferde zurückzulegen und obendrein klaren Kopfes mit gerissenen Käufern zu verhandeln, die alles daran setzen würden, ihn zu prellen? … Er konnte nicht länger warten.
So weit war er mit seinen Überlegungen gelangt, als in der Ferne Geheul erklang. Lobsang erbebte. Ein schlechtes Vorzeichen, dachte er. Dann kamen ihm Zweifel: Handelte es sich um Wölfe oder nicht vielmehr um sehr viel schrecklichere Wesen, die ihn unerbittlich verfolgten, seit jenem Tag, an dem … Erneut stieg das Bild des *gomchen* vor ihm auf, wie er seine glühenden Blicke auf ihn schleuderte und dann leblos auf seinen Sitz zurücksank.
Er riß sich zusammen und versuchte mit aller Kraft die Erinnerung an die Vergangenheit zurückzudrängen und seine Gedanken allein auf die Zukunft zu richten. Sobald er den Türkis verkauft hatte, würde sich ein neues Leben vor ihm öffnen. Alles übrige wäre dann ausgelöscht.
Für den Augenblick mußte er sein Pferd im Auge behalten, die Wölfe in der Nähe verlangten Wachsamkeit. Er würde das Tier ganz dicht bei dem Platz anbinden, an dem er mit seiner Geliebten lagerte.

»Paß auf das Feuer auf«, befahl er Pasangma. »Halte dir einen Haufen *chiwa* und trockenes Gras in Reichweite, damit du es notfalls hoch aufflammen lassen kannst. Es sind Wölfe in der Nähe. Sie könnten unser Pferd wittern.«

»Hast du Wölfe gehört?« fragte Pasangma. »Ich habe nichts gehört.«

Lobsang antwortete nicht. Er dachte nach. Nur er allein hatte das Geheul gehört. Es richtete sich also allein an ihn. Es waren dies keine Wölfe, die auf Beute aus waren, sondern erneut die »Unsichtbaren«, die ihm auflauerten, ihm, ihrer auserwählten Beute ... Wieder versank er in seine Phantastereien.

Erneut riß er sich zusammen und machte sich auf die Suche nach seinem Pferd, das in der Nähe des Lagers weidete. Dicht neben ihm schlug er einen Pfahl in die Erde und befestigte einen Riemen daran, den er dem Pferd um eine der Fesseln schlang.

Lobsang kauerte sich nun am Feuer nieder. Er zitterte, und es war dies ein ganz eigenes, tiefinneres Zittern. Seine Organe schienen außer Rand und Band, schienen einen wilden Tanz in dem geschlossenen Sack, der sein Körper war, aufzuführen.

Der Augenblick war gekommen.

Lobsang schob eine Hand in die Öffnung seines Gewandes, dessen Seiten vor der Brust übereinandergeschlagen waren, und zog das Reliquienkästchen heraus.

Pasangma, die ihn dabei beobachtet hatte, stieß einen Schrei aus.

»Du verkaufst es!« rief sie.
Der Ton ihrer Stimme verriet überschwengliche Freude. Sie würde wieder essen und die Reise an den Ort fortsetzen, an dem sie das glückliche Leben führen würde, das ihr Geliebter ihr versprochen hatte.
Dieser antwortete ihr jedoch mit einem Blick, der so wild und voller Haß war, daß die arme Kleine sich verschreckt zu Boden warf und das Gesicht in ihren Händen verbarg.
Lobsang schnitt mit seinem Messer das Schnürchen durch, an dem das Reliquienkästchen hing, und trennte das Säckchen aus rotem Stoff auf. Nach der langen Zeit, die es in Kontakt mit Körpern verbracht hatte, die nur selten mit Wasser in Berührung kamen, war es speckig geworden. Das Reliquienkästchen kam zum Vorschein, und es war im Laufe der Jahre ebenfalls glanzlos geworden. Es war sehr wohl aus Silber und wunderschön gearbeitet, besetzt mit winzigen goldenen Lotusblüten, die jeweils von einer Perle gekrönt waren. Es war noch sehr viel schöner, als Lobsang es sich ausgemalt hatte, und wahrhaft würdig, einen übernatürlichen Edelstein zu hüten.
Lobsang hielt es lange in der Hand, ohne daß er sich entschließen konnte, es zu öffnen.
Die Nacht war ruhig, von vollkommener Stille. Wie aufmerksame Augen schienen die zahllosen Sterne die Unendlichkeit der einsamen Weiten zu erforschen, die in unaussprechlichem Frieden dalagen.
Lobsang hatte das Reliquienkästchen geöffnet. Im Schein des Feuers zeigte sich, daß es fest mit einem

verblichenen Seidenstoff ausgestopft war, der einst von einem blassen Blau gewesen war. Wie es der Brauch war, umhüllte dieser, in Bänder geschnitten, den verehrungswürdigen Gegenstand, der in dem Reliquienkästchen enthalten war. Mit unendlicher Behutsamkeit entrollte Lobsang die Bänder, die eines straff über das andere andere gezogen waren. Er entrollte und entrollte und entrollte immer langsamer. Inzwischen hielt er nur noch ein dünnes, seidenweiches Stäbchen zwischen den Fingern … Er entrollte ein letztes Mal … Und dann war da gar nichts mehr. Wie ein langer Lumpen hatten sich die blauen Seidenbänder über Lobsangs Gewand gelegt.

Völlig gebrochen erforschte er mit einem Finger das Innere des Kästchens, schüttelte es … Nichts. Das Reliquienkästchen war leer. Und um sich in den Besitz dieses nicht vorhandenen Zaubertürkises zu bringen, hatte er seinen Meister getötet und sich den dämonischen Horden ausgeliefert!

Mit einem Satz sprang er auf, schleuderte das Reliquienkästchen zu Boden und stieß einen unmenschlichen Schrei aus.

Aufgeschreckt von diesem entsetzlichen Geräusch bäumte das Pferd sich wiehernd auf, zerriß mit einer ungestümen Bewegung den Riemen, an dem es festgebunden war, und flüchtete wie irre vor Angst in die Dunkelheit. Wie gelähmt vor Bestürzung blieb Lobsang einen Augenblick reglos stehen und rannte dann hinter dem fliehenden Pferd her.

Pasangma blieb fassungslos zurück.

Ihr Geliebter hatte ihr niemals erzählt, daß sich ein kostbarer Gegenstand in dem Reliquienkästchen befand, das er an seiner Brust trug. Sie ahnte nicht, daß er ein Verbrechen begangen hatte, um sich seiner zu bemächtigen, und sie konnte den Grund für diesen Anfall von Wahnsinn nicht begreifen, den sie soeben miterlebt hatte.

Ihre Gedanken richteten sich auf das einzige Geschehnis, das ihr einsichtig war: Ihr Pferd war davongelaufen, und Lobsang, der behauptete, Wölfe gehört zu haben, fürchtete, sie könnten das Tier angreifen. Er wollte es deshalb zurückzuholen, um es in ihrer Nähe in Sicherheit zu bringen.

Es würde nicht einfach sein, das Pferd mitten in der Nacht wiederzufinden. Sie selbst konnte Lobsang in diesem Augenblick in keiner Weise helfen: Sie konnte nur abwarten. Mit mechanischer Geste hob sie das Reliquienkästchen auf, wischte es ab, befreite es mit einem Zipfel ihres Gewandes von der Erde, die hineingedrungen war, und steckte es in ihren *ambag.*

Die Nacht verging, unverändert friedlich und still. Lobsang kehrte nicht zurück. Von Zeit zu Zeit warf Pasangma ein wenig *chiwa* in das Feuer, dessen Helle Lobsang bei seiner Rückkehr leiten würde, und dann wartete sie weiter. Ihre Angst wuchs. Es kommt vor, daß herumstreunende Pferde auf eine Herde von Wildesel, *kyangs,* treffen und mit ihnen herumtollen. Manchmal gefällt ihnen dieses Leben in Freiheit so sehr, daß sie mit ihnen davongaloppieren und ihre Herren sie niemals wiedersehen.

Am Horizont stieg bleich der Morgen auf. Lobsang war nicht zurückgekehrt.
Pasangma stand auf, blickte sich um. Die zunehmende Helle zeigte ihr nichts als die weite Einöde und in der Ferne eine Wellenlinie, die auf eine Hügelkette hindeutete.
Die junge Frau, die unter Hirten geboren und aufgewachsen war, hatte viele Male erlebt, daß Pferde entlaufen und erst nach vielen Tagen der Suche wieder eingefangen worden waren, oft in großer Entfernung von der Siedlung, zu der sie gehörten. Das ihre mußte die ganze Nacht umhergeirrt sein. Lobsang hatte es sicher nicht wiedergefunden, da er es nicht zurückgebracht hatte. Jetzt, da es hell war, würde sie ihrerseits versuchen, es zu finden. Sie sammelte die auf dem Boden verstreuten Säcke zusammen, schichtete sie fern vom Feuer auf und machte sich auf den Weg.
Sie war schon eine ganze Weile gelaufen, als die Sonne aufging und sie schwarze Vögel erblickte, die in der Luft kreisten, auf den Boden hinabstießen und dann abrupt wieder zum Himmel aufstiegen.
Geier, dachte Pasangma, und ihr Herz zog sich zusammen. Hatte Lobsang am Vorabend nicht Wölfe gehört? Diese Wölfe konnten das Pferd gerissen haben, und die Geier, die sie sah, taten sich an den Überresten gütlich. Doch das war keineswegs sicher. Womöglich hatte auch das Aas eines anderen Tieres die Raubvögel angezogen. Sie mußte sich Gewißheit verschaffen.
Getrieben von der Angst, beschleunigte Pasangma

ihren Schritt. Die großen Geier zeichneten sich immer deutlicher vor ihr ab. Als sie an den Platz gelangte, an dem sie sich zusammengefunden hatten, flogen sie alle zugleich unter geräuschvollem Flügelschlagen davon, und Pasangma sah …

Sie sah das Gerippe des Pferdes, das fast völlig abgenagt war, und daneben Lobsangs Leiche. Der Schädel war kahlgefressen, und in den Öffnungen seines Gewandes, das die kräftigen Schnäbel der Geier zerrissen hatten, waren Fetzen blutigen Fleisches zu sehen.

Stumm, mit weit aufgerissenen Augen, blieb Pasangma einen langen Augenblick wie angewurzelt stehen. Dann lief sie immer geradeaus, bis sie, fern vom Ort dieses grauenvollen Geschehens, bewußtlos zu Boden fiel.

3

Ganz und gar durchdrungen von dem Vorsatz, den Mörder seines Meisters zu finden und den Wundertürkis zurückzuholen, lief Münpa Desong mit großen Schritten über die einsame Steppe, die von einer strahlenden Sonne beschienen wurde. Große, schwanzlose Murmeltiere, die man in Tibet mit dem Spitznamen *gomchen** bezeichnet, saßen hier und da aufrecht vor ihrem Bau, warteten, bis er näher kam, und verschwanden dann plötzlich unter der Erde. Eine Reihe von *kyangs* in der Ferne folgten mit erhobenen Köpfen einige Augenblicke seinen Bewegungen und weideten ruhig weiter, als sie bemerkten, daß er nicht in ihre Richtung strebte.

Münpa lief dahin, ohne irgend etwas zu sehen oder zu hören von dem warmen, vibrierenden Leben, das die heißen Strahlen der Sonne über die unendliche Weite der Changthang gebreitet hatten. Mechanisch und verbissen marschierte er seinem Ziel entgegen: dem Zeltplatz von Lobsangs Leuten. Doch bestand kaum Hoffnung, sie noch am selben Abend zu erreichen. Die Wanderung, die er am Vortag, schwerbepackt mit

* Weil sie die Angewohnheit haben, sich aufrecht und reglos vor ihren Bau zu setzen und starr in die Sonne zu blicken, so als wären sie wie die *gomchen* in Meditation versunken.

Vorräten für den Eremiten, hinter sich gebracht hatte, und die darauffolgende Erschütterung über seinen Tod hatten seine Kräfte geschwächt. Er war nun schon den ganzen Tag unterwegs, ohne anzuhalten, er hatte weder gegessen noch getrunken. Gegen Abend ließ er sich erschöpft neben einem Bach niedersinken.

Als Münpa sich von dem anstrengenden Marsch ein wenig erholt hatte und die Abendbrise ihm die erhitzte Stirn kühlte, begann er nachzudenken. Eine Menge von wirren, unzusammenhängenden Gedanken stiegen in ihm auf, abergläubische Vorstellungen, die phantastische Bilder heraufbeschworen. Alle bezogen sie sich auf den geheimnisvollen Türkis, der seit Generationen unsichtbar in dem Reliquienkästchen ruhte, und an alle geistigen Nachkommen des großen Magiers Gyalwai Öser weitergegeben worden war.

Der Meister vermachte ihn dem Schüler, sobald er spürte, daß sein letzter Moment gekommen war, und wahrscheinlich übertrug der Sterbende damit sein eigenes Leben auf den Schüler, den er sich für seine Nachfolge auserkoren hatte*. Ja, so muß es sein,

* Dieser Gedanke basiert auf dem in Tibet verbreiteten Glauben, daß das Lebensprinzip eines Menschen in einem leblosen Gegenstand, in einem Tier oder in einer Pflanze enthalten sein kann. In der Umgangssprache heißt es: Dieser Fels, dieser Baum, dieser Vogel ist »das Leben« dieses *lamas,* dieses Anführers, von diesem oder jenem. Jeder Verfall des Felsens, jede Krankheit oder jedes Unglück, das dem Baum oder dem Tier zustößt, schlägt auf die Lebenskraft desjenigen zurück, dessen »Leben« darin enthalten ist. Ihre Zerstörung oder ihr Tod ziehen in der Regel den des Menschen nach sich, dessen Lebensprinzip damit verbunden ist.

dachte sich Münpa. Der Türkis, der einst von einem *naga* in unsere Welt gebracht worden ist, enthält das »Leben« aller Ösers, die aufeinandergefolgt sind. Doch der letzte von ihnen hatte noch nicht auf das Leben in einer gealterten Körperhülle verzichtet, er hatte es nicht freiwillig weitergegeben: Man hatte es ihm entrissen.

Münpa überlegte weiter.

Er fragte sich, ob es nicht weniger der Schlag selbst, der ihm die Schläfe zerschmettert hatte, gewesen war, als vielmehr die Trennung von dem Türkis, dieÖsers Tod bewirkt hatte. Und falls dem so war, dann befand sich dieses geheimnisvolle, in dem Türkis enthaltene Leben noch immer darin. Zweifellos hatte es sich geweigert, in eine so unwürdige Person wie einen Dieb und Mörder einzugehen. Deshalb würde er, Münpa, das Reliquienkästchen in die Einsiedelei zurückbringen, sobald er es aufgefunden hatte. Er würde es wieder an die zerrissene Kordel hängen, es unter den Falten des Mönchsgewandes verborgen auf die Brust seines Meisters legen, und Öser, zum Leben erwacht, würde sich auf seinem Meditationssitz aufrichten, die Arme ausstrecken und die Hände auf seinen, Münpas, Kopf legen, um ihn zu segnen.

Die hohe Gestalt des wiederauferstandenen Eremiten erhob sich klar und leuchtend vor der Mauer der Finsternis, die die Nacht rund um Münpa errichtet hatte. Wogen glühender Frömmigkeit brandeten auf ihn ein und rissen ihn mit sich. In seiner mystischen Trunkenheit fühlte er sich fortgetragen wie ein Strohhalm auf

den unberührbaren Wassern eines unendlichen Meeres und sodann hinabgezogen in den bodenlosen Schlund einer glücklichen Auflösung im Nichts.
Ganz vage deutete er die Geste eine Niederwerfung an, oder vielmehr malte er sie sich in Gedanken aus. Dann fiel er, von Erregung und Erschöpfung übermannt, zu Boden und schlief ein.
Am nächsten Tag erreichte Münpa Desong die Zelte von Lobsangs Familie. Dort erwartete ihn eine Enttäuschung: Lobsang hatte die Siedlung vor etwa zehn Tagen verlassen. Seine Brüder wußten nicht, wo er sich befand, äußerten jedoch die Vermutung, er könne chinesische Händler begleitet haben, die Wolle und Butter nach Xining bringen wollten. Wie es hieß, hatten sie geäußert, daß sie einen Mann anwerben wollten, weil einer ihrer Maultiertreiber erkrankt war. Weder mit seinen Brüdern noch mit einem der Bewohner der Nachbarzelte hatte Lobsang von einem geplanten Besuch bei Gyalwai Öser gesprochen.
Die Mutmaßungen über die Einstellung Lobsangs als Maultiertreiber fußen auf keinerlei Tatsachen, dachte sich Münpa. Lobsangs Brüder hatten gehört, daß Händler, die in ihrer Nähe vorbeigezogen waren, einen *dokpa* in ihren Dienst genommen hatten, und daraus geschlossen, daß dieser *dokpa* ihr Bruder sein müsse, den sie schon länger nicht gesehen hatten. Doch handelte es sich gewiß nicht um Lobsang, da er sich in die Einsiedelei begeben hatte. Daß er sich sodann in Richtung Xining gewandt hatte, um dort den Türkis zu verkaufen, war möglich, wenn nicht gar

wahrscheinlich. Er mußte also nach Xining, um dort den Verbrecher zu suchen.

Für einen Hirten der Steppe ist Xining eine große, eine riesige Stadt. Münpa war schon mehrmals dort gewesen, doch bei jedem seiner Besuche wunderte er sich erneut über die Vielfalt, die sich seinen Blicken darbot, die Straßen, durch die sich eine geschäftige, lärmende Menge bewegte, die zahllosen Läden voll neuer und bunter Waren, die unterschiedlichsten Dinge wurden feilgeboten: köstliche Dinge zu essen, Stoffe, aus denen man prächtige Gewänder schneidern konnte, Porzellan, Geräte aus Metall, viele Gegenstände, deren Gebrauch ihm unklar war, von denen er aber ahnte, daß sie das Leben angenehmer zu gestalteten vermochten, viele kostspielige Sachen, so kostspielig, daß er sich ihren Preis gar nicht ausmalen konnte, und die für einen armen *dokpa* der Changthang auf immer unerreichbar bleiben würden.

Doch trotz all dieser Träumereien vergaß Münpa nicht das Ziel seiner Reise.

Er fragte sich, wie er in dieser wimmelnden Menschenmenge jemals Lobsang finden sollte. Der verbrecherische Dieb würde es eilig haben, seinen Vorteil aus dieser Untat zu ziehen, und den Türkis verkaufen, von dem es hieß – obgleich ihn niemand je gesehen hatte –, daß er über die Maßen groß sei und von einem noch leuchtenderen Blau als die Wasser des großen Blauen Sees, dem er einst in der Hand eines *naga* entstiegen war.

Welcher der Händler, deren Läden sich entlang der

Straßen befanden, war in der Lage, einen solchen Edelstein zu erwerben? Zweifellos keiner. Sie waren nur einfache Krämer. Von ihnen einmal abgesehen, gab es jedoch auch große Kaufleute, die wichtige Geschäfte tätigten – mit den reichen Leuten, mit den Gouverneuren, den Königen, mit dem großen Herrscher über ganz China, der sehr weit entfernt von Xining lebte, in einem Palast in Beijing, der jenen der Götter ähnelte, die die tibetischen Künstler auf die Leinwände der *thangkas* und auf die Mauern der Tempel gemalt hatten. Wo befanden sie sich, diese Kaufleute, fragte sich Münpa, und wie konnte er sich bei ihnen nach einem *dokpa* erkundigen, der ihnen einen Stein von unschätzbarem Wert angeboten hatte?
Schüchtern hatte Münpa es gewagt, einige Leute nach dem Geschäft eines sehr großen Händlers zu fragen. Die meisten von ihnen hatten sich über seine Frage lustig gemacht, andere hatten ihn auf große Läden verwiesen, die gemischte Waren oder Stoffe anboten. Niedergeschlagen machte Münpa sich klar, daß man dort gewiß nicht mit kostbaren Steinen handelte.
Er bekam es auch mit der Angst zu tun. Hatten ihn einige der Leute, an die er sich gewandt hatte, nicht mißtrauisch beäugt? … Man konnte ihm verdächtige Motive für seine Suche unterstellen. Was hatte er mit einem »großen Händler« zu schaffen? Der arme *trapa,* als der er sich mit seiner ganzen Erscheinung zu erkennen gab, ähnelte in keiner Weise einem Mann, der wichtige Geschäfte zu tätigen hatte …
Fast ein Monat war schon vergangen, seitdem er Gyal-

wai Osers Einsiedelei verlassen hatte. War man ihm nicht gefolgt? Zweifellos würde niemand sich wundern, den *gomchen* nicht zu sehen, da er sich häufig über lange Zeit in der Einsiedelei einschloß. Nur wie stand es mit ihm selbst, seinem Schüler, der die Aufgabe hatte, seinem Meister zu dienen, ihm seine Mahlzeiten zu bringen, ihn vor unerwünschten Besuchern zu schützen – warum ließ er sich nicht mehr blicken? ... Und falls nun einer der Schüler oder der Wohltäter des Eremiten sich wegen dieses ungewöhnlichen Umstands beunruhigte, den Mut faßte, die Tür zur Einsiedelei zu öffnen und dann sah, was geschehen war? Daß er, Münpa, verschwunden war, nachdem viele Leute gesehen hatten, wie er mit Vorräten beladen zu seinem Meister zurückgekehrt war – würde ihn das nicht als schuldig erscheinen lassen? Die Leute, die ihm Geld für Öser mitgegeben hatten, würden zweifellos darüber reden. Wo war dieses Geld, wo war ein beträchtlicher Teil der besten Lebensmittel, die er bei den *dokpas* eingesammelt hatte? Er hatte sie sich angeeignet. Natürlich für einen mehr als guten Zweck, um seine Pflicht erfüllen zu können. Er hatte sich nichts vorzuwerfen, doch die anderen würden das anders sehen. Er hatte geglaubt, Lobsang zu Hause vorzufinden, ihn anklagen zu können, da er den Beweis für sein Verbrechen in der Hand hielt. Das hätte nur wenige Tage in Anspruch genommen. Er hatte Lobsang aber nicht angetroffen, und die Zeit war vergangen. Daß er sich in Richtung Xining gewandt hatte, würde den Verdacht noch nähren, und die *dokpas* geben sich in ihrer Rechtsprechung nicht mit kleinlichen Nachforschungen ab: Sie ist summarisch und erfolgt unverzüglich.

Es war deshalb völlig ausgeschlossen, zum *Tso Ngönpo* zurückzukehren, bevor er Lobsang nicht gefaßt, den Türkis nicht gefunden oder sich davon überzeugt hatte, daß er verkauft worden war ... Ließ sich der zauberkräftige Türkis überhaupt verkaufen? ... Münpa, dessen Geist sich an vielerlei Wundergeschichten genährt hatte, zweifelte daran ... Doch der Edelstein, der aus dem Schatz der *nagas* stammte und von einem von ihnen dargebracht worden war – hatte er nicht auch den Mord an seinem rechtmäßigen Besitzer zugelassen, dem sehr heiligen, sehr mächtigen Gyalwai Öser, der alle magischen Künste beherrschte? Diese Widersprüche stellten ein Rätsel dar, das für das Hirn des einfach gearteten Münpa zu kompliziert war. Er löste es für sich selbst, indem er der langen Liste von Wundern, die durch seine Erinnerung spukten, ein weiteres hinzufügte: Gyalwai Öser war nicht tot. Aus Gründen, die nur ihm allein bekannt waren, erweckte er lediglich den Anschein. Sobald Münpa ihm den Türkis zurückbrachte, würde er sich wieder erheben, stärker denn je und bereichert durch all das neue Wissen, das sein Geist* in der Zeit bei den Göttern hinzugewonnen hatte, während sein Körper reglos auf dem Meditationssitz verblieben war.

Als Münpa nun wieder zu realeren Überlegungen

* Hier wird das Wort »Geist« verwendet, weil in keiner europäischen Sprache ein Synonym für den tibetischen Begriff *namche* existiert: »das bewußte Prinzip«.

zurückkehrte, sagte er sich, daß es für ihn als Mitglied der Geistlichkeit ratsamer sei, seinesgleichen aufzusuchen und um Hilfe zu bitten. Eine ganze Anzahl von *trapas* betreiben Handel, manche sind reich und haben ausgedehnte Geschäftsbeziehungen. Zweifellos würde er nicht die ganze Wahrheit über den Türkis und seinen Dieb erzählen, und vor allem würde er den Mord an dem *gomchen* geheimhalten, aber er würde eine Geschichte erfinden, und wenn er geschickt vorging, konnte er auf diese Weise an sein Ziel gelangen. Münpa war sehr überzeugt von seiner eigenen Schlauheit, doch er überschätzte sie beträchtlich.

Die Nähe des berühmten Klosters Kumbum, das kaum vierzig Kilometer von Xining entfernt war, schien Münpas Plan zu erleichtern. Er begab sich nach Kumbum.

War es das Ergebnis dieses seines Geschicks, dem er vertraute, oder war ihm das Glück gewogen? Gleich am Tag seiner Ankunft wurde ihm von einem wohlhabenden *trapa,* dem in der *gompa* ein Häuschen gehörte, ein Nachtlager angeboten.

Münpa stellte sich ihm als ein Pilger vor, der dem Geburtsort von Tsongkhapa und dem Wunderbaum, dessen Blätter Bilder tragen*, seine Verehrung darbringen

* Die Überlieferung besagt, daß an der Stelle, an der Tsongkhapa geboren wurde, auf wunderbare Weise ein Baum gewachsen sei. Einige Jahre später erschienen Bilder und geschriebene Worte auf den Blättern dieses Baumes. Triebe davon existieren noch immer in Kumbum, wo die Autorin dieses Buches sie im Laufe eines mehrjährigen Aufenthaltes in diesem berühmten Kloster gesehen hat. Der tibetische Name Kumbum *(sku hbum)* bedeutet »hunderttausend Bilder«.

wollte. Zudem, erzählte er, sei er auf der Suche nach einem nichtswürdigen Tibeter. Eine Witwe habe ihm eine Kette mit Kugeln aus Bernstein und Achaten anvertraut, ihn beauftragt, sie zu verkaufen und mit dem erzielten Geld einige *thangkas* und eine Reihe von heiligen Schriften für ihren *lha khang* zu erwerben. Nun ließ dieser Gauner nichts mehr von sich hören, die Witwe hatte weder *thangkas* noch Bücher erhalten, wußte nicht, was aus ihrer schönen Kette aus Bernstein und Achaten geworden war und befürchtete das Schlimmste.
Die Geschichte, die Münpa vorgebracht hatte, klang völlig einleuchtend, denn Gaunereien dieser Art kommen in Tibet nicht selten vor, und Münpa, der mit der Suche nach der Kette und dem Dieb beauftragt war, machte den Eindruck eines sympathischen Mannes – zumindest erregte er keinerlei Verdacht. Er beglückwünschte sich selbst zu der Idee, daß er den Türkis in seinem kleinen Märchen durch eine Kette aus Bernstein und Achaten ersetzt hatte. Auf diese Weise konnte er sich an große Händler wenden, wenn er der kostbaren Kette in aller Öffentlichkeit nachforschte. Denn diejenigen der Kaufleute, die mit Bernsteinen oder Achaten handelten, interessierten sich zweifellos auch für Türkise. Beruhigt und zuversichtlich in die Zukunft blickend, richtete sich der gute Münpa bei seinem Gastgeber in einem Schuppen ein, in dem dieser Wollballen, Mehlsäcke, *tsampa* und andere Waren aufgestapelt hatte.
Er hatte ein Nachtlager, was schon sehr viel wert war,

aber es reichte nicht aus: Er mußte auch essen. Dem Brauch gemäß hatte Münpa einen Teil der Butter, die er vom *Tso Ngönpo* mitgebracht hatte, seinem Gastgeber geschenkt, weil er sich zum einen sein Wohlwollen gewinnen und zum anderen nicht bedürftig erscheinen wollte. Er mußte jetzt den Rest seiner Lebensmittel und vor allem seinen kleinen Geldvorrat sorgfältig einteilen, damit er seine Reise auf der Suche nach Lobsang fortsetzen konnte.

Sein guter Stern beschützte ihn weiterhin, und er fand einen anderen *trapa,* der ebenfalls Händler war. Dieser hatte einige schöne Pferde erworben, und ihm fehlte ein Diener, der sie versorgte, mit ihnen ausritt und sie zum Trinken zum Fluß führte. Er war der Meinung, daß ein *dokpa* für diese Aufgabe wie geschaffen sei: so machte er Münpa den Vorschlag, ihn im Austausch gegen diese Dienste mit Essen zu versorgen. Münpa gefiel diese Stellung. Er würde Leute treffen, wenn er die Pferde ausführte, und zweifellos dabei nützliche Informationen sammeln können. Schon am nächsten Morgen striegelte er die Tiere im Stall des *trapa*-Pferdehändlers.

Nach und nach gewöhnte sich Münpa wieder an das Leben als Mönch. Das Kloster, dem er angehörte, war nur eine armselige Ansammlung von baufälligen Zellen rund um eine einfache Halle, die als Tempel und Versammlungsraum diente. Dennoch ähnelte der Tagesablauf, wenn auch auf viel bescheidenere Weise, dem im prächtigen Klosters Kumbum, das mehr als dreitausend Mönche zählte. Münpa fühlte sich durchaus berechtigt, sie um Aufnahme zu bitten, denn wie sie gehörte er der Gelbmützensekte an. Da man ihn nunmehr zugelassen hatte, war es ihm erlaubt, in der großen Versammlungshalle Platz zu nehmen, wo der Tee dargereicht wurde. Als Fremder in der Gemeinschaft mußte er sich jedoch damit begnügen, im Säulengang zu bleiben und seine Schale auszustrecken, sobald die Mönche, die mit dieser Aufgabe betraut waren, im Inneren des Gebäudes den Tee ausgeschenkt hatten und sodann mit ihren Gefäßen wieder herauskamen, an deren Grund nur noch ein Rest von Tee ohne Butter zurückgeblieben war.

Mehr wünschte Münpa sich gar nicht. Er brachte sich ein Säckchen *tsampa* mit, das er mit diesem fettlosen Tee befeuchtete und für sein Frühstück zu Klößchen knetete. Zwei gehaltvolle Mahlzeiten bekam er im Laufe des Tages bei dem *trapa*-Pferdehändler, dessen Tiere er versorgte. Er fand, er habe durchaus Glück gehabt, und obwohl er weiterhin die Absicht hatte, Lobsang zu verfolgen und den Türkis wiederzufinden, wollte er sich doch die volle Freiheit bewahren, Kumbum erst dann zu verlassen, wenn ihm der Sinn danach stand. Stand ihm der Sinn danach? ... Vielleicht verwechselte er in aller Unschuld den Ruf seines Körpers mit dem der Pflicht.

Immer wieder drängte sich ihm die Erinnerung an seinen ermordeten Meister auf, und jeden Abend wandte er sich in Richtung der Einsiedelei jenseits des großen Blauen Sees, des *Tso Ngönpo*, warf sich andächtig zu Boden und sprach die geheiligten Worte der Verehrung für den Guru. Sein Leib freute sich jedoch nicht nur an der sanften Stille in dem Lagerschuppen, der gegen den Wind abgeschirmt war und in dem er zwischen weichen Wollballen schlief, sondern auch an der Nudelsuppe mit Fleischstücken, die man ihm jeden Abend servierte.

Dennoch hatte er seine Nachforschungen nicht aufgegeben. Keiner der reichen *lamas* oder handeltreibenden *trapas* in Kumbum wußte von einer Kette aus Bernstein und Achaten, die ein *dokpa* zum Kauf angeboten hatte. Ganz nebenbei erkundigte Münpa sich nach Türkisen. Wurden in Kumbum Türkise gekauft oder verkauft? Er stellte diese Fragen in unbeteiligtem Ton. Alle Tibeter lieben Türkise, sie sind eingefügt in die Geschmeide, mit denen die Statuen der Götter geschmückt werden, in den Schmuck der Frauen und in alle Gold- und Silberwaren. Ganz allgemein über Türkise zu reden war in keiner Weise verräterisch, und er kam dabei jedesmal auf die Bernsteinkette zurück.

Eines Tages gab ein *trapa* ihm einen Rat.

»Euer Dieb«, sagte er, »muß sehr weit fortgegangen sein, um eine solche Kette zu verkaufen. Um zu vermeiden, daß man sie erkennen könnte, hat er die Steine wahrscheinlich aus der Kette gelöst und die Bernsteinkugeln und die Achate getrennt angeboten. Ihr könntet versuchen, ihn in Lanzhou aufzuspüren. Mag sein, daß er von reichen Mongolen und Prinzen gehört hat, die dorthin kommen und gern Steine und Juwelen kaufen. Sie schätzen Bernstein und Achate nicht in gleicher Weise wie die Tibeter – sie lieben vor allem Perlen, Türkise und Korallen. Wer weiß? Euer Mann hat vielleicht einen Händler getroffen, der sie ihm abgekauft hat. Doch die Chinesen sind schlau, und es ist keineswegs sicher, daß der Käufer Euch Auskunft gibt, wenn er erfährt, daß die Steine, die er gekauft hat, gestohlen waren.«

»Ich werde sehr vorsichtig sein«, erwiderte Münpa, der immer noch von seiner Gewitztheit überzeugt war.

Insgeheim dachte er sich: Es reicht völlig aus, wenn ich Lobsang finde. Ich werde ihn zwingen, mir zu sagen, was er mit dem Reliquienkästchen und dem Türkis gemacht hat.

Er erklärte dem *trapa,* der ihn beherbergte, und dem, dessen Pferde er betreute, daß er sich nach Lanzhou begeben wolle.

»Warte noch ein wenig«, sagte der letztere. »Ich schicke demnächst einige Pferde nach Lanzhou, und du kannst den Mann begleiten, der sie hinbringt.«

Münpa gefiel dieser Vorschlag. Bis zu diesem Augenblick hatte er das Geld, daß er aus Ösers Einsiedelei mitgenommen hatte, nicht angerührt, doch konnte er keineswegs sicher sein, daß er auch in Zukunft Essen und Unterkunft finden würde, ohne zahlen zu müssen. Es empfahl sich deshalb, seine kleine Reserve so wenig wie möglich anzugreifen. Allerdings widerstrebte es ihm, noch länger warten zu müssen. Die Zeit verging. Wohin mochte Lobsang gegangen sein, während er unterwegs die Zeit vergessen hatte?

Tatsächlich hatte der arme Münpa jede Orientierung

verloren. Er hatte geglaubt, den Dieb bei seinen Zelten überraschen zu können, und nachdem diese Hoffnung enttäuscht worden war, hatte er es nicht mehr vermocht, einen vernünftigen Plan zu entwickeln. Und nun irrte er auf gut Glück durch die Gegend.
Er war sich über seine Lage nur sehr begrenzt im klaren. Sein Glaube an den zauberkräftigen Türkis und die ihm innewohnende Macht und an die seines Meisters, von dem er immer noch glaubte, daß er lebendig sei, obgleich er ihn tot gesehen hatte – dieser Glaube war unbeschadet und erfüllte ihn in manchen Augenblicken mit einer Glut, die ihn in Zustände mystischer Trunkenheit versetzte, die der Verzückung der Heiligen ähnelte.
Das bewundernde Staunen, das Münpa, der Mann der einsamen Steppen, in Xining verspürt hatte, wandelte sich in maßlose Verblüffung, als er in Lanzhou eintraf. Was war das Gewimmel in den Gassen von Xining im Vergleich zu diesem dichten Strom von Menschen, der die Straßen von Lanzhou erfüllte? Wie viele von diesen Straßen gab es, die von Plätzen und Kreuzungen unterbrochen waren und die der große Gelbe Fluß durchzog? Wie viele Geschäfte, die von Waren überquollen, wie viele prächtige Häuser, wie viele Paläste, deren vergoldete, drachengeschmückte Dächer über die hohen Ummauerungen hinausragten, innerhalb derer man weite, blühende Gärten ahnte? Wie viele Tempel, einer Vielzahl von Göttern geweiht, deren Bilder hinter den duftenden Wolken zahlloser Räucherstäbchen verschwammen, die auf ihren Altären brann-

ten! O Lanzhou! Wunder aller Wunder! dachte der einfältige Nomade aus dem Hochland.
Sein Gefährte hatte ihn in einer Karawanserei untergebracht, wo die aus der Mongolei oder aus Turkistan kommenden Reisenden mit Scharen von Maultieren und Kamelen eintrafen. Auf Empfehlung seines Gefährten hin hatte der Hausherr Münpa Nachtlager und Verpflegung als Entlohnung angeboten, wenn er sich um das Gepäck und um die Tiere seiner Gäste kümmerte.
Wieder einmal hatte Münpa Glück gehabt. Er brauchte seine Geldreserve nicht anzugreifen. Das war wirklich wunderbar, doch hatte er den *Tso Ngönpo* eigentlich nicht verlassen, um Stallbursche zu werden. Er hatte eine Mission, eine Aufgabe, eine unausweichliche Pflicht zu erfüllen. Erneut begannen ihn die Bilder zu verfolgen: das seines Meisters, der starr auf seinem Meditationssitz saß, und das andere, sehr vage, von einem Türkis, den er nie gesehen hatte.
Ein ärgerlicher Vorfall riß Münpa aus seinen Träumereien. Ratlos inmitten dieser geschäftigen Welt, die ihm fremd war, hatte sich der arme Hirt aus der einsamen Steppe schließlich auf gut Glück an einige der Händler gewandt, deren Geschäfte ihm am besten mit wertvollen Gegenständen ausgestattet zu sein schienen. Hatte man ihnen eine Kette aus Bernsteinkugeln und Achaten – oder einzelne Steine – angeboten? Einige, die anderweitig beschäftigt waren, beschränkten sich darauf, ihn schnellstens weiterzuschicken. Andere, die sein schlechtes Chinesisch und seine Ab-

sichten mißverstanden, hielten ihn für einen Käufer und boten ihm Bernsteinkugeln und Achate an. Und sie wiesen ihm die Tür, sobald sie ihren Irrtum begriffen hatten. Der Anblick von so viel Bernstein und Achaten entmutigte Münpa. Es mußte sehr viele Käufer und Verkäufer geben, die sich für solche Dinge interessierten – sie konnten gar nicht besonders auffallen. Ganz davon abgesehen hatte Lobsang weder Bernstein noch Achate gestohlen, sondern einen Türkis. Die Geschichte von der Kette war nur eine törichte und sinnlose List gewesen. Da er sich als jemand eingeführt hatte, der einer Kette nachforschte, war es für ihn nun schwierig einzugestehen, daß er in Wirklichkeit einen Türkis und dessen Dieb suchte. Er mußte sich jedoch offenbaren, denn je mehr Zeit verging, desto schwieriger würde es sein, sie zu finden, da sich der Mantel des Vergessens darüber breiten würde.

Als er im Geschäft eines angesehenen Händlers dem Türkis nachforschte und sich in unglaubwürdigen Erklärungen verhedderte, weil er ihm nicht die volle Wahrheit eingestehen wollte, übersah er die Zeichen, die sein Gesprächspartner einem seiner Gehilfen gab. Er war deshalb völlig fassungslos, als er zwei bewaffnete Soldaten vor sich auftauchen sah, die sich anschickten, ihn als Dieb abzuführen.

Der frei in der einsamen, wilden Steppe aufgewachsene Münpa reagierte auf der Stelle mit Widerstand. Den schmächtigen chinesischen Soldaten gelang es nicht, dem Angriff dieser kräftigen Fäuste standzuhalten. Münpa warf sie alle beide gegen die Verkaufstische und Regale des Ladens, an denen sie taumelnd niedersanken. Schon war er bei der Tür, doch während seines kurzen Kampfes hatten die Ladengehilfen Zeit gehabt, den Eingang mit einer Planke zu verriegeln. Ihr Geschrei hatte überdies eine Menschenmenge angelockt, die sich in Chinas belebten Straßen zu jeder Tageszeit mit Begeisterung versammelt. Soldaten und Ladengehilfen schrien: »Haltet den Dieb!« Der arme Münpa, von Dutzenden von Händen erfaßt, wurde auf den Boden geworfen. Die Soldaten, die ihre Haltung zurückgewonnen hatten, brachten ihn mit Fußtritten wieder auf die Beine und schleppten ihn ins Gefängnis. Später könnte er vor dem Stadtverwalter seine Aussage machen, falls dieser Lust hatte, ihn zu befragen … Morgen oder übermorgen …

Grün und blau geschlagen und mit schmerzendem Kopf sank Münpa auf dem gestampften Lehmboden des großen Raumes nieder, in den ihn die Soldaten gewaltsam hineingestoßen hatten. Die rund fünfzig abgerissenen Gestalten, die sich darin befanden, musterten ihn ohne jegliche Anteilnahme. Einige von ihnen stellten ihm Fragen, die er in seiner Bestürzung nicht zu beantworten vermochte.

Man hielt ihn für einen Dieb! Was würde ihm jetzt geschehen?

Nichts geschah. Münpa, den die Aufregung und die grobe Behandlung, die ihm widerfahren war, völlig erschöpft hatten, fiel in einen tiefen Schlaf. Es war schon heller Tag, als er erwachte. Die wenigen engen Öffnungen in den Mauern des Gefängnisses ließen kaum

Licht eindringen, und in diesem Halbdunkel nahm Münpa das Gemurmel seiner Gefährten wahr, die sich miteinander unterhielten oder überaus gewissenhaft damit beschäftigt waren, in den Nähten ihrer Lumpen nach Läusen zu suchen. Manche von ihnen töteten die gefangenen Tierchen nicht, sondern warfen sie durch die Fensterlöcher in den Hof, oder sie setzten sie in aller Ruhe neben sich, doch alle, ohne Ausnahme, zerbissen sie die Eier, indem sie an den Nähten und Falten ihrer Gewänder entlangkauten.

Die Tibeter machen es ebenso – dieses Schauspiel konnte Münpa nicht beeindrucken. Er wartete auf eine Mahlzeit. Würde man etwa kein Essen an sie austeilen? Leider nein! Die Chinesen kümmerten sich nicht um die Ernährung ihrer Gefangenen*. Auch in Tibet pflegte man diesen höchst sparsamen Brauch. Münpa hatte sich jedenfalls Besseres von der Obrigkeit einer so reichen Stadt wie Lanzhou erwartet. Er war zutiefst enttäuscht. Und doch ließ sich ein gestandener Nomade vom *Tso Ngönpo* nicht so leicht entmutigen. Es gibt keine noch so schwierige Lage, dachte er, aus der man sich nicht mit ein bißchen Geld heraushelfen kann. Da er seine kleine Reserve bei sich trug, würde er sie jetzt einsetzen, um sich Nahrung zu verschaffen. Doch durfte er es nicht wagen, sie den Blicken dieser zweifelhaften Gesellen auszusetzen, mit denen das Geschick ihn auf so unglückselige Weise zusammen-

* Zumindest war das früher so. Wie es heißt, bekommen die Gefangenen heute zu essen.

geführt hatte. Zuallererst wollte er sehen, wie seine Mitgefangenen an ihr Essen kamen.
An den Öffnungen in den Mauern erschienen nacheinander Verwandte oder Freunde der Gefangenen, riefen nach dem jeweiligen Mann und reichten ihm entweder eine Schale Reis, ein wenig Nudelsuppe oder ein Stück Brot. Einige bekamen noch ein wenig salziges Gemüse als Zugabe, und einige andere, denen es an einer mitleidigen Seele fehlte, die sich um sie kümmerte, erhielten überhaupt nichts. Von diesen hatten manche das Glück, von einem der begünstigteren Gefährten einen Suppenrest oder ein Stückchen Brot angeboten zu bekommen. Im Laufe des Vormittags ließen die Besuche nach, und schließlich zeigte sich niemand mehr. Die engen Mauerlöcher klafften auf den weiten, leeren Himmel, und als zusätzliche Vorsichtsmaßnahme gegen sehr unwahrscheinliche Ausbrüche wurde der verlassene Hof von bewaffneten Aufsehern überwacht: die Mehrzahl der Gefangenen trugen Eisen an den Füßen.
Münpa knurrte immer noch der Magen.
Im Hof erklangen die grölenden Stimmen von den Köchen kleiner Garküchen. Nun gerieten die Gefangenen in Bewegung. Einige von ihnen zogen Münzen aus den Taschen ihrer zerlumpten Gewänder und gingen auf die Maueröffnungen zu. In einer zeigte sich der Kopf eines Händlers, und wenig später verdunkelte ein zweiter das Licht an einer anderen Stelle. Wer von den Zerlumpten etwas Geld besaß, näherte sich und fragte: »Wieviel kostet eine Wurst?« »Wieviel ein

Teller Suppe?« Sie streckten den Händlern ihre Geldstücke entgegen und konnten nun essen – die Glücklichen.
Münpa hungerte weiter. Er hatte keine kleinen Münzen, nur Silberstücke, von denen selbst das geringste zu wertvoll war, um es den Blicken dieser Individuen auszusetzen, deren Begehrlichkeit es zweifellos geweckt hätte. Man würde ihn bestehlen, man würde ihn schlagen, um es ihm abzunehmen. Und wer weiß, vielleicht würde man ihn in der Nacht gar töten?
»Du hast also gar nichts gegessen?« fragte einer der Häftlinge und setzte sich neben ihn.
»Nein.«
»Hast du in Lanzhou keine Verwandten oder Freunde, die dir etwas bringen könnten?«
»Nein.«
Münpa wollte seinen Arbeitgeber um keinen Preis wissen lassen, daß er sich im Gefängnis befand. Die Tatsache, daß man ihn eingesperrt hatte, ging ihm gar nicht einmal so furchtbar nahe. Doch machte es ihn über die Maßen wütend, daß er überlistet worden war – und zwar von Chinesen. Wenn nämlich die Chinesen die wilden Steppenbewohner, die in schwarzen Zelten leben, von oben herab betrachten, so erwidern die Tibeter diese Geringschätzung aus vollem Herzen. Das drückt sich in Redewendungen aus, in denen die Einstellung der *dokpas* deutlich wird: »Der Chinese taugt nur zum Dieb«, sagen sie, »zum Straßenräuber reicht's bei ihm nicht.«
Kein Tibeter zweifelt daran, daß der *djagpa*, der Wege-

lagerer, der den Karawanen auflauert, der heldenhafte Räuber, der großartige Reiter, der Scharfschütze, dessen Kugeln kaum je ihr Ziel verfehlen, dem *küma* himmelhoch überlegen ist, jenem durchtriebenen Dieb, der fähig ist, Betrügereien auszuklügeln, dem es aber in der Regel an Tapferkeit fehlt. Der *küma* ist der Mann im Schatten, der *djagpa* hingegen, »der Tapfere mit dem starken Herzen«, wie man ihn gerne nennt, ist wie in helles Licht getaucht. Münpa war ein *trapa,* ein Mönch, fühlte sich jedoch fähig, ein *djagpa* zu sein, und auf jeden Fall hegte er in einem Winkel seines Herzens eine heimliche Bewunderung für diese Prachtgestalten seiner Rasse.

Der mitleidige Gauner, der ihn angesprochen hatte, war betroffen von dem zweifachen Nein, das er zur Antwort bekommen hatte.

»Nicht gegessen… keine Freunde«, murmelte er. Dann versuchte er seinen Gefährten im Unglück zu trösten.

»Morgen früh kommt der *heshang,* ein chinesischer Mönch. Morgen ist sein Besuchstag. Er verteilt Brot, Reis, vielleicht auch noch anderes. Geh auf ihn zu, sobald er eintritt, und sprich mit ihm. Der Vorsteher seines Kloster ist sehr einflußreich. Der Polizeichef wird auf ihn hören, wenn er sich für deine Freilassung einsetzt. Bitte den *heshang,* daß er seinem Oberhaupt von dir berichtet.«

Münpa dankte dem Sträfling für diesen Rat und beschloß, zur rechten Zeit Gebrauch davon zu machen. Immer noch hungrig, streckte er sich sodann in einer

Ecke am Boden aus, und dank jener glücklichen Fähigkeit, die sehr einfachen Menschen und Tieren zu eigen ist, nämlich zu schlafen, wenn es keine Notwendigkeit zum Handeln gibt, brachte ihm der Schlummer ein wenig Vergessen seines Kummers.

Der Mönch, der von einem bedeutenden Kloster des *Chan*-Buddhismus zur Verteilung von Almosen abgeordnet war, hatte die Sondererlaubnis, die Räume zu betreten, in denen die Häftlinge hausten. Am späten Vormittag öffnete ihm einer der Wärter die Tür zu dem Saal, in dem sich Münpa befand. Dieser war schon im Morgengrauen erwacht und wartete mit Spannung auf seine Ankunft, denn er war fest entschlossen, sich vor dem eintretenden Priester niederzuwerfen. Beim Anblick der Gruppe, die nun langsam hereingeschritten kam, war Münpa jedoch so voller Erstaunen, daß er wie gelähmt innehielt. Der *heshang*, flankiert von zwei Knaben, seinen Helfern, welche die zur Verteilung bestimmten Lebensmittel trugen, entsprach in jeder Weise einer Figur, wie Münpa sie aus den Mysterienspielen der *lamas* kannte.

Die Gestalt erinnert an eine berühmte philosophische Kontroverse, die unter der Herrschaft von Trisong Detsen (Khri srong Idé btsen) stattfand, der im Jahr 641 geboren wurde. Sie wurde zwischen einem chinesischen Mönch, der die Lehre des »Nicht-Handelns« vertrat, und Kamasila, einem indischen Meister, der dem tantrischen Buddhismus anhing, ausgetragen. Liest man die Chroniken, in denen von dieser Episode berichtet wird, gelangt man zu dem Schluß, daß die von dem Chinesen dargelegte Doktrin der des Kamasila in intellektueller Hinsicht weit überlegen war. Doch entsprach sie weder dem Geschmack des Herrschers, der dem Wortstreit vorsaß, noch dem der Zuhörer, und so wurde Kamasila zum Sieger erklärt. Daraufhin kehrte der Chinese mit einigen seiner Schüler nach China zurück.

Seit Jahrhunderten wird dieser unverstandene Philosoph in allen tibetischen *gompas* lächerlich gemacht. Im Verlauf der großen, alljährlich stattfindenden Mysterienspiele wird er von einem Schauspieler dargestellt, der ein goldgelbes chinesisches Gewand trägt und eine große Maske, die ein breiteres, flacheres und gelberes Gesicht als natürlich vortäuscht und einen unbeschreiblichen Ausdruck zeigt: ein Lächeln von dümmlicher, glückseliger Sanftmut. Dieser *heshang* wird von einem halben Dutzend kleiner Jungen begleitet, die seine Schüler darstellen und Miniaturausgaben von ihm selbst sind. Sie tragen Rauchfäßchen, die sie von Zeit zu Zeit vor ihm herschwenken. Die groteske Unbeweglichkeit des erstarrten Gesichtsausdrucks der Masken wirkt zur Wonne der Zuschauer unwiderstehlich komisch.

Als Münpa, der dieses Spektakel zahllose Male miterlebt hatte, nun diese Schar von Chinesen vor sich sah, die ihm die tibetische Posse so aufs Haar genau ins Gedächtnis rief, brach er in schallendes Gelächter aus.

Alle Häftlinge wandten sich erstaunt und fragend zu ihm um. Der Mönch bewahrte den unerschütterlichen

Gleichmut, auf den er eingeübt war, und das unterstrich noch seine Ähnlichkeit mit jenem *heshang*, der bei den tibetischen Zuschauermengen solche Lachausbrüche auslöste. Seine beiden jungen Begleiter betrachteten den Mann, der so überaus erheitert war, mit weit aufgerissenen Augen, während ihren verzerrten Lippen anzusehen war, daß es ihnen nur mit größter Mühe gelang, ein Lachen zu unterdrücken.

Münpa begriff augenblicklich, wie beleidigend sein Verhalten wirken mußte, und fürchtete, der gekränkte Chinese könne ihm das Almosen verweigern, das er sich erhoffte.

Geistesgegenwärtig ging er auf ihn zu und erklärte ihm: »Ich freue mich nur so sehr, weil ich etwas zu essen sehe. Seit mehr als zwei Tagen habe ich nichts mehr in den Magen bekommen.«

Erweckte diese Aussage das Mitleid des Mönchs? Er ließ sich nichts anmerken, doch füllte er eine Schale mit Suppe, legte einen großen Fladen darauf und streckte Münpa beides entgegen.

»Hast du keinen Verwandten oder Freund in Lanzhou?« fragte er. »Ich könnte ihn davon verständigen, daß du hier bist. Er würde dir zu essen bringen.«

»Ich habe niemanden«, antwortete Münpa.

»Du bist ein *manzi*«, bemerkte der *heshang*.

Die Chinesen gebrauchen dieses Wort keineswegs in schmeichelhafter Weise, denn es bezeichnet den Bewohner einer unzivilisierten Gegend.

»Ich bin Tibeter«, berichtigte ihn Münpa. »Und ein *lama*«, fügte er hinzu und gebrauchte damit den Titel *lama,* wie in der Umgangssprache üblich, in seinem erweiterten Sinn: für einen Angehörigen der tibetischen Geistlichkeit.

Das Wort *lama* schien in dem gleichmütigen *heshang* einen Funken von Interesse zu wecken.

»Was hat der Richter angeordnet? Wie lange sollst du im Gefängnis bleiben?« fragte er.

»Ich habe den Richter noch nicht gesehen, ich weiß nicht, wie er urteilen wird«, antwortete Münpa.

Als er sah, daß der Mönch im Begriff war, die Verteilung seiner milden Gaben fortzusetzen, ohne sich weiter um ihn zu kümmern, wagte er eine Bitte: »Ich habe ein kleines Silberstück. Ich könnte mir morgen bei den Händlern, die in den Hof kommen, etwas zu essen kaufen, wenn ich es gegen *tongzi* eingetauscht bekäme.«

»Gib ihm das Silberstück«, sagte der *heshang* lakonisch und deutete auf einen seiner Gehilfen, der die Hand ausstreckte, um es entgegenzunehmen.

In der Aussicht auf einen möglichen Eintausch hatte Münpa seiner Geldreserve in der Nacht das kleinste Silberstück* entnommen, das darin enthalten war. Er hielt es dem Mönchlein entgegen und erklärte so laut, daß alle es hören konnten: »Das ist alles, was ich besitze«, wobei er seinen Worten einen verzweifelten Seufzer folgen ließ.

»Morgen früh bekommst du Essen und *tongzi*«, erklärte der Mönch und reichte Münpa einen zweiten

* Zu jener Zeit waren Silberbarren im Umlauf. Münzgeld war in den entfernten chinesischen Provinzen noch sehr selten.

Fladen. Dann begab er sich an die weitere Verteilung der Almosen, und nachdem er sie beendet hatte, ging er hoch aufgerichtet und gemessenen Schrittes hinaus, gefolgt von den Knaben mit ihren leeren Körben, die seine Haltung nachzuahmen versuchten.

»Na, siehst du wohl, ich habe dir einen guten Rat gegeben«, sagte dicht neben ihm der Häftling, der ihn schon einmal angesprochen hatte. »Hat der *heshang* dir gesagt, daß er dich seinem Vorsteher empfehlen will?«

»Er hat mir nichts dergleichen gesagt.«

»Das macht nichts, er wird ihm sicher von dir erzählen. Sein Kloster heißt ›Kloster der erhabenen Weisheit und des allerhöchsten Friedens‹, und es liegt am anderen Ufer des Flusses. Sobald du hier rauskommst, mußt du dort hingehen. Man wird dir sicher helfen, weil du in deinem Land auch eine Art *heshang* bist. Ich habe gehört, wie du das gesagt hast.«

»Das stimmt«, bestätigte Münpa.

»Siehst du, schon wieder habe ich dir einen guten Rat gegeben«, sagte der Häftling eindringlich.

Münpa begriff und teilte den zusätzlichen Fladen, den er bekommen hatte, mit dem zuvorkommenden Ratgeber, der ihn schnell und verstohlen aufaß.

Am nächsten Morgen hielt einer der Wärter Münpa eine große Handvoll *tongzi* entgegen.

»Wie viele hat er wohl für sich behalten?« fragte sich Münpa, während er sie in ein altes Tuch einschlug, das er in seinen *ambag* steckte. Doch er kannte die Bräuche und gab dem Wärter ein paar Münzen als Dank für den erwiesenen Dienst.

Die Beziehung zwischen Münpa und seinem geistlichen Kollegen, dem chinesischen *heshang*, gelangte über diesen Punkt nicht hinaus. Dieser kam in der folgenden Woche, verteilte seine milden Gaben und schenkte ihm nicht die geringste Beachtung, selbst als das Mönchlein an seiner Seite ihm eine Schale Suppe und einen Fladen reichte.

Dank seiner *tongzi* konnte Münpa nun essen, und das linderte seinen Kummer. Aber er schlief schlecht, denn ständig fürchtete er, einer dieser »durchtriebenen chinesischen Diebe« könne ihm seinen Vorrat an *tongzi* rauben, da nun alle davon wußten. Irgendwann würde er auch zu Ende gehen: Wie lange sollte seine Gefangenschaft noch dauern?

Er hatte seinen Meister anzurufen und um Hilfe anzuflehen versucht. Hatte er nicht aus Ergebenheit für ihn und in seinem Dienst den *Tso Ngönpo* verlassen und sich auf die Suche nach dem Türkis und seinem Dieb gemacht, die ihm nichts als Enttäuschung und Ungemach eingebracht hatte? Doch fanden seine inbrünstigen Bitten jenseits der verdreckten Mauern seines Kerkers keinen Widerhall: Gyalwai Öser war wie ausgelöscht aus der diesseitigen Welt.

Drei Wochen nach seiner Verhaftung verkündete der *heshang* ihm endlich: »Unser *er loie,* der Laienverwalter des Klosters, hat sich beim Gerichtssekretär für Euch eingesetzt. Übermorgen könnt Ihr gehen.«

Doch am nächsten Morgen eröffnete der Wärter den Häftlingen, man werde sie auf der Stelle dem Richter vorführen, und unverzüglich wurden sie alle in

einer Reihe aneinandergekettet und zum *yamen* gebracht.
Die Kläger traten auf, brachten ihre Beschwerden vor, die Polizei-Soldaten machten ihre Meldungen. Unbeteiligt hörte der Richter sie an und verhängte über die kleinen Gauner, die vor seinem Sitz niederknieten, ganz nach Gutdünken Gefängnis- oder Prügelstrafen.
Als die Reihe an Münpa kam, versuchte dieser zu erklären, was ihm widerfahren sei, aber der Richter hatte es eilig, zu Ende zu kommen, und hörte ihn nicht an: »Zehn Schläge«, verkündete er lakonisch, und damit konnte der *manzi* den Gerichtssaal verlassen.
Die Soldaten zerrten ihn in einen Hof, wo schon einige andere arme Teufel warteten, zitternd, angesichts der schweren Holzstangen, die auf ihre Rücken eindreschen würden. Münpa hatte nicht ein einziges Wort der Verteidigung vorbringen können.
Alles Weitere ging sehr schnell: Man riß ihm sein Gewand herunter, warf ihn mit dem Gesicht nach unten auf die Erde, und schon fetzte ihm die chinesische »Gerechtigkeit«, verkörpert durch zwei kräftige, gefühllose Folterknechte, die Haut von Rücken und Schenkeln.
Ein Fußtritt verkündete ihm, daß er aufstehen durfte. Blutüberströmt nahm er sein Gewand wieder auf, das man auf die Steinplatten des Wegs geworfen hatte, der den Hof umrandete. Ein Soldat stieß ihn aus dem *yamen* hinaus.
»Raus mit dir!«
Er fand sich auf der Straße und in Freiheit wieder.

4

Über den grausamen Schlägen, die ihm den Rücken blutig geprügelt hatten, vergaß Münpa in keiner Weise die Sorge um seinen Lebensunterhalt. Als er sein Gewand wieder aufnahm, das man nachlässig auf die Steinplatten im Hof geschleudert hatte, in dem man ihn so unverdient gefoltert hatte, überprüfte er zuallererst, ob der Lumpen, der seinen Schatz enthielt, noch immer daran befestigt war. Die Gewißheit, daß er noch da war, und die Befriedigung, die er darüber verspürte, linderten für einen Augenblick seinen brennenden Schmerz, doch war diese Erleichterung nicht von Dauer. Schwankend, von Schwindel ergriffen, machte er einige Schritte die Straße entlang und ließ sich dann in dem ersten Eßlokal, das er sah, auf eine Bank niedersinken.

Schluck für Schluck trank er mehrere Schalen chinesischen Tees, den Tibeter, die an einen dunklen, lange gezogenen und mit Butter, Salz und Soda gewürzten Tee gewöhnt sind, als schrecklich fade und abstoßend empfinden. Sobald es ihm gelungen war, den Schmerz unter Kontrolle zu bekommen, den seine blutig zerfetzten Lenden ihm verursachten, verlangte sein leerer Magen nach Genugtuung. Münpa hielt es für klug, ihn zu befriedigen, und so bestellte er *momos,* gefüllte Teigtaschen, und Nudelsuppe. Während seine Mahlzeit vorbereitet wurde, überdachte er seine Lage.

Zweifellos waren es Dämonen, die seine Pläne behinderten. Wer sonst konnte es sein, der sich seinen lobenswerten Bemühungen eines getreuen Schülers, der seinem Meister dienen, ihn rächen und ihm das Leben zurückgeben wollte, auf diese Weise in den Weg stellte? ... Dämonen, die Öser feindlich gesinnt waren, unzureichend gebändigte Dämonen, die sich für die Knechtschaft rächen wollten, die der *gomchen* ihnen aufzuzwingen versucht hatte! Sie fürchteten, daß Öser mit dem Türkis das Leben zurückgewann und damit eine Macht, der sie sich nicht mehr entziehen konnten.

Ja, ja, so muß es sein, sagte sich der schmerzgeplagte Münpa, während er auf der schmalen, wackeligen Bank mit der Teeschale vor sich im Speiselokal saß, und er nickte vor sich hin und war sehr zufrieden darüber, mit wieviel Scharfsinn er die Ursache seiner Abenteuer erkundet hatte. Wie es nun weitergehen sollte, mit welchen Mitteln er die Ränke der diabolischen Feinde abwenden konnte – es fehlte ihm im Augenblick einfach die Kraft, darüber nachzudenken. Er würde dieses Problem nach dem Essen angehen.

Genau in diesem Augenblick setzte ihm ein Bediensteter sein Essen vor. Gierig vertilgte Münpa ein Dutzend ausgezeichneter mit Fleisch gefüllter Teigtaschen, verschlang zwei große Schalen mit Nudeln, die in Fleischbrühe schwammen, begoß all dies mit einer großzügigen Menge Branntwein und fühlte sich schon sehr viel besser. Besser, ja, aber nicht in der Lage, einen Schlachtplan zu entwerfen: Sein glühender, schmerzender Kopf vermochte noch keinen klaren Gedanken zu fassen. Er brauchte Ruhe, Stille und vielleicht noch ein wenig Branntwein, und das an einem Ort, an dem er allein sein konnte.

»Gibt es eine Herberge in der Nähe?« fragte er den Kellner, der ihn bedient hatte.

»Nur ein paar Schritte von hier. Links hinaus, und dann gleich hinter der nächsten Straßenecke«, erwiderte ihm dieser.

Münpa bezahlte seine Mahlzeit, fügte, wie es sich gehört, ein kleines Trinkgeld für den Kellner hinzu und ging, wobei er sich um einen aufrechten Gang bemühte, der in keiner Weise den jämmerlichen, beschämenden Zustand seines Rückens verriet. Am liebsten hätte er Butter* auf seine Wunden aufgetragen, aber alle Händler auf seinem Weg erklärten ihm, daß sie keine hätten: Die Chinesen machen keinen Gebrauch davon.

Das Tor zum Hof der Herberge öffnete sich auf eine Seitenstraße, genau wie der Kellner des Eßlokals es Münpa beschrieben hatte. Ohne besonders komfortabel zu sein, bot diese Herberge doch die Annehmlichkeiten, die einfache Chinesen sich erwarten. Niedrige, aus Stampferde errichtete Gebäude umgaben drei Seiten eines großen Hofes, während die vierte, zurückgelegene Seite den Stallungen vorbehalten war. Diese Gebäude enthielten Zimmer von unterschiedlicher

* Butter ist in Tibet Allheilmittel.

Größe, die je nachdem mit einem oder mit zwei *kangs*, beheizten Betten, versehen waren. Münpa entschied sich für ein kleines und erklärte dem Wirt, daß er allein sein wolle. Da er kein Gepäck hatte, zahlte er im voraus und bat um eine Schale mit Branntwein.

Sein Gewand aus grobem, rauhen Stoff war durchtränkt und steif vor Blut. Es schabte sich an dem rohen Fleisch des armen Münpa und verursachte ihm heftige Schmerzen. Anstelle von Butter, der Allheilsalbe der Tibeter, hätte ihm ein chinesischer Arzt seine Pein gewiß mit einem geeigneten Balsam lindern können, doch Münpa wagte es nicht, sich einem von ihnen zu zeigen. Ein Heilkundiger hätte auf der Stelle den Grund für seinen jämmerlichen Zustand begriffen. Welche Schande! ... Münpa wollte sich dieser Schande nicht aussetzen. Er zog es vor zu leiden, die unverdiente Qual zu erdulden, die ihm im Dienst seines Meisters widerfahren war.

Im Dienst seines Meisters ... Dieser Gedanke ließ vor Münpa das Bild von Milarepa* aufsteigen, dem Marpa befohlen hatte, ein Haus zu bauen, und dessen Rücken von Wunden übersät gewesen war, nachdem er Erde und Steine herangeschleppt hatte, die für den Bau notwendig waren.

Münpa kannte die Geschichte des heldenhaften Schülers, die sich in Tibet größter Popularität erfreut, in- und auswendig. Er erinnerte sich an jene Passage, die davon

* Milarepa, der berühmte Asket und Dichter, der im 11. Jahrhundert lebte.

erzählt, wie Milarepa geduldig jede Art von schlechter Behandlung ertrug, weil er von seinem Meister Marpa in die höhere Lehre eingeführt werden wollte.

»Aus den Wunden seines Rückens flossen Blut und Eiter in Strömen …

Milarepa ist es schlechter ergangen als mir«, dachte Münpa. Aber sogleich kam ihm ein anderer Gedanke: Marpa hatte Milarepa versprochen, er würde ihn in seine Geheimlehre einführen, wenn er ein Haus erbaute. »Mein Meister hat mir keine Einführung versprochen, er hat mir keine Arbeit auferlegt. Mein Fall unterscheidet sich sehr von dem des großen Milarepa. Ich habe mir dieses Unheil zugezogen, als ich versucht habe, Ösers ›Leben‹ wiederzufinden.« Der Gedanke, sich in seinem Verdienst auf gleicher Ebene mit dem berühmten Asketen Milarepa zu sehen, wenn ihm nicht gar überlegen zu sein, schmeichelte Münpas Eitelkeit sehr und betäubte für einen kurzen Moment seine heftigen Schmerzen. Ein großer Schluck Branntwein tat ein übriges, und der glühende Anhänger von Gyalwai Öser streckte sich auf dem *kang* aus und murmelte mit andächtiger Hingabe unzusammenhängende Verse aus den Lobgesängen des Milarepa für seinen Guru Marpa.

> »Ich werfe mich dir zu Füßen, mein Meister, der du einem Buddha gleichst … Ich biete dir meinen Körper, meinen Geist und meine Worte dar … Ich bitte dich, am Leben zu bleiben, solange nicht alle Geschöpfe die Erleuchtung erlangt haben, die sie aus dem Rad der Wiedergeburt befreit.«

Der Sinn dieser Verse war ihm niemals sehr klar gewesen, und in diesem Augenblick begriff er ihn überhaupt nicht mehr.
Münpa erwachte erst spät am nächsten Morgen. Körperlich und geistig ernüchtert, fehlte dem beklagenswerten *dokpa* nun zum einen die betäubende Wirkung des Alkohols und zum anderen die jenes Anfalls mystischer Inbrunst. Noch grausamer als am Vortag spürte er den stechenden Schmerz, der von seinen Wunden ausging und den die Reibung mit seinem schmutzigen, rauhen Gewand noch verschlimmert hatte. Die Nomaden aus den schwarzen Zelten sind nicht wehleidig, doch auch ihre Unempfindlichkeit hat ihre Grenzen, und Münpa hatte sie erreicht.
Er saß auf dem *kang* und dachte nach. Zu seinem Arbeitgeber, dem Herrn der Karawanserei, zurückzukehren, war völlig undenkbar. In seinem gegenwärtigen Zustand konnte er die Arbeit nicht ausführen, für die der Wirt ihn angestellt hatte und für die er ihm Essen und Lager gab. Und wenn er ihm schon aus Scham nicht gestanden hatte, daß er sich im Gefängnis befand, wie konnte er ihm dann die Schande offenbaren, daß man ihn geprügelt hatte? Eine Rückkehr zu ihm war deshalb völlig ausgeschlossen.
Er erinnerte sich nun, daß ihm am Tag vor seiner Entlassung aus dem Gefängnis einer der Wärter erklärt hatte, der zweite Verwalter des Klosters zum »Allerhöchsten Frieden« habe beim Richter Fürsprache für ihn eingelegt, und man würde ihn deshalb auf freien Fuß setzen. Unglücklicherweise hatte man ihn zum

yamen gebracht und zur Prügelstrafe verurteilt, bevor er in den Genuß dieser bevorzugten Behandlung kommen konnte. War der Richter, dem man ihn vorgeführt hatte, der gleiche, dem der *er loie* seine Empfehlung ausgesprochen hatte? Wahrscheinlich nicht, aber das war nicht sicher. Die Soldaten hatten ihn aus dem Gerichtssaal herausgezerrt, ohne ihm die Möglichkeit zu geben, auch nur ein einziges Wort zu seiner Vereidigung zu äußern. All dies war nun vorüber, doch immerhin hatte sich der *er loie* für ihn eingesetzt. Er mußte zu ihm gehen und ihn um Obdach bitten, damit er in Ruhe seine Wunden kurieren konnte. Und dann ... Münpa wußte nicht, was er dann tun sollte. Aber diese Entscheidung würde er später treffen. Unnötig, im Augenblick darüber nachzudenken. Münpa fühlte sich viel zu müde, um Pläne zu schmieden.

Er ließ eine Rikscha rufen, schwang sich mit einiger Schwierigkeit hinein und sagte, man solle ihn zum Kloster des »Allerhöchsten Friedens« bringen, das außerhalb der Stadt, jenseits des Gelben Flusses lag.

Wie sollte er sich dort ankündigen? Er begriff sehr wohl, daß der Verwalter eines großen Klosters, auch wenn er nur der Stellvertreter ist, nicht so ohne weiteres den ersten besten empfängt. Der Weg vom Stadtinneren bis zum Kloster des »Allerhöchsten Friedens« war lang. Ebenso lange hatte Münpa nachgedacht, doch als er vor dem Klostertor eintraf, wußte er noch immer nicht, was er sagen sollte.

Der Mönch an der Pforte half ihm in keiner Weise. Er

sah ihn fragend an, ohne ein einziges Wort zu sagen.
Münpa mußte sich entschließen, zumindest einen Teil der Umstände einzugestehen, die ihn zu diesem Schritt veranlaßt hatten: Einer der Mönche, die ihre Gaben an die Häftlinge verteilten, hatte seine Unschuld eingesehen, und dank der Fürsprache des *er loie* hatte man ihn befreit. Er wünschte den *er loie* zu sehen, um ihm zu danken.
Er reicherte diese Darstellung der Geschehnisse mit einigen phantasievollen Details an, aber sie klang immerhin so wahrscheinlich, daß der Pförtner beschloß, den *manzi,* diesen Barbaren aus einem unzivilisierten Land, einzulassen und den *er loie* von seiner Anwesenheit zu verständigen.
Dieser gab die Anweisung, ihn vorzulassen.
Bei ihm hatte Münpa sehr viel mehr Glück als bei dem zerstreuten Richter, der ihn ganz automatisch zur Prügelstrafe verurteilt hatte. Der Verwalter erinnerte sich, daß ihm der Mönch, der die Häftlinge besuchte, von einem gewissen *manzi* berichtet hatte, der ein Mönch war.
»Wo ist dein Kloster?« fragte er ihn. »Bist du gelb oder rot?*«
»Ich habe meine Weihen in Arik erhalten«, antwortete

* Die »Gelben«, Abkürzung von »Gelbmützen«, sind die Mönche, die der Sekte der *gelugpa* angehören, die von Tsongkhapa im 14. Jahrhundert gegründet wurde. Die »Roten« oder »Rotmützen« sind die Mönche, die den älteren Sekten angehören, die der Reform Tsongkhapas nicht gefolgt sind.

Münpa, »aber ich wohne nicht im Kloster. Ich halte mich in der Nähe meines Gurus auf, um ihm zu dienen. Er ist ein sehr heiliger *gomchen,* der in einer Einsiedelei in den Bergen lebt.«
»Ah!« sagte der Verwalter und begann eine Spur von Interesse zu zeigen. »Dein Guru widmet sich der Meditation. Welcher Art der Meditation?«
»Ich bin nur sein Diener«, antwortete Münpa demütig. »Mein Meister hat Schüler, die er unterweist. Ich selbst bin nicht fähig, seine erhabene Lehre zu begreifen, aber ich habe von seinen Schülern gehört, daß er sie die Meditation der ›Großen Leere‹ und des ›Nicht-Handelns‹* lehrt.«
Den Anhängern des *Chan*-Buddhismus sind diese Begriffe vertraut, und die Gäste des Klosters zum »Allerhöchsten Frieden« gebrauchten sie häufig. Die Aufmerksamkeit des *er loie* war nunmehr geweckt.
»Und wie bist du ins Gefängnis gekommen?« fragte er.
Münpa zögerte einen Augenblick, weil er nicht wußte, ob er dem Verwalter die Gründe anvertrauen konnte, die ihn nach Lanzhou geführt hatten.
»Ich war in einem Laden«, antwortete er. »Der Händler wollte mich vor die Tür setzen. Seine Gehilfen haben sich auf mich gestürzt, ich habe sie abgewehrt, und dann kamen die Soldaten ... Und ich habe auch die Soldaten abgewehrt.«

* Auf tibetisch: *tong pa gni* oder *tong pa nji* ist das tibetische Wort für Sunyata = die Leerheit von inhärentem Sein. Entspricht dem *wu-wei* der Chinesen.

»Abgewehrt, das heißt, daß du dich geschlagen hast. Warum wollte dieser Händler dich aus seinem Laden weisen? Was hast du dort angestellt?«
Münpa verlor an Boden. Er fühlte sich in die Enge getrieben. Mußte er jetzt von der imaginären Kette aus Bernstein und Achaten sprechen? ... Die Geschichte von der Witwe vertrug sich schlecht mit seinem Mönchsleben, und der Chinese sah ihn auf eine Weise an, die ihm deutlich machte, daß er nicht leicht zu täuschen war. Sollte er ihm von dem Türkis erzählen? ...
Da der Verwalter ihn weiterhin schweigend ansah, begriff Münpa, daß er sprechen mußte.
»Ich verfolge einen Dieb«, bekannte er. »Ich wollte in diesem Geschäft nachfragen, ob er dort den gestohlenen Gegenstand zum Verkauf angeboten hat.«
»Was für einen Gegenstand?«
»Ein tibetisches Reliquienkästchen«, antwortete Münpa, fest entschlossen, kein Wort über seinen Inhalt auszusagen.
»Hat dieses Reliquienkästchen dir gehört?«
»Nein ... mir nicht.«
Der Verwalter spürte den Widerstand in der Stimme seines Gesprächspartners. Er hielt es für klüger, die Befragung nicht weiter fortzusetzen.
»Du bist nun endlich freigelassen worden. Hast du den Richter gesehen?«
»Ich habe einen Richter gesehen, und ich weiß nicht, ob er es war, mit dem Ihr gesprochen habt. Er hat mich nicht befragt, er wollte mich nicht anhören, und ...«
Münpa spürte unter seinem Gewand den brennenden

Schmerz der Wunden, die sich zu entzünden begannen. Würde man ihn erneut auf die Straße setzen? Er hatte sich Pflege, Butter oder zumindest einen Balsam erwartet.

»Er hat mich prügeln lassen«, murmelte er verwirrt und zutiefst enttäuscht.

»Prügeln«, wiederholte der Verwalter. Falls diese Erklärung Mitleid in ihm weckte, ließ er sich nichts anmerken. »Wie viele Schläge hat man dir verabreicht?«

»Zehn«, murmelte Münpa.

»Haben sie dich sehr schlimm zugerichtet?«

»Ich habe große Schmerzen, und mein Rücken blutet«, antwortete Gyalwai Ösers unglücklicher Schüler mit noch kleinlauterer Stimme.

»Du bist ein Mönch, du kannst hierbleiben, und man wird dich pflegen«, erklärte der Verwalter ebenso gleichmütig wie zuvor.

Auf seine Anweisung hin führte man Münpa in ein angenehmes kleines Zimmer und brachte ihm Tee. Einige Stunden später kam ein Arzt und untersuchte ihn. Er bestrich seine Wunden mit einer Salbe, ohne ihm Fragen zu stellen. Statt seines verschmutzten Gewandes reichte er ihm ein anderes aus sauberer Baumwolle, erklärte, daß er am nächsten Tag wieder nach ihm sehen würde, und ging.

Münpa hatte erreicht, was er wollte. Er hatte eine Unterkunft, und er wurde gepflegt. Für den Augenblick hatte er keinen anderen Wunsch ... Doch, er hatte Hunger und würde gern etwas essen. Die Stunden verstrichen, und seit dem Erwachen hatte er in der

Rikscha, die ihn zu den chinesischen Mönchen gebracht hatte, lediglich einen Fladen geknabbert. Wurde hier nicht gegessen? Oder würde man ihm nur Unterkunft und ärztliche Versorgung geben, aber nichts zu essen? Er hatte sich Besseres erhofft.

Nachdem Münpa vergebens weitergewartet hatte, beschloß er hinauszugehen, um sich irgend etwas zu seiner Stärkung zu beschaffen.

Auf der Schwelle zum Vorhof hielt ihn der Pförtner an: »Wo geht Ihr hin?«

Ziemlich verlegen, erklärte ihm Münpa: »Ich habe seit heute morgen nichts mehr gegessen. Ich will versuchen, hier in der Nähe ein Lokal zu finden. Nach dem Essen komme ich wieder.«

»Ihr braucht nicht hinauszugehen. Sobald den Mönchen im Speisesaal die Mahlzeiten serviert werden, bekommt auch Ihr zu essen. Kehrt in Euer Zimmer zurück. Der Arzt hat gesagt, man solle Euch schlafen lassen.«

Münpa verspürte nicht die geringste Lust zu schlafen, er hatte einfach nur Hunger. Aber er konnte nichts anderes tun, als sich zu bedanken, in seine Zelle zurückzukehren und sich bedrückt auf den *kang* in seiner Zelle zu setzen.

Gegen Sonnenuntergang kam ein Mönchlein mit einem Tablett, auf dem sich eine Schüssel mit Reis, ein Stück gesalzener *baicai,* chinesischer Kohl, eine große Schale Wasser und zwei kleine Brote befanden. Er stellte das Tablett auf den kleinen Tisch neben dem *kang* und zog sich wortlos wieder zurück.

»*Gon dro kalak,* Abendessen«, murmelte Münpa bestürzt. »Ernähren sie sich so, die *heshangs* des Klosters zum ›Allerhöchsten Frieden‹?«
Der Reis war kaum lauwarm, der salzige Geschmack des ungekochten Gemüses war nicht sehr anregend für einen Tibeter, der an fette Speisen gewöhnt ist, und die überaus spärliche Menge verlor sich in seinem großen Magen.
Der Abend dämmerte über dem Hof, auf den sich Münpas Zimmerchen öffnete. Aus einem anderen, fernen Hof drang der Klang der Holzfische* herüber, die im Rhythmus geschlagen wurden.
Münpa dachte an seine kleine, verfallene *gompa,* die verloren in der großen Einsamkeit stand. Auch dort klang der gleiche Rhythmus, wenn ein *trapa* den Glockenschwengel schwang. Die Glockentöne breiteten sich wie zärtliche Wogen über die verlassene Steppe. Münpa war kein sehr poetischer Mensch, aber er träumte jetzt vor sich hin, während die Dunkelheit seine Zelle zu erfüllen begann.
Am nächsten Morgen gegen fünf brachte ihm das Mönchlein, das ihm am Vorabend seine Mahlzeit serviert hatte, einen Fladen und eine Schale mit fadem Tee, der Münpa gar nicht schmeckte.
Dieses Frühstück war ein wohlwollendes Zugeständnis an den *manzi* in seiner Eigenschaft als Gast. Die

* Zylinderförmige Holzstücke, die häufig die Form von Fischen haben und die am Eingang zu den chinesischen Tempeln hängen. Man schlägt mit Hämmern darauf ein. Anstelle von Glocken dienen sie dazu, die Gläubigen zum Gebet zu rufen.

Mönche aßen nicht vor Mittag. Die zweite Mahlzeit war die gleiche wie am Vorabend: eine Schale Reis und gesalzenes Gemüse. Am Nachmittag kam der Arzt, um Münpas Rücken erneut zu untersuchen und ihn mit Salbe zu behandeln. Er empfahl ihm, einen Wäscher zu rufen und sein schmutziges Gewand waschen zu lassen, das steif vom Blut war. Es würde sonst die Haut verletzen, die über seinen Wunden zu wachsen begann.
Münpa versprach, es zu tun, auch wenn ihm der Gedanke an eine Wäsche sehr merkwürdig vorkam. Nie und nimmer wäscht ein *dokpa* seine Kleidungsstücke, wenn sie auch noch so verschmutzt sind! Andererseits erschien ihm der Rat des Arztes durchaus vernünftig. Selbst wenn seine Wunden wahrscheinlich von selbst heilten, empfahl es sich, die Genesung nicht unnötig hinauszuzögern. Mußte er nicht seiner Pflicht als Rächer nachkommen und der anderen, noch sehr viel dringenderen: den Türkis und damit das Leben seines Meisters wiederzufinden?
Am nächsten Tag und an den darauffolgenden Tagen besuchte ihn der schweigsame Arzt erneut. Münpa wurde tatsächlich gut versorgt. Seine kräftige Konstitution, die mit der Salbe des Arztes zusammenwirkte und zweifellos heilkräftiger war als diese, hatte die Wunden bereits geschlossen. Doch war der traurige Münpa weiterhin zu einer halben Hungerkur verurteilt. Zugleich war er auch von anderen Sorgen in Anspruch genommen.
Bei seiner Suche nach Lobsang und dem Türkis setzte

er nun kaum mehr auf den Erfolg seiner eigenen Nachforschungen, sondern hoffte auf eine übernatürliche Kraft, die ihm zu Hilfe kommen würde. Doch mußte er diese Hilfe möglich machen, er mußte Umstände schaffen, unter denen sie sich offenbaren konnte. Deshalb mußte er seine Erkundigungen fortsetzen und durfte nicht länger seine Zeit bei den Mönchen zum »Allerhöchsten Frieden« verlieren. Am nächsten Tag würde er sich von dem barmherzigen *er loie* verabschieden, der ihm Gastfreundschaft gewährt hatte.

Doch auch diesmal sollte alles ganz anders kommen ...

Gegen Abend, noch vor dem Zeitpunkt seiner dürftigen Mahlzeit, trat ein Mönch in seine Zelle.

»Morgen wird unser geistlicher Meister Euch empfangen«, sagte er zu Münpa. Und auf diese lakonische Mitteilung hin zog er sich wieder zurück.

Münpa freute der Gedanke, diesen berühmten Guru zu sehen, von dem ihm schon einer seiner Gefährten im Gefängnis erzählt hatte, aber zugleich fürchtete er eine Befragung, der er bis dahin zum Glück entgangen war.

Nachdem man Münpa am nächsten Tag in das Zimmer des Klostervorstehers geführt hatte, begrüßte er ihn auf tibetische Weise, indem er sich vor ihm niederwarf. Sobald er sich wieder erhoben hatte, wartete er darauf, daß der Meister das Wort an ihn richtete. Dieser sah ihn lange schweigend an und befahl ihm dann, sich niederzusetzen.

Münpa hatte noch nie einen chinesischen Guru aus der Nähe gesehen. Nicht nur er selbst erstaunte ihn, sondern auch die einfache Einrichtung, von der er umgeben war. Der Raum, in dem er sich befand, hatte nichts von der Feierlichkeit der Gemächer, in denen die großen *lamas* auf hohen Thronen im Halbdunkel in Räumen sitzen, die sie mit Buddhastatuen und Götterbildern teilen, und er hatte auch nicht das geringste von der geheimnisvollen, mit Furcht durchtränkten Atmosphäre, die jene hoch in den Bergen angesiedelten Einsiedeleien der rätselhaften *gomchen* seines Landes umgibt.

In diesem hellen Raum mit freskengeschmückten Wänden saß der Prior in einem Sessel vor einem kleinen Tisch. Alles strahlte peinliche Sauberkeit, Einfachheit, Behaglichkeit ohne Luxus aus. Rein gar nichts wies auf Prunk oder bewußte Zurschaustellung hin.

Das Gesicht des Chinesen, der ihn ansah, war faltenlos, undurchdringlich, zeigte weder Wohlwollen noch Feindseligkeit, weder Verachtung noch Interesse: Es glich einer Mauer, die von keiner Öffnung durchbrochen war, die verbarg, ohne auch nur das geringste von dem Geheimnis zu offenbaren, das sich dahinter versteckte. Münpa fühlte sich unbehaglich unter der Last dieses Blickes, der auf ihm ruhte. Welche Fragen würde der Klostervorsteher ihm stellen? Wie sollte er ihm sein Verhalten erklären?

»Du hast einen Guru in deinem Land«, sagte der chinesische Meister endlich. »Wie du sagst, lehrt er die ›große Leere‹ und das ›Nicht-Handeln‹. Hat der *er loie* dich richtig verstanden? Erzähl mir von der Lehre deines Meisters.«

Mit allen Fragen hatte Münpa gerechnet, nur nicht mit dieser. Ihm blieb die Sprache weg.

»Ich ... Ich bin nur der Diener des erhabenen Eremiten«, stammelte Münpa. »Er hat mich noch nicht für würdig befunden, mich in die Lehre einzuweihen. Ich habe dem *er loie* nur wiederholt, was ich von den Gesprächen seiner Schüler aufgefangen habe.«

Der Prior antwortete nicht. Er verharrte noch immer in völliger Reglosigkeit und hatte nun diesen seltsamen, nach innen gewandten Blick, den Münpa von Gyalwai Öser in den Zeiten der Meditation kannte.

»Wirst du zu deinem Meister zurückkehren?« fragte der Chinese endlich nach langem Schweigen.

Münpa spürte, daß er diese lebende Statue, die ihn befragte, nicht belügen konnte.

»Mein Meister ist tot«, murmelte er.

Doch kaum hatte er diese Worte ausgesprochen, erfaßte ihn ein Zittern. Was hatte er gesagt? War dies die Wahrheit? War Gyalwai Öser tot? Nein. Ganz ohne Zweifel. Er hatte lediglich seinen Körper verlassen, wartete nur, daß er den Türkis zurückbekam, um wieder in ihn einzutreten. Hatte er nicht gesehen, wie er sich am Abend des ersten Tages seiner Suche nach Lobsang vor ihm aufgerichtet hatte? Zu sagen, daß er tot sei, hieß eine unsägliche Lüge auszusprechen. Münpa fand seine Fassung wieder.

»Er ist nicht tot ... Ich weiß es nicht ... Er lebt ... Er lebt woanders ... Ich weiß es nicht ...«

Er sprach diese Worte auf eine wirre, kaum verständliche Weise aus.
Der Klosterobere wirkte noch genauso undurchdringlich wie zuvor. Die Zeit verstrich in einer Stille, die schrecklich auf Münpa lastete. Er war an Ösers langes Schweigen gewöhnt, aber das Schweigen des Chinesen unterschied sich davon, es war anderer Natur. Er fühlte sich stärker »ausgefragt« von diesem stummen Mund, von diesen Augen, die nicht ihn ansahen, sondern »nach innen« blickten, als wenn er einer Flut von Fragen ausgesetzt gewesen wäre.
Jeglicher Widerstand schwand dahin. Ohne sich völlig im klaren zu sein über das, was er sagte, sprach Münpa nun wie im Traum und gab dem Prior eine lückenlose Zusammenfassung all dessen, was ihm widerfahren war: seine Rückkehr in Ösers Einsiedelei, nachdem er bei den *dokpas* die Vorräte eingesammelt hatte, die Entdeckung, daß der *gomchen* ermordet worden war, und die Entdeckung der Tabaksdose, die den Mörder verriet. Wie er seinem Meister sodann in aller Eile die letzte Ehre erwiesen hatte, überzeugt, daß er den Mörder binnen kurzem greifen und den *dokpas* zur Bestrafung für sein Verbrechen überantworten würde.
Er erzählte von seiner Enttäuschung, als er Lobsang nicht in den heimatlichen Zelten vorgefunden hatte, von den ergebnislosen Nachforschungen, die er angestellt hatte und die im Geschäft jenes Händlers ein so jämmerliches Ende gefunden hatten …
An diesem Punkt angelangt, hielt Münpa inne. Ganz

plötzlich begriff er, daß seine Erzählung keine Antwort auf die schweigende Befragung des Priors war. Er mußte ihm nun erklären, wieso er am Tod seines Meisters zweifelte. Hatte er nicht soeben gesagt, daß er nicht wußte, ob er tot sei, ob er nicht anderswo lebe? … Genau diese Worte hatte er ausgesprochen, und der Chinese, der unbeweglich in seinem Stuhl saß und »nach innen« blickte, wartete darauf, daß er sie ihm erklärte. Außerdem hatte der *er loie* dem Vorsteher gewiß wiedergegeben, was er ihm von dem gestohlenen Reliquienkästchen erzählt hatte … Was nun? …
Münpa geriet in Panik, er fühlte sich wie ein Vogel, der auf den Leim gegangen ist, der hin und her zappelt, wie ein verirrter Wanderer, den der Treibsand unerbittlich in die Tiefe zieht. Er war nahe daran, vor Verzweiflung aufzuschreien. Er machte erneut eine Niederwerfung und brachte seine Erzählung dann zu Ende. Er sprach von dem Türkis, der einst von einem *naga* dargebracht worden war und der sich seit undenklichen Zeiten in dem Reliquienkästchen befand, das die Nachkommen des großen Gyalwai Öser einander weitergegeben hatten. Er gab dem Glauben Ausdruck, daß das »Leben« seines Meisters an den übernatürlichen Türkis gebunden sei und daß dieser aus seinem todesähnlichen Schlaf erwachen würde, sobald er ihn zurückbekäme. Er bekräftigte seine unerschütterliche Entschlossenheit, ihn wiederzufinden und in die Einsiedelei über der Steppe des *Tso Ngönpo* zurückzubringen. Stammelnd erzählte er von der Vision, die er am Abend des ersten Tages seiner Suche

nach dem Mörder Lobsang gehabt hatte. Ganz deutlich hatte er gesehen, wie sich in der Nacht, umgeben von einer leuchtenden Aureole, die hohe Gestalt seines Meisters vor ihm aufrichtete. Er hatte seine Hände gespürt, die sich segnend und ermutigend auf seinen Kopf legten. Ja, sein Meister lebte, er lebte auf eine andere Weise, sein Körper, dem man das »Leben« geraubt hatte, wartete auf dem Meditationssitz in der Einsiedlerhöhle. Er mußte den Türkis dorthin zurückbringen …

Erschöpft blieb Münpa ausgestreckt auf den Fliesen zu Füßen des Klostervorstehers liegen, der während des ganzen langen und verworrenen Berichts keine Regung von sich gegeben hatte.

»Steh auf und kehre in dein Zimmer zurück«, wies er ihn an.

»Was soll ich tun?« fragte Münpa schüchtern.

»Nichts«, antwortete der Prior. »Schau dir die Wand an.«

Mit einer kaum wahrnehmbaren Geste, deren gebieterische Kraft den in sich zusammengesunkenen *manzi* jedoch aufrüttelte, entließ er ihn.

Schwankend kehrte Münpa in seine Zelle zurück, und ein Mönchlein – immer noch die gleiche Karikatur eines Schülers des *heshang* aus den Mysterienspielen der *gompas* – brachte ihm einen Fladen und eine kleine Schale mit dünnem Tee. Doch war Münpa nicht in der Stimmung, sich über das Aussehen des Jungen lustig zu machen. Er aß den Fladen, trank den Tee und betrachtete die Wand, die er vor sich sah.

In dieser Nacht schlief er sehr tief. Die Gefühle dieses Tages hatten ihn so überwältigt, daß sein Geist nun völlig ausgeschaltet war: Er träumte nicht einmal.
Der nächste Tag ging langsam und trübe dahin. Münpa bekam am Morgen den gewohnten Fladen, den schalen Tee und in der Folge die beiden spärlichen Mahlzeiten, die aus Reis und gesalzenen Gemüsen bestanden.
Inzwischen kam der Arzt wieder und teilte ihm mit, daß dies sein letzter Besuch sei. Er zeigte sich sehr zufrieden, weil die Wunden gut vernarbten, und er hinterließ Münpa einen kleinen Topf mit Salbe, die er selbst weiterhin auftragen sollte.
Der Tibeter, der es gewohnt war, den Befehlen seines Gurus bedingungslos zu gehorchen, und der den Vorsteher des Klosters für einen außergewöhnlichen geistigen Meister hielt, begann nun, sich die Wände seines Zimmers anzuschauen.
Ein Tag, zwei Tage, drei Tage vergingen über dieser Betrachtung. Obgleich Münpa diese Übung selbst nie praktiziert hatte, wußte er, daß gewisse tibetische Meister ihre Schüler anweisen, auf diese Weise zu meditieren: ihre Blicke auf einen bestimmten Gegenstand oder die nackte Wand eines Felsens zu richten oder auch auf den wolkenlosen Himmel, und er hatte gehört, daß dies zu ganz überraschenden Ergebnissen führen konnte. Manchmal zeigen sich die Götter den besonders glaubenseifrigen Schülern und lassen sodann andere Wunder darauf folgen. Die Betrachtung der Wände seines Zimmers schien ihm jedoch nicht

angetan, eine solche Wirkung hervorzubringen. Die Fresken zeigten eine Vielzahl unterschiedlicher Szenen: Episoden aus dem Alltagsleben oder phantastische Abenteuer, in denen auch dämonische Fabelwesen vorkamen. Die Menschen und die Verzierungen waren winzigklein und bedeckten die Wände von oben bis unten. Daraus ergab sich ein dichtes Gewimmel, das den Eindruck großer pulsierender Lebendigkeit hervorrief.

Sobald man die Fresken nicht mehr als pures Farbenspiel betrachtete und sich auf die Einzelheiten einließ, wurde man von den Taten und den Gesten dieser kleinen Menschen in Bann gezogen, die der Phantasie des Malers entsprungen waren. Der Betrachter ging unversehens von Szene zu Szene auf eine lange Reise, quer durch die Welt dieser Zwerggestalten, die ihr turbulentes Leben auf diesen Wänden führten.

Und genau dies geschah mit Münpa. Nach einigen Tagen der einsamen Betrachtung fand er die Handlungen, das Verhalten, die Bewegungen dieser Miniaturmenschen, die ihn umgaben, immer unterhaltsamer. Er begann, Anteil zu nehmen, wählte sich unter den behelmten Heroen, den Händlern, den Mönchen, den hübschen Prinzessinnen, den Feen, den kleinen Gaunern seine Favoriten aus, die Neugierde oder eine besondere Sympathie in ihm weckten. Ganz von selbst begann er sich Geschichten auszudenken, die jene Szenen erklärten, in die sie eingesponnen waren. Der Reisende, der von Räubern angegriffen wurde, konnte ein Fürst im Exil sein, der auf der Suche nach einem neuen Königreich war. Diese Leute, die in einer Hütte von einer edlen Dame besucht wurden, die ihnen Brot brachte, konnten ein in Ungnade gefallener Minister und seine Familie sein. Der mit einem Bündel beladene Mönch, der mit dem Stock in der Hand über die Berge wanderte, begab sich nach Indien, um dort die höheren Lehren Buddhas zu studieren. So erhielt eine jede der Gestalten ihren Sinn, und Münpa hätte gern gewußt, wie die Abenteuer, die sie erwarteten, ausgehen würden. Dieser Reiter, der über eine Zugbrücke auf ein Schloß zuritt ... Da war die auf die Mauer gemalte Geschichte zu Ende. Was befand sich in diesem Schloß, von dem man nur die Fassade sah? Was führte den Reiter dorthin? Welche Menschen würde er dort treffen? Was würde ihm dort widerfahren?

Und wer war dieser junge Mann, der auf einer Wiese unter einem Baum schlummerte? Neben ihm im Gras lag ein Buch, und aus den Wolken stieg über einen Regenbogen eine Fee zu dem Schlafenden herab. Wer war dieser junge Mann? Ein eifriger Student, den unterwegs die Müdigkeit übermannt hatte, oder, im Gegenteil, ein dummer und fauler Schüler, der keinerlei Lust am Studium hatte und der sein Buch fortgeworfen hatte, um sich dem Schlaf zu überlassen? Doch warum stieg dann diese Göttin zu ihm herab? Würde sie ihn aufwecken? Was wollte sie ihm sagen? Würde sie ihn an einen anderen Ort führen? Wohin? Und Münpa erfand jetzt ganze Romane für die Personen auf den Wänden und wies jeweils auch sich selbst eine Rolle darin zu. Die sonst eher träge Einbildungskraft

des *dokpa* erwachte nun in der Einsamkeit, dem Nichtstun und vielleicht auch durch die veränderte Ernährungsweise: diese halbe Hungerkur, die seinen Magen, der an üppige, fette Gerichte gewöhnt war, immer halb leer ließ.
Er langweilte sich nicht, vergaß die Zeit. Eines Tages bemerkte er in einer Zimmerecke eine Szene, die seiner Aufmerksamkeit bislang entgangen war: Inmitten einer Felslandschaft saß ein Eremit, der in eine tiefe Meditation versunken zu sein schien. Münpa war wie aufgerüttelt. Die Erinnerung an Gyalwai Öser war über der Ablenkung, die ihm seine imaginären Wanderungen verschafften, ein wenig verblichen und meldete sich nun heftig und anklagend zurück. In welchen Träumen verlor er sich, anstatt seine Pflicht zu erfüllen, den Mörder zu finden und den Türkis zurückzuholen?
Das Mönchlein, das dem Klausner sein Abendessen brachte, unterbrach diesen Fluß von Gewissensbissen, die auf ihn eindrangen. Die Mahlzeit bereitete ihm diesmal eine echte Überraschung. Statt des gewohnten gesalzenen Gemüses bekam er als Beilage zum Reis einen Bohnensalat serviert, der mit Dattelessig angemacht war.
Für einen Augenblick beanspruchte diese Neuigkeit Münpas Geschmacksnerven, dann brach die Nacht herein, löschte die Welt an den Wänden aus, und Münpa schlief ein.
Sein erster Gedanke am nächsten Morgen war es, den Eremiten wiederzufinden, der inmitten der Felsen saß.

Er ging auf den Winkel zu, in dem er ihn entdeckt hatte – und fand ihn nicht. »Ich habe mich getäuscht«, sagte er sich, »er war nicht in dieser Ecke.« Er untersuchte die gegenüberliegende Ecke ebenfalls ohne Ergebnis, und genauso erging es ihm in den anderen beiden Winkeln des Raumes. »Ich erinnere mich nicht richtig«, dachte Münpa, »sicher habe ich den Eremiten nicht in einer Ecke gesehen, aber wo dann?« Er machte sich daran, die Fresken genau zu untersuchen, verlor sich inmitten all der Szenen und Personen, strengte seine Augen aufs äußerste an, gab nicht auf, begann seine Wanderung über das gleiche Stück Wand ein dutzendmal immer von neuem, bewegte sich wie ein Besessener durch die Menge von kleinen Gestalten, die ganz lebendig wirkten, lachten und sich über ihn lustig machten ... Den ganzen Tag verbrachte er mit dieser anstrengenden und vergeblichen Suche.

Als er sich nach Einbruch der Dunkelheit auf den *kang* niederfallen ließ und in einen todesähnlichen Schlaf sank, hatte er den Eremiten noch immer nicht wiedergefunden.

Nach diesem tiefen Schlaf fühlte Münpa sich am nächsten Tag ein wenig ruhiger. Er trank die Schale faden Tees und bemühte sich, seine Gedanken zu ordnen. Ich muß diesen Eremiten geträumt haben, überlegte er sich. Er ist nicht auf die Mauer gemalt, und doch hat er mich an meinen Meister erinnert und an die Aufgabe, die ich zu erfüllen habe. Er konnte sich jedoch nicht entschließen, einen Plan zu fassen. Was sollte er tun? Da er dem Klostervorsteher seine ganze Geschichte gestanden hatte, vermochte dieser ihm vielleicht einen guten Rat zu geben? Er konnte um eine erneute Unterredung mit ihm bitten … Ja, das konnte er zweifellos tun.

Während er diese verschiedenen Gedanken erwog, hatte Münpa, der Gewohnheit folgend, ganz automatisch begonnen, die Fresken an den Wänden zu betrachten. Plötzlich entdeckte er am Ufer eines Flusses inmitten einer Schar von Reitern, die miteinander zu streiten schienen, einen Mann, der wie ein *trapa* gekleidet war. Er hatte bisher keinen *trapa* unter den Personen auf den Fresken gesehen, und am Vortrag hatte er eben diese Reitergruppe sehr ausgiebig betrachtet, da sie ihn an eine Episode aus dem Leben Milarepas erinnerte. Er hatte die Männer sogar gezählt, und es war gewiß kein *trapa* unter ihnen gewesen.

Nun veränderte der *trapa* seine Stellung, Münpa sah ihn jetzt von vorn, erkannte ihn … Es war er selbst. Kein Bild von ihm, sondern er, der sich ganz lebendig am Flußufer entlangbewegte. Münpa verspürte in seinem Körper genau die Empfindungen, die den Bewegungen entsprachen, die sein Doppelgänger vollzog. Wieder eine Illusion! Das war gewiß. Während Münpa sich dies wieder und wieder vorsagte, merkte er, daß er von dem *kang* aufstand, auf dem er saß. Er fühlte sich von der Mauer aufgesogen, einbezogen in die Welt der Geschöpfe, die darauf lebten. Er stieß einen Schrei des Entsetzens aus, richtete sich auf, wollte fliehen. Doch eine unwiderstehliche Kraft veranlaßte ihn, erneut das Fresko zu betrachten. Der *trapa* war noch immer inmitten der Reiter zu sehen, aber er erschien nicht mehr so deutlich. Er hatte auch seinen Platz geändert, bewegte sich auf den Hintergrund der Landschaft zu.

All dies ist reine Magie, schwarze Magie, dachte Münpa und versuchte, seine Erregung zu beherrschen. Der Klostervorsteher muß ein bösartiger Zauberer sein. Alle diese Menschen, die man an den Wänden sieht, sind wahrscheinlich gar keine Bilder, die ein Maler gezeichnet hat, sondern lebende Wesen, die er in diese Welt auf den Wänden gezaubert hat, so wie ich selbst fast ein Teil davon geworden wäre.

Die Angst machte Münpa jetzt plötzlich überaus entschlußfreudig. Er verließ sein Zimmer und begab sich zum Pförtner.

»Ich möchte sofort das Kloster verlassen«, sagte er.

»Ich werde es dem Verwalter mitteilen«, antwortete der Mönch an der Pforte gleichmütig.

Wenig später kehrte er zurück.

»Der *er loie*«, erklärte er, »hat befohlen, daß Ihr neben Eurem gewaschenen Gewand auch das chinesische mitnehmen sollt, das man Euch gegeben hat, und außerdem dies hier«, und er streckte ihm zwei Fladen und ein ganz kleines Silberstück entgegen.

»Ich habe selbst etwas Geld«, sagte Münpa mit einer Geste der Zurückweisung.

Der Pförtner unterbrach ihn in einem Ton, der keinen Widerspruch duldete: »Der *er loie* hat angeordnet, daß Ihr es nehmt.«

»Dankt ihm für alles, für die gute Pflege, für die Gast-

freundschaft … Man ist hier sehr gut zu mir gewesen«, sagte Münpa.
Der Pförtner antwortete ihm nicht. Weder der *er loie* noch der Prior hatten den Wunsch geäußert, den Abschießsgruß und den Dank ihres Gastes persönlich entgegenzunehmen.
Münpa fand sich auf der Straße wieder, so wie an jenem Tag, an dem er gekommen war, um im Kloster zum »Allerhöchsten Frieden« Zuflucht zu suchen. Obendrein war er um ein chinesisches Gewand aus grobem blauen Baumwollstoff, um ein kleines Silberstück und einen Topf Salbe reicher.
Ihn erfaßte ein Gefühl von glücklicher Erleichterung. Die Stille, die im Kloster herrschte, hatte auf ihm gelastet, und die Visionen, die den Wänden seiner Zelle entstiegen waren, gingen weit über das hinaus, was sein unbedarftes Gehirn an Übernatürlichem auszuhalten vermochte. Hätte der Klostervorsteher ihm erklärt: »Die Welt ist lediglich ein Spiel von Bildern, die unserem Hirn entspringen, in ihm hochsteigen und wieder in ihm versinken«, dann hätte er ihn nicht verstanden. So hatte der Prior auch nicht nach ihm geschickt, um ihm die Lehre zu erklären, die von der Betrachtung der Bilder ausging – diese Lehre, die seine überstürzte Flucht ausgelöst hatte.

5

Das Gedränge der geschäftigen Menge auf der Straße und die Geräusche der Stadt belebten Münpa wie ein heilsames Stärkungsmittel. Im Nu verflog die bedrückende Wirkung seiner von Halluzinationen bevölkerten Einsamkeit und der asketischen Diät, der man ihn unterzogen hatte. Die Prügelstrafe hatte er in seiner Erinnerung schon so weit zurückgedrängt, daß sie ihren Schrecken verloren hatte. Der kräftige *dokpa* fühlte sich in der Stimmung, die Zukunft entschlossen in Angriff zu nehmen.

Diese Zukunft erschien klar vorgezeichnet: Er mußte Lobsang finden, den Zaubertürkis aufspüren und ihn dem *gomchen* zurückbringen. Münpa hatte nicht die Absicht, von diesem seinem Programm abzuweichen. Gewiß nicht! Nur im Augenblick verspürte er das dringende Bedürfnis, seinen Magen zu befriedigen, der von den würdigen Mönchen im »Allerhöchsten Frieden« so schmählich enttäuscht worden war.

In chinesischen Städten muß man niemals weit gehen, um ein Eßlokal zu finden. Münpa steuerte eines an, daß ihm einnehmend erschien. Er setzte sich an einen Tisch und bestellte eine große Portion *momos.* Sie würden ihn an die Mahlzeit erinnern, die er am Vorabend des Tages zu sich genommen hatte, an dem er in das Kloster zum »Allerhöchsten Frieden« eingezogen war. Was man ihm dort zu essen gegeben hatte, zählte jetzt nicht mehr.

In bester Laune verschlang Münpa die *momos* und ließ ihnen mehrere Schalen Suppe und ein großes Glas *dajiu* folgen. Nun fühlte er sich gefestigt und bereit, den Tatsachen des Lebens mit klarem Kopf entgegenzublicken. Die nächstliegende bestand darin, eine Unterkunft zu finden. Konnte er vielleicht in die Karawanserei zurückkehren, deren Wirt ihn als Gehilfen angestellt hatte? Auf jeden Fall hatte er eine Decke und einen Sack dort zurückgelassen, der noch zur Hälfte mit Mundvorrat gefüllt war, und er mußte sie sich holen.

Als Münpa in der Karawanserei ankam, herrschte großes Gedränge: Soeben waren zwei Karawanen eingetroffen. Inmitten der Warenballen, die abgeladen wurden, der Maultiere, die ungeduldig darauf warteten, zum Fressen in die Ställe zu kommen, und der Kamele, die rauhe Schreie ausstießen und die Männer bespuckten, die nicht zur Karawane gehörten und im Vorbeigehen an ihnen entlangstreiften*, rannten der Wirt und seine Gehilfen von einer Ecke zur anderen.

Münpa wurde wie ein Retter empfangen. Chao, der Herbergswirt, war viel zu beschäftigt, um eine Er-

* Die großen mongolischen Kamele bespucken den, der ihnen nicht gefällt – das ist ihre Art, ihr Mißvergnügen auszudrücken.

klärung für sein langes Fortbleiben zu verlangen, und rief ihm von weitem zu: »Hilf die Maultiere abzuladen und führ sie in die Ställe. Die aus Urga nach links, die der Händler aus Kashgar nach rechts. Laß sie dir zeigen, bring sie nicht durcheinander. Sobald der Hof frei ist, können sie trinken.«

Münpa machte sich auf der Stelle ans Werk, und da das üppige Mahl sehr anregend auf ihn gewirkt hatte, erledigte er es in kürzester Zeit.

Knapp eine Stunde später herrschte wieder Stille in der Herberge. Münpa hatte den Reisenden geholfen, ihre Tiere zum Trinken an den Fluß zu führen und die Waren in den Schuppen zu stapeln. Die Maultiere fraßen in den Ställen, und das gleiche taten die Kamele in einem anderen Hof. Die Männer konnten sich nun ihrerseits zum Essen setzen. Im Anschluß würden sie sich schlafen legen, jedoch nicht, ohne zuvor ein paar Pfeifen Opium geraucht zu haben.

Der Wirt, der sich kräftig ins Zeug gelegt hatte, war fast ebenso erschöpft wie seine Gäste und nicht gerade in Stimmung für ein langes Gespräch. Beim Abendessen, das aus einem großen Stück gekochtem Hammelfleisch bestand, fragte er Münpa lediglich: »Wo warst du? Du hast deinen Dieb gesucht. Hast du ihn gefunden?«

»Nein«, antwortete Münpa einsilbig.

Münpas mürrische Miene und der Ton, in dem er dieses »Nein« aussprach, schienen dem Chinesen zu besagen, daß Münpa einer falschen Spur gefolgt war und keine Lust hatte, ihm von diesem demütigenden

Mißerfolg zu berichten. Der Chinese fragte deshalb nicht weiter. Zu einem anderen Zeitpunkt hätte die Neugierde ihn vielleicht veranlaßt, jetzt dachte er jedoch viel mehr an die Geschäfte, die er am nächsten Tag mit den Händlern aus der Mongolei zu besprechen hatte, denn er war nicht nur Besitzer der Karawanserei, sondern auch Kaufmann, und er hatte eine Niederlassung in Urga. Verglichen mit den Gedanken, die er seinen Geschäften zu widmen hatte, war die Flucht des *dokpas* für ihn ohne Belang.

Münpa, der seine Decke und den Ledersack mit den restlichen Vorräten wieder an sich genommen hatte, kletterte die Leiter zum Heuschober empor und richtete sich dort für die Nacht ein.

So vergingen der nächste Tag, der übernächste Tag und eine Reihe von weiteren Tagen. Die Händler hatten mit ihren Geschäften zu tun. Zwei ihrer Diener hatten die Kamele aus der Stadt heraus in die Hügel geführt, wo sie weiden konnten. Münpa mußte sich lediglich um die Maultiere kümmern, und die Besitzer entlohnten ihn großzügig für seine Arbeit. Er vermied es auszugehen. Die Erinnerung an das Mißgeschick, das ihm widerfahren war, ermutigte ihn in keiner Weise, erneute Nachforschungen anzustellen. Lobsang war sicher nicht in Lanzhou – und der Türkis? Nur durch ein Wunder konnte er ihn entdecken. Und dieses Wunder würde geschehen: Davon war Münpa fest überzeugt.

Der Gedanke an ein Wunder ließ ihn wieder an die seltsame Vision zurückdenken, die ihn zur Flucht aus dem Kloster zum »Allerhöchsten Frieden« veranlaßt hatte. Er hatte sich in dem Fresko auf der Wand gesehen, zusammen mit einer Schar von Reitern, und dann hatte er gesehen, wie er davonritt, in die Landschaft hinein verschwand. War es möglich, daß der Prior, der ein Zauberer war und auf dessen Anweisung hin er die Fresken so eingehend betrachtet hatte, ihn tatsächlich in eines von ihnen hineinversetzt hatte und daß es ihm gelungen war, daraus zu entfliehen? Oder war die Szene, die er gesehen hatte, vielleicht ein Hinweis, der bildliche Ausdruck eines Befehls, der an ihn gerichtet war? Von wem? Von seinem Meister, dem *gomchen*? Von dem Türkis, der ihn rief? Was sollte er tun? Sich erneut auf den Weg machen? Wohin?

Münpa fühlte sich hin- und hergerissen: zwischen diesen Appellen zum einen, die ihn zum Handeln aufforderten, ohne daß ihm klar geworden wäre, in welcher Richtung er sich bewegen sollte, und seiner natürlichen Neigung zum anderen, sich ganz gemächlich der alltäglichen Arbeit zu überlassen, die ihm keinerlei geistige Anstrengung abverlangte. Er gedachte nicht, auf die Dauer Gehilfe des Herbergswirts zu bleiben, er wünschte es sich auch gar nicht, nur für den Augenblick war sein Geist in der Karawanserei ein wenig schläfrig geworden, er bekam gut zu essen, und anstatt seine kleine Barschaft auszugeben, vermehrte er sie ein wenig …

Inzwischen blieb das »Zeichen«, das ihm den Weg weisen würde, noch immer aus und wartete auf die Gelegenheit, sich zu offenbaren.

Und die Gelegenheit kam, oder vielmehr glaubte Münpa, das »Zeichen« in einem sehr simplen Ereignis zu erkennen. Die Händler aus Kashgar, die ihre Geschäfte abgeschlossen hatten, kündigten ihre Abreise an. Sie machten Münpa den Vorschlag, sie zusammen mit ihren Maultiertreibern zu begleiten.
»Bis zum Ende unserer Reise brauchen wir dich nicht«, sagte der Anführer der Händler zu Münpa. »Unterwegs haben wir unsere Männer. Du mußt dann weiter nach Kandu oder vielleicht auch nach Sidu.«
Diese beiden Namen ließen den *dokpa* aufhorchen. Die Leute vom *Tso Ngönpo* sprechen viel von Kandu und Sidu. Für sie sind dies weit entfernte Städte, doch weder phantastisch noch unerreichbar. Denn es gibt *dokpas*, wenn auch nur wenige, die sie besucht haben. Aus den Erzählungen der Hirten ragte vor allem eines hervor: daß in Sidu nicht nur alle Haushaltsgegenstände aus Stein gemacht sind, Teller, Schalen, Töpfe, Eimer, sondern auch die Häuser und das Mobiliar – *kangs*, Tische, Stühle und alles Weitere. Ein Wunder, daß dieses Märchen, das von Zelt zu Zelt weitererzählt wurde, nicht noch mit einer steinernen Flora und Fauna angereichert worden war.
Natürlich hatte auch Münpa von Kandu und von Sidu gehört. Bedeutende Kaufleute betrieben dort ihre Geschäfte: Womöglich hatte Lobsang erfahren oder sich gedacht, daß er unter diesen reichen Händlern einen Käufer für den Türkis finden könnte. Wahrscheinlich würde er sich in diesen weit entfernten Städten auch sicherer fühlen. Niemand würde ihn dort erkennen. Ja,

höchstwahrscheinlich hatte Lobsang nach seinem Verbrechen Kandu und Sidu ins Auge gefaßt …

Münpa hatte das Zeichen erhalten, und er gehorchte ihm nun in der Hoffnung – nein, mit der Gewißheit – daß ihm auf seinem Weg das Wunder begegnen würde.

Gemeinsam mit den Händlern aus Kashgar begab er sich auf die Reise.

Es war eine große Karawane: eine lange Reihe von Kamelen und eine große Zahl von Maultieren. Und immer gab es reichlich zu tun – am Abend, wenn man in der Herberge eintraf, in der man übernachtete, und am nächsten Morgen, wenn man sich wieder auf den Weg machte. Alsbald ordnete der Leiter der Karawane Nachtwachen an. Wie es hieß, lauerten Räuber auf dem Weg, und die Höfe der Karawansereien waren nur unzureichend verschlossen. Notgedrungen mußte man mißtrauisch sein: Maultier- und Kameltreiber waren bewaffnet.

Die Karawane bewegte sich nur langsam voran, da sie ihre Geschwindigkeit jener der Kamele anpassen mußte. Münpas Gefährten schwatzten miteinander in einem der turkmenischen Dialekte, die er nicht verstand. So lenkte ihn unterwegs nichts von der Betrachtung der Landschaft und von seinen Meditationen ab.

Zwei Tage lang hatten die Händler halt in Kandu gemacht, um Kraft für den Rest der Reise zu schöpfen, der eigentlichen Reise, wie sie scherzhaft zu Münpa sagten. Man näherte sich nun der Wüste Gobi.

Der *dokpa* aus der Steppe betrachtete mit Erstaunen all diesen Sand, in den sie von Tag zu Tag tiefer eindrangen. Das Grün wurde immer seltener und verschwand dann gänzlich. Soweit das Auge reichte, war der Boden gelb oder schwärzlich. Manchmal hüllten Windböen die Reisenden in dichte Wolken gelblichen Sandes. Man sah, wie sie vom Horizont wie eine bewegliche Mauer heranwogten und sich dann über die Karawane legten, Menschen und Tieren den Atem nahmen, sie einhüllten wie ein undurchdringlicher Nebel, der ihnen jegliche Sicht auf den Weg versperrte. Keuchend und halb blind, mußten die Männer sich dann dicht bei den Maultieren halten, die nicht von so ruhiger Gemütsart waren wie die Kamele. Gerieten sie in Panik, warfen sie ihre Last ab und flohen in die falsche Richtung. Das Wasser in den Herbergen war übelriechend und bitter, und mit der Zeit war auch die Kälte selbst für einen Hirten vom *Tso Ngönpo* nur schwer zu ertragen.
Wachttürme in einiger Entfernung von der Straße bildeten ab und zu Richtpunkte. Einige waren zu Ruinen zusammengefallen, wie auch die Mauer, die man aus der Ferne sah, an manchen Stellen eingestürzt war.
»Die Große Mauer«, antwortete einer der Maultiertreiber Münpa, als dieser ihn fragte, was diese Mauern, die sich durch die Wüste zogen, zu bedeuten hätten.
»Was umschließt sie?«
»China«, antwortete ihm sein Gesprächspartner.
Münpa wurde nachdenklich.

Sie erreichten Sidu. Münpa konnte diese außergewöhnliche Stadt, von der man sich in den Siedlungen am *Tso Ngönpo* so viel erzählte, nun mit eigenen Augen sehen. Sidu war eine chinesische Stadt, ganz ähnlich denen, die er schon kannte, und sie war längst nicht so groß, weniger schön und weniger reich als Lanzhou. Was die Gegenstände aus Stein anging, so sah er Vasen, Schalen, Becher, Teller und einige kleine Statuen, die ihm nicht besonders gefielen. Und das sollten nun die vielgerühmten Wunder sein?

War Lobsang bis nach Sidu gekommen? Münpa bezweifelte es. Sollte er selbst seine Reise fortsetzen? Kein Wunder hatte ihm das »Zeichen« bestätigt, daß er in Lanzhou erkannt zu haben glaubte ... Wieder einmal enttäuscht, begann Münpa erneut zu verzweifeln und in Gedanken die widersprüchlichsten Pläne zu erwägen.

Die Händler, die er begleitet hatte, erklärten ihm, sie hätten, wie erwartet, in Sidu Freunde getroffen, die sich ihnen mit ihrer Karawane anschließen würden, und sie waren jetzt so viele an der Zahl, daß man seine Dienste nicht mehr benötigte. Er erhielt eine angemessene Bezahlung, und nach drei Tagen der Rast setzte die Karawane ihren Marsch durch die Wüste fort.

Inmitten des Weges stehend, sah Münpa ihr nach: Männer und Maultiere bildeten eine dichte, bewegte Gruppe, die allein von den Kamelen überragt wurde. Nach und nach begannen die zunächst klaren Linien zu verschwimmen, und er sah nur noch eine dunkle Masse, die immer winziger wurde und durch die gelbe Landschaft dahinzog: am längsten behielten die Kamele ihre Konturen, dann verschmolzen auch sie mit den anderen, die nur noch ein kaum wahrnehmbarer Punkt waren und bald gänzlich verschwanden – wie vom Horizont aufgesogen.

Zum ersten Mal in seinem Leben fühlte Münpa sich ratlos, verängstigt und furchtbar allein, verloren in einer eigentümlich beunruhigenden Leere, die ganz anders war als die der Changthang. Ein Zittern durchrann seine Glieder, er hatte Fieber. Er kehrte in die Herberge zurück und streckte sich auf dem *kang* des großen und nun verlassenen Raumes aus, den er mit seinen Gefährten geteilt hatte.

Am Nachmittag fühlte er sich noch elender. Er erschauerte vor Kälte, während sein Kopf glühend heiß war. Die anstrengende Reise durch ein Land, das von dem seinen so verschieden war, das schlechte Wasser, das er getrunken hatte, die Sorgen, die ihn quälten – zweifellos hatten all diese Dinge seine robuste Gesundheit untergraben. Er verspürte eine abgrundtiefe Müdigkeit. Seine Reise fortzusetzen oder allein auf dem Weg zurückzukehren, den er vergeblich gemacht hatte, erschien ihm gleichermaßen mühselig.

Da der Herbergswirt ihn nicht mehr zu Gesicht bekommen hatte, kam er am Abend, um nach seinen Plänen zu fragen. Wartete er darauf, daß andere Reisende vorbeikamen, um sich ihnen anzuschließen, und vor allem – wohin wollte er? Hatte er die Absicht, nach Lanzhou zurückzukehren?

Münpa hatte gar keine Pläne. Er war müde, krank und wollte sich ausruhen.
»Das ist das beste, was Ihr tun könnt«, riet ihm der Wirt. »Richtet Euch in einem kleinen Zimmer ein, in dem Ihr allein sein könnt, und schlaft. Aber Ihr müßt auch ein wenig essen. Ich werde Euch Suppe bringen lassen.«
Münpa dankte ihm, faltete seine Decke zusammen und trug sie zusammen mit seinem Sack in das Zimmerchen, in das ihn ein Bediensteter führte. Er versuchte, ein wenig Suppe zu essen, brachte jedoch kaum eine halbe Schale hinunter, dann mußte er sich wieder hinlegen. Er fiel in einen schweren Schlaf, der von wirren Träumen gestört wurde. Beim Erwachen fühlte er sich zerschlagen, er hatte einen schweren Kopf, und das geringste Geräusch verursachte ihm körperliche Schmerzen. Der Wirt kam, um sich nach seinem Befinden zu erkundigen, und empfahl ihm, sich an einen Arzt zu wenden, doch Münpa wies diesen Vorschlag entschieden zurück. Noch einen Tag, und er würde wieder auf den Beinen sein, behauptete er. Am nächsten Morgen fühlte er sich aber noch schlechter.
Genau an diesem Tag traf eine große Handelskarawane ein und veranstaltete ein gewaltiges Getöse, wie es unter solchen Umständen üblich ist. Der Wirt, der mitfühlender war als die meisten seiner Kollegen, hatte Mitleid mit dem einsamen, kranken *manzi*. Er kam erneut, um nach ihm zu sehen.
»Ihr seid nicht in der Verfassung, Euch gleich wieder auf die Reise zu machen. Eine Woche Ruhe werdet Ihr

wohl brauchen. Hier in der Herberge, in der die Gäste kommen und gehen und Lärm verursachen, seid Ihr nicht gut untergebracht. Eine Schwester meiner Frau besitzt ein großes Haus, sie wird Euch gern ein Zimmer geben, in dem Ihr Eure Ruhe habt. Sie vermietet manchmal an meine Gäste, wenn ich keinen Platz mehr frei habe. Ihr könnt im Haus essen, aber meine Schwägerin ist Händlerin, sie hat Diener, die Euch die Mahlzeiten bringen werden. Wenn es Euch recht ist, lasse ich sie benachrichtigen.«

Münpa dankte ihm und erklärte, daß er sich tatsächlich gern ausruhen und dem Lärm entrinnen würde, der ihm Kopfschmerzen bereitete. Mit Vergnügen würde er sich an einem stillen Ort einmieten, falls der Preis, den man verlangte, nicht seine sehr bescheidenen Mittel überstieg.

Der Wirt beruhigte ihn in dieser Hinsicht: Er würde bei seiner Verwandten weniger bezahlen als in der Herberge.

Zwei Stunden später richtete Münpa sich in einem kleinen Zimmer ein, das im ersten Hof eines sehr wohlhabend wirkenden Hauses im chinesischen Stil gelegen war. Er war von den Bediensteten empfangen worden, denn die Hausherrin verhandele gerade mit Kunden, wie man ihm sagte. Er würde sie am nächsten Tag kennenlernen. Münpa kümmerte das wenig, er wollte sich nur ausstrecken und schlafen.

Vielleicht benötigte er tatsächlich kein anderes Heilmittel. Etwa zehn Tage blieb er so im Dämmerschlaf und aß nur die klaren Suppen – einfaches Reiswasser –, die seine Wirtin ihm bringen ließ. Die gute Frau behandelte ihn auf die chinesische Weise, die der tibetischen genau entgegengesetzt ist. Während die ehrenwerten Tibeter ihre Kranken mit Nahrung vollstopfen, lassen die Chinesen sie hungern. Münpa, für den die spartanische Verpflegung im Kloster zum »Allerhöchsten Frieden« eine Prüfung gewesen war, ertrug jetzt klaglos die sehr viel strengere Diät, der ihn seine wohlmeinende Krankenpflegerin unterzog. Das Fieber ließ ihn den Hunger nicht spüren, und die chinesische Therapie erwies sich in seinem Fall als wirksam.

Weniger als zwei Wochen nach seiner Ankunft bei der Schwägerin des Wirtes war er wieder auf den Beinen, ein wenig abgemagert, aber bei Kräften. Der leichte Gewichtsverlust stand ihm im übrigen nicht schlecht. Münpa war ein hübscher Kerl, und das war der gefälligen Händlerin nicht entgangen. Zweifellos befand sie nicht erst jetzt, daß er von angenehmem Äußeren war, was sicherlich zu jener Sympathie beigetragen hatte, die sie dem einsamen und kranken Reisenden bekundet hatte ...

Münpa hatte es nicht für notwendig befunden, seine Wirtin davon zu unterrichten, daß er einem Mönchsorden angehörte. Auch seine Reisegefährten, die Händler, hatten nichts davon gewußt. Die Mehrzahl der *trapas* – und, wie böse Zungen behaupten, selbst die geistlichen Würdenträger – fühlen sich außerhalb der Klöster nicht als Mönche. Sowie sie die Schwelle des Klosters überschreiten, kümmern sie sich recht wenig um die Ordensregeln, vor allem die der Abstinenz von alkoholischen Getränken und die der Keuschheit. Münpa bildete darin keine Ausnahme, und was den zweiten Punkt anging, so war er nicht ohne Erfahrung. Er hätte von sich aus kaum den ersten Schritt getan, aber er ließ sich auch nicht lange bitten.

Die *nämo,* wie der *dokpa* die Hausherrin nach Art seines Landes nannte, war durchaus reizvoll. Von ihrem mongolischen Blut, das sie der in Grenzgegenden üblichen Rassenvermischung verdankte, zeugten ihre hochgewachsene Gestalt und ihre kräftigen Schultern, die sie deutlich von den schmächtigeren, reinrassigen Chinesinnen unterschieden. Ihre geistige Kraft stand ihrer körperlichen in nichts nach: Die *nämo* hatte einen gesunden Geschäftssinn, und mit großem Geschick führte sie das bedeutende Handelsunternehmen, an dessen Spitze sie stand, seit ihr Mann vor drei Jahren gestorben war.

Als Münpa nach Sidu kam, war sie gerade erst dreißig Jahre alt geworden. Bis jetzt hatte die Witwenschaft sie nicht belastet. Um ehrlich zu sein, nahmen die Geschäfte sie so stark in Anspruch, daß sie sich dessen kaum bewußt geworden war. Sie war nicht sehr gefühlvoll und verdrängte alle Sinnlichkeit hinter ihren »ernsthaften« Angelegenheiten. Die Liebe war eine Art Zeitvertreib, mit dem man sich zwar freie Momente ausfüllen konnte, der aber eine vernünftige Frau nicht von der Verfolgung des einzig wichtigen Ziels im Leben abbringen konnte: reich zu werden. Der Gedanke, sich ein wenig mit Münpa zu vergnügen, mißfiel ihr keineswegs, verlockte sie sogar, war jedoch sogleich mit einem anderen verbunden: dem Kalkül einer »vernünftigen« Frau. Sie verspürte nicht den Wunsch, sich wieder zu verheiraten, das verstand sich von selbst. Doch obwohl sie sich durchaus in der Lage fühlte, ihre Gehilfen mit fester Hand zu führen, konnte die Gegenwart eines Mannes im Hause nicht schaden, und Münpa würde ihr sehr gelegen kommen, wenn es darum ging, eine Warenkarawane zu begleiten und zu überwachen, was ihr selbst unmöglich war.

Hm ja! ... Die hübsche Witwe überlegte. Es widerstrebte ihr, allzu eingehend über ihre Gefühle nachzudenken, denn sonst hätte sie sich womöglich eingestehen müssen, daß der schöne *dokpa* den Wunsch in ihr geweckt hatte, seine Umarmung zu spüren. Was mochte dieser Mann aus dem Land der Barbaren für ein Liebhaber sein? ... Die *nämo* war keineswegs eine leichtfertige Frau. Sie hatte nur einen einzigen Mann gekannt: ihren Ehemann, der die Welt verlassen hatte, um sich in die Welt der Geister zu begeben. Seit drei Jahren lebte sie enthaltsam, und sie war gerade erst dreißig Jahre alt ...

Nachdem sie sich selbst hinreichend davon überzeugt hatte, daß es ihr vor allem um die Wahrung ihrer geschäftlichen Interessen ging und sie damit ihrer Selbstachtung, die ihr sehr am Herzen lag, Genüge getan hatte, erklärte sie Münpa, daß er, nun, da er gesundet war, wieder normal essen müsse, gut essen, um seine Kräfte zurückzugewinnen. Um die Bedienung zu ver-

einfachen, würde er die Mahlzeiten gemeinsam mit ihr einnehmen … Sodann offenbarte sie ihm, ihr Name sei rote Seerose, und alles Übrige ergab sich, wie es nun einmal der Lauf der Dinge ist.
Körperlich fühlte Münpa sich wieder völlig gesund, aber nach wie vor war er sehr niedergeschlagen. Im Laufe seiner vergeblichen Suche hatte sich die Energie erschöpft, die ihn seit seinem Fortgang aus der Einsiedelei des *gomchen* vorangetrieben hatte. Der *dokpa* war kein Mann von langwierigen Unternehmungen, die Ausdauer und ein wohl durchdachtes Vorgehen erfordern. Er hatte nichts von einem Polizisten, der einen Verbrecher verfolgt. Er hatte sich eingebildet, es würde ein Leichtes sein, Lobsang und den Zaubertürkis wiederzufinden. Er hatte sie nicht gefunden, und kein Zeichen wies ihm den Weg, den er einschlagen mußte, um sein Ziel zu erreichen. Er bemühte sich auch gar nicht mehr, eines zu entdecken, denn er war von einer lastenden geistigen Müdigkeit befallen, die ihn manchmal über lange Zeit, aller Gedanken entleert, unbeweglich dasitzen ließ.
Seine Beziehung zur roten Seerose nahm ihn in keiner Weise gefangen: Seine Geliebte mißfiel ihm nicht, aber sie zog ihn auch nicht besonders an. Dem urwüchsigen Sohn der rauhen tibetischen Einöde mangelte es nicht an Manneskraft, doch war er während ihres intimen Beisammenseins von einer nachlässigen Zerstreutheit, die seine Partnerin verärgerte. Er unterließ es auch, diese Zusammenkünfte von sich aus anzuregen, was die *nämo* als beleidigend empfand. Die rote

Seerose überlegte sich, daß ein Eingeborener aus dem Land der Barbaren in der chinesischen Küche vielleicht nicht den nötigen Anreiz fand, und so setzte sie ihm an gewissen Tagen eine tibetische Mahlzeit vor: ein riesiges Stück leicht gesottenen, saftigen Fleisches, eine Suppe, in der Fleischbällchen schwammen, Stückchen von Eierkuchen und andere Gerichte zu Ehren des Schneelandes, ohne dabei zu vergessen, daß diese Mahlzeiten großzügig mit einem starken Branntwein zu begießen waren. Münpa begriff sehr wohl. Jedesmal, wenn statt der Schalen mit Reis und der kleinen Teller mit Ragouts und vielerlei Beilagen ein großes Stück Hammel- oder Schweinefleisch auf den Tisch kam, wußte er, was man vom ihm erwartete, und er erfüllte seine Aufgabe ohne Widerstreben, jedoch auch ohne die Begeisterung, die die rote Seerose sich gewünscht hätte. Mit einem Wort: Münpa langweilte sich.

Ihm war sehr wohl klar, daß seine Gastgeberin ihn zur Überwachung ihrer Gehilfen benutzte und ihm nebenbei allerlei Aufgaben in ihren Lagerhäusern übertrug – alles Arbeiten, die ihm nicht lagen und für die er, abgesehen von Unterkunft und Verpflegung, in keiner Weise entlohnt wurde. Glaubte die *nämo,* daß die Gunst, die sie ihm gewährte, eine ausreichende Bezahlung darstellte? ... Hatte nicht auch sie ihren Vorteil davon? Wir sind quitt, überlegte der Tibeter sich nüchtern.

Er dachte daran, Sidu zu verlassen. Nur, wohin sollte er gehen? Und was sollte er dort tun? Er wußte es noch nicht, war jedoch davon überzeugt, daß er in Sidu nur seine Zeit verlor. Ein Gespräch, das er zufällig mitanhörte, setzte seinem Zögern endgültig ein Ende.

Zwei der Gehilfen der Händlerin sprachen miteinander.

»Die Herrin schickt eine Karawane nach Diwa*«, sagte der eine von ihnen. »Der *manzi* soll sie mit zwei Kameltreibern begleiten.«

»Der Ärmste«, meinte der andere. »Er wird den Sand der großen Gobi schlucken. Bestimmt reisen sie nachts, tagsüber ist es zu heiß unterwegs, dann werden sie in den Karawansereien oder unter ihrem Zelt vor Hitze ersticken. Schöne Reise! Ich habe sie zweimal gemacht und kann mich gut daran erinnern. Und sicher sind die Kameltreiber *hui-hui,* die den Dialekt von da unten sprechen. Der *manzi* wird sie kaum verstehen. Das wird kein Vergnügen für ihn.«

»Die *hui-hui* merken bestimmt, daß man ihnen den *manzi* zur Überwachung mitgeschickt hat. Er wird ihnen ein Dorn im Auge sein. Es ist nicht ratsam, die Wüste gemeinsam mit *hui-hui* zu durchqueren, denen man ihm Wege ist. Ich möchte nicht an der Stelle des *manzi* sein. Meinst du, er verdient sehr viel?«

»Nein! … das glaube ich nicht. Die Herrin sitzt auf dem Geld. Sie denkt bestimmt, es reicht als Bezahlung, wenn er mit ihr schlafen darf.«

»Glaubst du, sie wird ihn heiraten?«

* Diwa ist *Tiwa fu,* die Hauptstadt der Provinz Xinjiang, des chinesischen Turkestan. Die Chinesen haben dieser Stadt, die früher *Urumqi* hieß, den Namen *Tiwa fu* gegeben.

»Nie im Leben! Dazu ist sie zu stolz. Was denkst du, ein Mann aus Qinghai, das heißt ein Wilder! Er ist als Maultiertreiber der Händler aus Kashgar hergekommen, er besitzt nichts als die Kleider am Leib. Der verstorbene Herr war reich, Sohn von reichen Händlern, sie hat sein Vermögen geerbt, und sie denkt nicht daran, es mit einem Liebhaber zu teilen.«
»Ist sowieso erstaunlich, daß sie sich einen genommen hat«, sagte der andere Gehilfe. »Man hat sie vorher nie mit einem Mann gesehen.«
»Pah! ... Frauen sind unberechenbar. Aber wegen dem *manzi* wird sie niemals ihre Interessen aus dem Blick verlieren, das darfst du mir glauben.«
Die beiden Männer entfernten sich, um anderswo einer anderen Beschäftigung nachzugehen.
Münpa hatte genug gehört. Keines der Worte der Gehilfen erstaunte ihn. Er hatte keineswegs geglaubt, daß die *nämo* in tiefer Leidenschaft zu ihm entbrannt sei, und im übrigen konnte Münpa sich eine echte Leidenschaft auch gar nicht vorstellen. Diese Art von Gefühl ist den Hirten vom *Tso Ngönpo* eher fremd. Er hatte sehr wohl begriffen, daß seine Gastgeberin nur ihren Spaß mit ihm haben wollte, und er erfüllte ihr diese Laune, doch hatte er nicht angenommen, daß sie ihn zum besten hielt.
Er würde also gehen, doch wollte er nicht einfach die Flucht ergreifen wie ein armseliger Landstreicher. Er würde der *nämo* höflich mitteilen, daß er seine Reise fortzusetzen gedachte, er würde Vorräte einkaufen – diesmal wollte er sie bezahlen und kein Almosen er-

halten –, und dann würde er Sidu verlassen. Wohin sollte er sich wenden? Das würde er unterwegs entscheiden, sobald er den Einflußbereich seiner Gastgeberin verlassen hatte.
Seit einigen Tagen wurde er von seltsamen Gedanken heimgesucht. Der Entschluß, das Haus der roten Seerose zu verlassen, erinnerte ihn an seinen Aufbruch – fast eine Flucht – aus dem Kloster zum »Allerhöchsten Frieden«. Auch dort war er im Begriff gewesen, in nachlässiger Gleichgültigkeit noch länger zu verweilen und seine Pflicht zu vergessen, während sein Meister Gyalwai Öser dort unten in seiner Felsenhöhle in der fernen Öde von Qinghai auf seinem Meditationssitz den Türkis erwartete, der »sein Leben« umschloß, da sich sein Körper nur so von neuem wieder beleben konnte.
Münpa, der anfangs nur vermutet hatte, der Türkis könne Ösers Leben sein, war inzwischen völlig überzeugt davon. Daß er in seinen Anstrengungen, ihn aufzufinden, so nachlässig geworden war, erschien ihm deshalb ein um so größeres Verbrechen.
Wieviel Zeit war verstrichen, seit er die Changthang verlassen hatte – seit jener schrecklichen Nacht, die er bei dem ermordeten Öser verbracht hatte? Er vermochte es nicht mehr zu sagen. Dieses Ereignis schien sehr, sehr weit zurückzuliegen …
Noch andere Gedanken beunruhigten seinen ermüdeten Geist. Diese Fresken, die er bei den Mönchen vom »Allerhöchsten Frieden« betrachtet hatte … Diese Fresken, die ihn angesaugt hatten, in die er fast ein-

gegangen wäre. Er hatte sich losgerissen, er war wieder herausgetreten ... Ein schrecklicher Zweifel stieg in ihm auf: »Hatte er sich tatsächlich davon losgerissen? Hatte er die Welt dieser wimmelnden Menschenmengen, die auf den Wänden abgebildet war, tatsächlich wieder verlassen?«
Alles, was er getan und was er gesehen hatte, seit er dem Kloster zum »Allerhöchsten Frieden« entflohen war – oder entflohen zu sein glaubte – all dies befand sich auf dem Wandfresko. Man sah Händler, die kauften und verkauften, Reisende, die Handelskarawanen begleiteten, lange Reihen von Kamelen. Man sah grüne Landschaften und Wüsten aus gelbem Sand, übersät von Gerippen von Tieren und Menschen, die verdurstet waren. Man sah Städte, Türme und Mauern, ähnlich jener, die China umgab, wie man ihm unterwegs erzählt hatte. Und hatte er sich nicht eines Tages selbst auf dem Fresko inmitten einer Schar von Reitern gesehen, hatte er nicht gesehen, wie er seinen Platz veränderte, wie er in die Landschaft eindrang, in die Wand, in die magische Welt dieser kleinen Menschen? War es möglich, daß er tatsächlich eingedrungen war und daß alles, was er erlebt hatte (seine Reise mit den Händlern aus Kashgar, die Herberge, seine Krankheit, die rote Seerose), daß all dies Episoden waren, die sich in den Rahmen des Freskos einfügten oder die schon eingemalt waren und in denen er lediglich einen Platz einnahm? Daß er sich eigentlich nur in die Darsteller, die eine Rolle darin spielten, hineinversetzte, die Gebärden machte, die man an

ihnen sah, während er glaubte, Münpa zu sein, der eine ganz persönliche, neue Geschichte erlebte?
Münpa hatte es sich zur Gewohnheit gemacht, jeden Tag einige Stunden durch die Stadt zu streifen. Nun begannen diese Spaziergänge seine Vermutung zu bestätigen, daß er sich innerhalb des Freskos bewegte. Diese Vermutung veranlaßte ihn, die Dinge aus einer gewissen Distanz zu betrachten. Ihn vergnügte das Schauspiel, das die Straße bot, die Bühne, die ihn umgab. All das hatte er schon auf dem Fresko gesehen, und er, Person aus dem Fresko, bewegte sich inmitten der anderen Personen. Es war dies ein wunderliches Spiel, in keiner Weise ernst, er hatte nichts anderes zu tun, als seinen Spaziergang innerhalb der Wand fortzusetzen. Zweifellos würde er dort Lobsang und den Türkis antreffen, er würde Gyalwai Öser wiedersehen, gleich jenem Eremiten, den er eines Abends auf dem Fresko in seinem Zimmer im »Allerhöchsten Frieden« erblickt und am nächsten Tag nicht wiedergefunden hatte. Vielleicht war es Gyalwai Öser selbst gewesen, und er hatte ihn nur nicht erkannt. Zweifellos befand auch Gyalwai Öser sich im Fresko … Er hatte sich immer darin befunden … »Die Welt ist nur ein auf die Leere gemaltes Fresko« … Ihm war, als habe der *gomchen* eine so oder ähnlich lautende Erklärung vor denen seiner Schüler abgegeben, die er für würdig erachtete, in der Lehre unterwiesen zu werden.
Münpas Überlegungen begannen nun einer gewissen Logik zu folgen.

Er war in das Fresko eingetreten. Das gestand er sich inzwischen ein – aber wie war er eingetreten? Eintreten setzt voraus, daß es eine Öffnung gibt, die das zuläßt. Man tritt durch eine Tür ein, durch ein Fenster, durch einen Spalt im Felsen, durch eine Öffnung in der Mauer, etc. Die *drubthob,* die großen Heiligen, durchschreiten auch geschlossene Türen, Mauern, Berge. Zahlreiche Geschichten berichten von diesen Wundertaten, und Münpa zweifelte nicht, daß sie tatsächlich vollbracht worden waren. Für ihn blieb aber immer noch die Frage, an welcher Stelle er in das Fresko eingedrungen war. Es war ärgerlich, daß er das vergessen hatte, doch änderte dies nichts an der Tatsache, daß er hineingegangen war oder daß man ihn hineingezogen hatte. Im einen wie im anderen Fall bestand das Problem der Öffnung, die er passiert hatte.
Da Münpa sich eingestehen mußte, daß er sich in dieser Hinsicht an nichts erinnern konnte, wandte er sich einem anderen Aspekt der Frage zu.
Welches auch immer die Öffnung war, die seinen Eintritt ermöglicht hatte, so konnte sie zum Hinein- und zum Hinausgehen dienen. Die einzige Schwierigkeit bestand darin, sie zu entdecken. Er hatte sie ganz unbewußt durchschritten und vermochte sie nun, innerhalb all des Flitterwerks ringsum, nicht mehr zu erkennen. Alle Personen, die sich auf dem Fresko bewegten, waren Gefangene, die unfähig waren, die Tür zu ihrem Gefängnis zu finden. Würde es ihm gelingen?
Während diese absonderlichen Gedanken seinen Geist

beschäftigten, betrachtete er auf seinen Spaziergängen durch die Stadt forschend die Tore der Tempel, die engen Türen der ärmlichen Häuser in den Gassen, die Fenster, die sich auf Balkone hin öffneten. Ein Spalt in einer Mauer erregte seine Aufmerksamkeit: Hinter den eingefallenen Steinen erblickte er einen Garten, ein Feld, doch waren nicht auch das nur Bilder im Fresko, eine Sinnestäuschung, die dazu angetan war, die Gefangenen hinters Licht zu führen, sobald sie wie er ihre Situation begreifen und sich zur Flucht entschließen konnten?

Bisher hatte er noch nicht versucht, hinter bestimmten Türen oder Öffnungen weiterzuforschen. Er stand noch so sehr auf dem Boden der Tatsachen, daß er fürchtete, man könne ihn für verrückt halten.

Als er eines Tages in seine ungewöhnlichen Erkundungen vertieft in der Stadt umherwanderte, stieß er mit zwei Passanten zusammen, die blaue Gewänder von ungewöhnlichem Schnitt und die Kopfbedeckungen der *daoshi* trugen. Der Zusammenstoß und das ungewöhnliche Aussehen dieser beiden Gestalten riß Münpa aus seinen Träumereien und brachte ihn auf eine Idee, die für einen Tibeter sehr typisch war.

Bevor Tibeter auf Reisen gehen oder eine wichtige Sache in Angriff nehmen, versäumen sie es nie, einen *mopa* zu konsultieren, der ihnen offenbart, an welche Richtlinien sie sich halten sollen.

Die *daoshi* gelten in der Kunst der *mos,* der Wahrsagekunst, als überaus bewandert. Er würde also diese beiden, die er so unvermutet getroffen hatte, um Rat bitten. Diese Begegnung konnte das »Zeichen« sein, auf das er gewartet hatte. Unverwandt blickte Münpa die *daoshi* an, die ihrerseits stehengeblieben waren, erstaunt über diesen hochgewachsenen Tibeter, der sie wortlos, mit weit aufgerissenen Augen anstarrte.

Doch hielt sein Zaudern nicht lange an. Schlagartig kam seine tibetische Mentalität zum Tragen, und er bat die *daoshi* um die Gefälligkeit, ihm mit Hilfe eines *mo* anzuzeigen, an welchen Ort er sich begeben sollte, sobald er Sidu verließ. An die umherziehenden *daoshi* werden solche Bitten häufig gerichtet, und die Weissagung stellte für sie eine wichtige Einkommensquelle dar.

Sie gingen auf Münpas Bitte bereitwillig ein und schlugen ihm vor, sich gemeinsam mit ihnen in einen Tempel zu begeben, in dem man in aller Ruhe das Schicksal befragen konnte. Mitten auf der Straße stehend, im Gewühl der Vorübergehenden, war dies unmöglich.

Münpa war mit diesem Vorschlag einverstanden.

Im Tempel steuerten die *daoshi* auf eine Kapelle zu, in der ein Mann mit einem langen weißen Bart thronte, der dieses verschmitzte Lächeln hatte, das chinesische Künstler den Greisen gern verleihen. Dieser hier strahlte unendliche Güte aus. Münpa war er auf der Stelle sympathisch, und so setzte er sich auf Aufforderung der *daoshi* zu Füßen des liebenswerten Schutzgeistes auf den Altarstufen nieder.

Weissagungen werden überall auf der Welt auf mehr oder weniger ähnliche Weise vorgenommen. In Tibet hatte Münpa gesehen, wie Bohnen oder Kieselsteine auf Stofftücher geworfen wurden, die mit symbolischen Zeichnungen bedruckt waren. Oder man warf Würfel, zählte die Punkte, die sich ergaben, und suchte dann die entsprechende Zahl im Orakelbuch, in dem die Weissagung oder Empfehlung für den Ratsuchenden nachzulesen war. Er wußte auch, daß man Zeichen in den Schulterblättern von Hammeln erkennen konnte, die, über dem Feuer geröstet, rissig wurden. Er hatte auch noch eine ganze Reihe von anderen Praktiken miterlebt, und deshalb erstaunte ihn das Treiben der *daoshi* nicht, doch wartete er mit Ungeduld auf die Beantwortung seiner Frage: »Wo soll ich hingehen, sobald ich Sidu verlasse?«

Denn zum Dank für die Großzügigkeit, die er bei der Zahlung ihres Entgelts gezeigt hatte, veranstalteten die *daoshi* vorab allerlei Hokuspokus für ihren Kunden.

Schließlich erklärte einer von ihnen feierlich: »Es wird Euch empfohlen, dem Weg der Sonne zu folgen.«

»Dem Weg der Sonne«, wiederholte Münpa, der den Sinn dieses Orakels nicht verstand.

In diesem Augenblick bot ihm ein kleiner, alter Chinese, der sich genähert hatte, als er sah, wie die *daoshi* ihre Zauberbücher ausbreiteten, eine Erklärung an: »Die Sonne geht im Osten auf«, sagte er, »und sie geht im Westen unter. Ihr müßt nach Westen gehen.«

Die beiden *daoshi* nickten zustimmend mit dem Kopf.

Der kleine Alte ließ Münpa keine Zeit, über diese Auslegung nachzudenken. Er hatte die großzügige Spende

gesehen, die der *manzi* den *daoshi* vor der Befragung dargeboten hatte.
»Um weitere Erhellung zu bekommen«, sagte er, »müßt Ihr den ›Ehrwürdigen Himmlischen‹ um eine Antwort bitten.« Und er deutete auf die Statue des Ahnen mit dem weißen Bart, die auf dem Altar thronte.
Dann stellte er sich vor und fügte hinzu: »Ich bin es, der mit seinem Kult beauftragt ist.«
Zugleich hielt er Münpa das Gefäß entgegen, das die Weissageplättchen enthielt und das man schütteln mußte, wenn man das Schicksal befragen oder einen Rat erhalten wollte.
Münpa zögerte keinen Augenblick. Wie es sich gehörte, legte er einige Münzen auf dem Altar des »Ehrwürdigen Himmlischen« nieder, dessen liebenswertes Lächeln zu solcher Großzügigkeit zu ermutigen schien.
Dem *manzi* fehlte die Geschicklichkeit der Chinesen, die mit dieser Praktik vertraut sind. Ungestüm schüttelte er das Gefäß, und mehrere Plättchen flogen durch die Luft und verstreuten sich auf den Stufen zum Altar. Der alte Tempeldiener sammelte sie auf, las die Inschriften und verkündete: »Die Antwort ist verworren. Ihr seid umgeben von Wesen unterschiedlicher Natur. Es wird schwierig für Euch sein, die Richtung einzuschlagen, die Euch günstig ist.«
Münpa war ratlos in den Tempel eingetreten, und er fühlte sich nach diesen beiden Weissagungen noch ratloser als zuvor. Aufrecht und wie angewurzelt stand

er da, und sein Blick irrte hin und her zwischen dem alten Chinesen und der Statue des »Ehrwürdigen Himmlischen«, dessen Lächeln mehr denn je ein unaussprechliches Mitleid mit den armen Menschen auszudrücken schien, die so vielfältigen Kümmernissen unterworfen sind.

Der wohlmeinende Tempeldiener riß ihn aus seiner Betäubung. Es war ihm nicht entgangen, daß der *manzi* nicht ohne Barschaft war und großzügig Gebrauch davon machte. Er gedachte deshalb, ihn dabei zu unterstützen.

»Offenbar habt Ihr den Sinn dessen, was man Euch gesagt hat, nicht recht erfaßt«, sagte er zu Münpa. »Vielleicht ist Euer Fall besonders schwierig und sollte deshalb von jemandem geprüft werden, der überragende Fähigkeiten besitzt. Hier im Tempelgarten lebt ein sehr heiliger *daoshi.* Falls er bereit ist, Euch zu empfangen, wird er Euch Aufklärung über alles geben, was Euch beunruhigt. Da ich Euch helfen möchte, werde ich ihm von Euch erzählen. Kommt morgen früh wieder, und ich werde Euch sagen, ob es möglich ist, ihn zu sehen ...«

Der Chinese sah Münpa daraufhin so auffordernd und bedeutungsvoll an, daß dieser Blick keiner weiteren Erklärung bedurfte. Münpa verstand und legte einige Münzen in die Hand, die sich ihm entgegenstreckte.

Am nächsten Morgen begab er sich zum Tempel. Der Tempeldiener erwartete ihn schon.

»Ihr habt Glück«, sagte er zu Münpa. »der *daoshi* ist bereit, Euch zu empfangen. Gebt ihm vor allem kein

Geld, er nimmt es nicht an. Seine Besucher bezeugen ihre Dankbarkeit mir, der ich sein Diener bin. Aber Ihr könnt ihm Früchte, Blumen und ein Päckchen Räucherstäbchen bringen. Ich werde sie Euch geben. Kommt mit mir.«

Er führte Münpa in ein Nebengebäude des Tempels, wo er den Gläubigen die Dinge verkaufte, die sie für ihre Opfergaben benötigten. Dort füllte er einen hübschen kleinen Korb mit Früchten, legte einige Blumen darauf und darüber ein Päckchen mit Räucherstäbchen. Münpa zahlte, nahm den Korb und wurde in einen Garten geführt, der an den Tempel angrenzte. Ganz am Ende erhob sich ein kleines Gartenhaus. Dies war der Wohnsitz des *daoshi.* Der Tempeldiener trat nicht ein. Münpa wurde von einem Bediensteten hineingeführt.

Der *daoshi* war ein Greis, der ein wenig dem »Ehrwürdigen Himmlischen« glich, zu dessen Füßen Münpa die Wahrsagestäbchen geschüttelt hatte. Er bemerkte die Ähnlichkeit, doch obgleich sie im Aussehen sehr unterschiedlich waren, erinnerte ihn der Gesichtsausdruck des *daoshi* vor allem an den Vorsteher des Klosters zum »Allerhöchsten Frieden«. Das machte ihm ein wenig angst. Mußte er einen erneuten Zauber fürchten?

Allerdings beschränkte sich der *daoshi* nicht auf ein beunruhigendes Schweigen, wie es der Prior getan hatte. Er sprach sogleich: »Setz dich«, sagte er zu Münpa. »Was beunruhigt dich? Warum fragst du, welchem Weg du folgen sollst? Wohin willst du? Was ist der

Grund für deine Reise? Du bist ein Tibeter, was machst du hier? Bist du ein Händler?«

Diese Fragen, die sich auf Vorgänge in der Alltagswelt bezogen, nahmen Münpa seine Befangenheit. Dahinter verbarg sich keine Zauberei. Weil die Fragen, die der *daoshi* gestellt hatte, einfach, natürlich, direkt waren, verlangten sie klare, eindeutige Äußerungen. Es galt, unmißverständlich zu antworten ... Münpa wartete.

Im Unterschied zu dem geheimnisvollen und schrecklichen Vorsteher des Klosters zum »Allerhöchsten Frieden« blickte der *daoshi* nicht »nach innen«. Er fixierte Münpa mit einem durchdringenden, unverwandten Blick.

Münpa mußte sich entscheiden.

»Ich verfolge einen Dieb«, erklärte er.

»Bist du bestohlen worden?«

»Nein, nicht ich, sondern ein Eremit, dem ich gedient habe.«

»Oh! tatsächlich, ein Eremit. Und was hat man ihm gestohlen?«

»Ein silbernes Reliquienkästchen.«

»Hat dieser Eremit, dein Meister, dir befohlen, den Dieb zu verfolgen?«

Münpa spürte, wie er an Boden verlor. Er schwieg.

»Wo lebt dieser Eremit, dein Meister?« fragte der *daoshi* weiter.

»In Qinghai«, antwortete Münpa.

»Hat dein Meister einen besonderen Grund für die Vermutung, daß der Dieb sich in Sidu oder Umgebung befinden könnte? Warum hat er dich hierher geschickt?«

Münpa antwortete nicht.
Nun änderte der *daoshi* den Ton und fragte ihn schroff: »Erzählst du mir die Wahrheit? ... Mir scheint, du erfindest eine Geschichte. Warum? ...«
Der alte *daoshi,* der noch kurz zuvor dem lächelnden »Ehrwürdigen Himmlischen« geglichen hatte, blickte nun hart, geradezu drohend.
»Ich habe dich nicht herbestellt«, sagte er zu Münpa. »Mich kümmern deine Angelegenheiten nicht. Du hast darum gebeten, mich zu sehen. Bist du gekommen, um mir Lügen zu erzählen? ...«
»Ich bitte Euch um Verzeihung«, stammelte Münpa. »Ich wollte Euch nicht beleidigen. Ich bin sehr unglücklich ... Alle möglichen Dinge bewegen sich um mich herum ... Ich weiß nicht mehr, was ich tun soll ...«
»Kehre zu dem Eremiten zurück, dem du gedient hast. Sag ihm, daß es dir nicht gelungen ist, den Dieb seines Reliquienkästchens zu finden. Es geschieht oft, daß ein Dieb nicht entdeckt wird. China ist groß, es gibt hier reichlich Platz, um sich zu verstecken.«
»Mein sehr heiliger Meister ist tot«, murmelte Münpa.
Und nachdem er diese Erklärung abgegeben hatte, ließ ihn die Furcht, die ihn schon einmal aus dem gleichen Grund ergriffen hatte, vom Kopf bis zu den Füßen erschaudern: War Gyalwai Öser wirklich tot? ...
»Er ist tot«, sagte der *daoshi.* »Also hast du dich gleich nach der Beisetzung an die Verfolgung des Diebes begeben? Und was ist mit dem Leichnam des Eremiten

geschehen? Ihr *manzi* verbrennt häufig eure Toten. Wie es heißt, laßt ihr die Leichname oft auch ohne Begräbnis auf den Bergen zurück.«

Das Gesicht des *daoshi* drückte Abscheu aus.

»Ein barbarischer Brauch«, erklärte er.

Münpa erlitt Folterqualen.

»Ich habe die Beisetzung nicht miterlebt«, mußte er gestehen. »Ich habe mich sofort auf den Weg gemacht.«

Der *daoshi* schwieg eine Weile und dachte nach. Dann wandte er sich erneut an Münpa: »Hör zu«, sagte er. »Ich spüre, daß du mir nicht die ganze Wahrheit sagen willst. Das ist nicht wichtig, das ist deine Sache. Bedenke aber eines: Jeder von uns hat zehn Seelen. Drei *hun* sind von höherer Wesenheit, und sieben *po* sind niedere Geister. Diese zehn Geister teilen sich beim Tod eines Menschen. Jeder von ihnen folgt seinem besonderen Weg und überdauert mehr oder weniger lange Zeit, und dann löst er sich im Nicht-Geordneten, im Chaos, auf.

Einige Menschen von großem Verdienst, die einem höheren geistigen Studium nachgegangen sind, erreichen den Zustand des *chen jen* (Mensch-Geist) und sind unsterblich. Die niederen Geister bleiben eine Zeitlang dem Körper verbunden und umschleichen sein Grab. Falls die drei *huen* nicht den Zustand der Unsterblichkeit erlangt haben, werden sie vor die zehn Richter der Toten gebracht, die einem jeden nicht nur das Schicksal zuweisen, das er sich für seine guten oder bösen Taten verdient hat, sondern auch die Zahl

von Jahren, die er in dem Leben zu verbringen hat, das nun von neuem beginnt.«
Münpa wußte, daß einem jeden von uns eine bestimmte Anzahl von Lebensjahren zugemessen ist. Alle Tibeter wissen das. Er hatte die Ausführungen des *daoshi* nicht völlig begriffen, aber diese Sache mit der Anzahl von Jahren fesselte seine Aufmerksamkeit.
»Ist es möglich«, wagte er jetzt zu fragen, »daß diese Zahl von Jahren auch abgelaufen ist, wenn der Tod durch einen Unfall bewirkt wurde?«
»Wie bitte? Ist der Eremit, dein Meister, nicht eines natürlichen Todes, an Altersschwäche oder Krankheit, gestorben?«
»Er ist ermordet worden«, gab Münpa, fast gegen seinen Willen, zu.
»Ermordet!« rief der *daoshi* aus. »Du hast ihn getötet! ...«
»O nein! Nicht ich!« Münpa, den beim Gedanken an ein solches Verbrechen Entsetzen ergriff, protestierte heftig.
»Ich verstehe, du verfolgst seinen Mörder«, sagte der *daoshi* besänftigt, nachdem er sich von dem Schrecken erholt hatte, denn er hatte tatsächlich geglaubt, einen Mörder vor sich zu haben.
»Ja«, erklärte Münpa. »Doch alles ... die Dämonen ... verwirren mich ... ich weiß nicht mehr, wo ich bin .... wo ich hingehen soll ... Es ist wie ein verrückter Traum ...«
»Das hast du mir schon gesagt, ich verstehe dich jetzt besser ...
Ob dein Meister *chen jen* geworden ist, weiß ich nicht.

Wenn er es nicht ist, muß er weiterhin körperlos über die Erde irren, bis zu dem Augenblick, in dem die ihm zugemessene Anzahl von Jahren erschöpft ist. Die höheren Seelen sind im allgemeinen wohlwollend. Die niederen Geister …
Ich frage dich noch einmal: Ist der Leichnam des Eremiten verbrannt oder begraben worden? Was ist Brauch in deinem Land?«
»Ich habe … ich habe den Leichnam auf dem Meditationssitz zurückgelassen … ich habe Opfergaben vor ihm aufgestellt und habe mich dann in aller Eile auf den Weg gemacht. Mein Meister lebte als Einsiedler, er bekam nur selten Besuch. Es können ein oder zwei Monate oder auch mehr vergangen sein, bevor man seinen Tod bemerkt hat.«
»Das ist es«, rief der *daoshi,* »die sieben niederen Geister, die in deinem Meister lebten, haben sich befreit, sie sind Dämonen geworden! Einige von ihnen haben sich an deine Fersen geheftet, und diese böswilligen Wesen versuchen, dir zu schaden, indem sie deine Gedanken verwirren und dir Hindernisse in den Weg legen. Doch möglicherweise ist dir auch einer der höheren Geister deines Meisters gefolgt, um dir schützend beizustehen …«
Der *daoshi* schwieg. Münpa wartete darauf, daß er weitersprach. Was würde er ihm raten? Plötzlich fuhr der *daoshi* hoch, als sei er aus tiefem Nachdenken erwacht. Er sah Münpa an, als habe er ihn bisher noch nie gesehen, und sagte barsch: »Gut! Nun hast du deinen Rat. Geh jetzt.«

Er entließ ihn mit einer Handbewegung, stand auf und ging in einen anderen Raum.
Alleingelassen, blieb Münpa einen Augenblick bestürzt vor dem leeren Sitz des *daoshi* stehen und verließ dann das Gartenhäuschen. Der Bedienstete, der ihn hereingeführt hatte, geleitete ihn bis zum Garteneingang. Münpa durchquerte den Tempel und fand sich vor dem großen Tor auf der Straße wieder.
Auf die gleiche Weise hatte er sich vor einigen Wochen oder Monaten – ihm war das Zeitgefühl abhanden gekommen – vor dem Tor des Klosters zum »Allerhöchsten Frieden« auf der Straße wiedergefunden … Nur diesmal war er fern der Karawanserei, in der man ihn freundschaftlich empfangen hatte, und der arme *manzi* fühlte sich verlorener denn je.

6

Die Karawanserei von Lanzhou und Chao, ihr freundlicher Wirt, waren fern. Ganz nah war hingegen das Haus der Witwe, das Münpa seit einiger Zeit zum Heim geworden war. Zu einem vorläufigen Heim, denn als solches hatte er es stets betrachtet und war nun gewillt, es zu verlassen. Nun konnte er inzwischen nicht wie angewurzelt vor der Tempeltür stehenbleiben. Gläubige kamen herein, die ihn im Vorbeigehen anrempelten: Er mußte sich in Bewegung setzen.

Unterwegs ging er in Gedanken noch einmal durch, was er von den Worten des *daoshi* behalten hatte: die vielen Geister, die sich nach dem Tod voneinander trennen. Die Tibeter kennen ebenfalls eine Reihe verschiedener *namches.* Es gibt voneinander getrennte *tulkus,* die jeweils der Inbegriff von Geist, Stimme und Körper desselben *lamas* sind. Wieder andere *namches* sind mit den einzelnen Sinnen verbunden. Münpa hatte davon gehört, als die Schüler von Gyalwai Öser sich darüber unterhielten, aber er wußte nichts über das Schicksal dieser verschiedenen *namches.* Das konnten die niederen Geister sein, die der *daoshi* erwähnt hatte. Sie hatten den in der Einsiedelei verbliebenen

Leichnam von Oser verlassen und waren ihm seit seinem Aufbruch gefolgt, so wie die streunenden Hunde in der einsamen Steppe vom *Tso Ngönpo* den vorbeiziehenden Karawanen folgen. Weiß nicht auch jeder Tibeter, daß sich die umherirrenden Dämonen an die Reisenden hängen und mit ihnen zusammen in die Häuser eindringen, in denen ihnen Gastfreundschaft angeboten wird? Es ist dies der Grund, weshalb sie sehr häufig verweigert wird*, denn man fürchtet, daß diese Dämonen sich von denen trennen, mit denen sie gekommen sind, und sich dafür in dem Haus der Gastgeber einnisten. Gewiß waren all die Widrigkeiten, die seine Verfolgungsjagd behindert hatten, diesen feindlichen Wesen zuzuschreiben. Hatte der *daoshi* jedoch nicht auch gesagt, daß einer der höheren Geister seines Meisters ihm ebenfalls nahe sein könnte? …

Dergestalt waren seine Überlegungen, als er vor der Haustür der Händlerin anlangte.

Er begab sich geradewegs in sein Zimmer, entschlossen, seiner Geliebten beim Abendessen seine Abreise anzukündigen. Gleich am nächsten Morgen würde er aufbrechen. Er hatte keine Reisevorbereitungen zu treffen. Sein gesamtes Gepäck bestand aus seinem schweren tibetischen Gewand, aus dem chinesischen, das man ihm im Kloster zum »Allerhöchsten Frieden« gegeben hatte und das er am Körper trug, aus einer Decke und aus einem großen Ledersack, den er mit

* Die Autoren dieses Buches haben auf ihren Reisen quer durch Tibet mehr als einmal diese unangenehme Erfahrung gemacht.

Vorräten füllen würde. Gut zusammengeschnürt, würden diese paar Habseligkeiten einem *dokpa,* der es gewöhnt war, schwere Lasten zu tragen, keine allzu große Bürde sein. Er würde nach Westen wandern, wie es ihm das Orakel der *daoshi* geraten hatte. Warum nach Westen? Möglicherweise würde sich dort das Wunder ereignen, auf das er hoffte, auf das er wartete.
Die Stunde des Abendessens kam. Wie gewohnt, suchte Münpa die rote Seerose in dem Raum auf, in dem sie ihre Mahlzeiten einnahm. Ein Blick auf den gedeckten Tisch zeigte ihm, daß ein rein chinesisches Mahl aufgetragen worden war: kein großes Stück Fleisch, das das nächtliche Liebesspiel ankündigte ... Münpa atmete auf. Er war nicht in Stimmung für solche Banalitäten.
Münpa mochte ungeschliffen sein, doch mangelte es ihm auf seine Weise nicht an Feingefühl. Er wollte der roten Seerose die Mitteilung von seiner Abreise nicht erst nach vollendeter Mahlzeit machen.
Noch bevor er sich niedersetzte, erklärte er ihr deshalb: »Morgen mache ich mich wieder auf den Weg.«
Die Witwe war nicht allzu erstaunt. Sie hatte begriffen, daß der *manzi* nicht der Mann war, sich für immer in einer chinesischen Stadt niederzulassen, und sie ihrerseits war der Meinung, daß er nicht die notwendigen Eigenschaften besaß, um ein fähiger Händler zu werden, der sich um die Geschäfte kümmerte und ihr ein nützlicher Partner sein konnte. Das Spiel war beendet, es war an der Zeit, sich in Freundschaft zu trennen.

»Du willst dich tatsächlich wieder aufmachen?« fragte die rote Seerose. »Wohin gehst du?«
»Nach Westen«, antwortete Münpa mit einer vagen Handbewegung. »Und ich danke dir«, fügte er höflich hinzu. »Du warst sehr gut zu mir.«
Er spielte damit auf die Gastfreundschaft an, die er genossen hatte. Das übrige … war Beiwerk und keiner Erwähnung wert.
Die rote Seerose schien ihn auch richtig zu verstehen.
»Nach Westen«, wiederholte sie. »Ich verstehe. Die *manzi* hängen dem *fo-jiao* an. Du pilgerst nach Dunhuang, um den Tausend Buddhas Verehrung zu erweisen.«
Münpa durchfuhr es wie ein Blitz. Endlich hatte sich das erwartete »Zeichen« offenbart. Das Orakel der *daoshi* erhielt seinen Sinn. Er mußte nach Westen wandern, weil sich im Westen ein besonders heiliger Ort befand, den tausend Buddhas sich zur Bleibe auserkoren hatten. Er hatte bisher noch nie davon gehört. Nun plötzlich erfuhr er von seiner Existenz, und die Ereignisse hatten sich so miteinander verknüpft, daß er nach Sidu gelangen mußte und jetzt auf dem Weg zu diesem heiligen Ort war. Welch ein Wunder! … Zweifellos war es die schützende Hand von Gyalwai Öser, die in all dem deutlich wurde.
Münpa, der im Geiste die neue Geschichte, die er soeben ausgedacht hatte, auszuschmücken begann, antworte ihr nicht, und deshalb glaubte die rote Seerose, richtig geraten zu haben, und fuhr fort: »Ich werde dir reichlich Vorräte für die Reise mitgeben und außer-

dem einen großen Schlauch, in dem du Wasser mitnehmen kannst. Es ist rar in der Gegend, die du durchquerst. Du mußt den Schlauch unbedingt bei jeder Gelegenheit wieder auffüllen ... Wenn du willst, leihe ich dir ein Maultier, das dein Gepäck trägt. Du bringst es mir wieder, wenn du zurückkommst.«

So beschäftigt Münpa mit seinen frommen Gedanken war, tauchte doch eine arglistige Idee in ihm empor, die der unverbesserlichen Denkweise der *dokpas* entsprang, die große Bewunderer der Wegelagerer sind, der »Tapferen mit dem starken Herzen«: Die rote Seerose kam ihm ziemlich einfältig vor, denn hier und nun bot sich ihm die Gelegenheit, sich ein Maultier anzueignen. Doch verwarf er diese Idee. Nicht weil sie ihm nicht gefallen hätte, sondern weil er im Begriff war, die Tausend Buddhas aufzusuchen und Gyalwai Ösers Segen ganz offenbar auf ihm ruhte. Auf der anderen Seite mochte er das Maultier auch nicht als Leihgabe annehmen, denn er wollte sich nicht verpflichteten, es nach Sidu zurückzubringen.

»Ich danke dir«, sagte er zu seiner Gastgeberin, »aber eine Pilgerreise ist nur von Wert, wenn man sie zu Fuß unternimmt. Die Vorräte und den Wasserschlauch nehme ich gern, doch möchte ich sie bezahlen.«

»Du wirst gar nichts bezahlen«, erklärte die Händlerin in bestimmtem Ton. »Damit würdest du mich beleidigen. Du hast mir eine ganze Reihe von Diensten erwiesen, nimm diese Vorräte als Bezahlung. Ich gebe dir auch noch einige Bündel Räucherstäbchen mit. Bring sie für mich den Buddhas dar.«

»Die Vorräte als einzige Bezahlung – ich wäre nicht reich geworden, wenn ich hiergeblieben wäre. Was das übrige angeht ... das war kostenlos. Eine Hand wäscht die andere«, dachte Münpa sich spöttisch.

Alles war gesagt. Münpa ließ sich nicht lange bitten, als er zu Tisch gebeten wurde, und aß mit gutem Appetit.

Die rote Seerose äußerte nicht das Bedürfnis, eine letzte Nacht mit ihm zu verbringen, und Münpa kehrte in sein Zimmer zurück. Er hatte seinen Frieden wiedergefunden. Er wußte nun, daß er einem Plan seines sehr weisen Meisters folgte, denn der *daoshi* hatte ihm gesagt, daß einer seiner höheren Geister, ein *hun*, über ihm wachte. Er ging zu Bett und schlief auf der Stelle ein.

Am frühen Morgen kam ein Diener, um Münpas Ledersack zu holen, und er brachte ihn prall mit Lebensmitteln gefüllt zurück. Er gab ihm zudem einen großen Wasserschlauch, Bündel von Räucherstäbchen und ein paar Lederstiefel.

Münpa verabschiedete sich von seiner Gastgeberin und ihren Gehilfen und machte sich mit seinem gut verschnürten Reisesack auf den Weg, ging in Richtung Westen, genau wie jene Karawane, der er noch vor kurzer Zeit nachgesehen hatte und die zwischen dem blauen Himmel und der gelben Erde vom Horizont verschluckt worden war. Nun war Münpa allein, ganz allein.

Münpa, der schwer zu tragen hatte, kam auf dem gelben, staubigen Weg nur langsam voran und bewegte

sich geradeaus durch diesen ockerfarbenen, sandigen, öden Raum. Die Landschaft ähnelte jener, die er auf dem Weg nach Sidu gesehen hatte, nur wirkte sie noch trister und verlassener: ein sterbendes Land.
Hohe Türme, die zum Teil halb eingestürzt waren, dienten in einigem Abstand vom Weg als Richtpunkte. In noch weiterer Ferne, hinter den Türmen und gerade noch in Sichtweite, erblickte man jene auf diese Entfernung niedrig wirkenden Mauern, die, wie man Münpa gesagt hatte, »China umschlossen«. Dazwischen sah er breite Breschen, und er fragte sich, welche Art von feindlichen Überfällen wohl diese klaffenden Löcher gebrochen hatten – von Menschen oder von Tieren, die aus diesem geheimnisvollen Jenseits der chinesischen Mauer gekommen waren, zweifellos aus einem Land der Dämonen.
Nahe des Weges wurde die Trostlosigkeit hautnah spürbar. Man sah Häuser und ganze Dörfer, die völlig verlassen waren. Häufig waren die Häuser noch halbwegs erhalten, man hatte jedoch alles entfernt, was transportabel war: Getäfel, Türen, Fenster, Dachbalken, und die Bewohner waren fortgezogen. Keine Naturkatastrophe hatte sie davongejagt, sondern allein das heimtückische, langsame Vordringen des Sandes, der sich über das wenige Wasser gelegt hatte, das in den Brunnen verblieben war, und der mit der perfiden Ausdauer einer dämonischen Kraft, die sich ihres Sieges sicher ist, alles Leben zu verschlingen drohte. Der gelbe Sand häufte sich vor den Außenmauern der Gebäude, die einmal Höfe gewesen waren, er drang in

die Wohnräume und in die Ställe ein, die jetzt ohne Türen waren, er formte dort unschuldige kleine Häufchen, ähnlich jenen, wie sie Kinder im Spiel erschaffen, heimtückische Vorboten der tödlichen Flut, die sich näherte.

Langsam und schweren Schrittes bewegte Münpa sich durch diese alptraumhafte Landschaft. Was ringsum war, interessierte ihn nicht, er wußte nur, daß er den Tausend Buddhas entgegenging, auf das ungewisse Wunder zu, das ihn erwartete, und die Sonne, die am Abend vor seinen Augen unterging, bestätigte ihm, daß er sich auf geradem Weg nach Westen befand, in der Richtung, die das Orakel ihm gewiesen hatte.

Gegen Abend erreichte Münpa eine Herberge. Sie bestand nur aus einem Pferch für die Tiere, einer Küche, in der der Wirt schlief, und einem großen Raum mit einem *kang,* der sich über die ganze Länge erstreckte und auf dem ein Dutzend Männer, und wenn sie zusammenrückten, auch mehr, sich zum Schlafen niederlegen konnten. An diesem Abend war keine Karawane eingetroffen. Münpa war ganz allein.

»Habt Ihr Vorräte?« fragte ihn der Wirt. »Sonst kann ich Euch etwas zu essen zubereiten.«

»Ich habe Vorräte«, antwortete Münpa, »aber ich hätte gern etwas heißes Wasser.«

»Sehr gut«, nickte der Wirt und kehrte in seine Küche zurück.

Allein geblieben, begann Münpa in einer Ecke des *kang* seine Habe zu begutachten.

Die rote Seerose hatte für die Bedürfnisse ihres Gastes

großzügig gesorgt. Zwar lastete Münpa der Sack schwer auf den Schultern, doch wurde er für diese Anstrengung hinreichend entschädigt, denn er würde sich über lange Zeit um seine Verpflegung nicht kümmern müssen.

Der Sack enthielt mehrere große, runde Brote, eine üppige Menge Mehl, ein ansehnliches Stück gepökeltes Schweinefleisch, drei geräucherte Enten, Pakete von *chaomian* und *ping,* Tee und allerlei Gewürze: Piment, Trockenpilze, Salz, eine alte, mit Schweineschmalz gefüllte Konservenbüchse und eine weitere, die als Hülle für einen kleinen Topf mit Sojasoße diente. Überdies hatte die rote Seerose auch bedacht, daß Münpa sich unterwegs sein Mahl womöglich selbst zubereiten mußte, und sie hatte ihm einen kleinen Topf, einen Becher, eine emaillierte Eisenschale und ein paar Stäbchen eingepackt. So war es freilich nicht erstaunlich, daß er unter diesem Gewicht ächzte, doch als er nun auf dem *kang* vor seinem ausgebreiteten Schatz saß, freute er sich und sah vertrauensvoll in die Zukunft, denn für einen Tibeter ist üppig zu essen das höchste Ziel im Leben. In weiser Voraussicht beschloß er dennoch, seine Habe sorgsam einzuteilen. Zuerst würde er die Brote essen, da sie nach einigen Tagen hart werden würden. Danach würde er sich aus dem Mehl, das er hatte, weitere backen. So holte er sich nun lediglich kochendes Wasser aus der Küche, wie er es dem Wirt gesagt hatte, und bereitete sich eine große Schale Tee. Bevor er sich schlafen legte, verstaute er all seine Güter sorgfältig in seinem Sack, rückte ihn sich als

Kopfkissen zurecht, hüllte sich in die Decke und schlief ein.
Träumte er von den hochgelegenen grünen Grassteppen und den azurblauen Seen seines Heimatlandes? Beim Erwachen konnte er sich nicht erinnern, und auf seinem Weg in die Küche ging er vor bis zum Tor der Umfriedungsmauer und warf einen Blick nach draußen. Er sah wieder das gleiche trostlose Bild gelber, nackter Öde, die sich gleichförmig bis zum Horizont erstreckte ... Wahrhaftig ein Land der Dämonen.
»Es muß bedrückend sein, hier zu leben«, sagte Münpa zu dem Wirt, als er sich das kochende Wasser für seinen Tee holte.
»Oh, gewiß! Auch ich bleibe nicht mehr lange hier. Bald werde ich umgesiedelt wie die anderen.«
»Welche anderen?«
»Die früher hier wohnten. Habt Ihr unterwegs nicht die verlassenen Dörfer gesehen?«
»Ja, aber ... Warum? ...«
»Der Sand. Kommt und schaut es Euch an.«
Der Wirt führte Münpa zu dem Tor und deutete auf einen Hügel, der sich in geringer Entfernung erhob.
»Dort stand eine Reihe von Häusern«, sagte er. »Die Bewohner sind vor drei Jahren fortgezogen, und seht, man erkennt nicht einmal mehr die Umrisse der Gebäude. Der Sand hat sie begraben. Und dort, weiter links, das ist ein Hof. Er steht noch, aber rundum wächst der Sand an. Die Bauern sind im letzten Jahr gegangen. Ich gehe im nächsten Winter, der Brunnen

wird dann ausgetrocknet sein, und der Sand, den der Wind gegen die hintere Mauer im Hof treibt, ist schon fast auf der gleichen Höhe und wird sich bald nach innen ergießen.«

»Das ist ein Fluch!« rief Münpa aus. »Was haben die Leute in diesem Land getan, daß sie so hart bestraft werden?«

»Ich weiß es nicht. Wie die Alten sagen, erzählten ihre Väter, daß es zu ihrer Zeit hier Felder, Bäume und Wiesen gab. Forscher aus Beijing haben in der Erde gegraben und Ruinen von großen Städten gefunden und Tempel mit Bildern von *fo*, auf die Wand gemalte Bilder und auch Statuen. Die Gobi* hat alles verschlungen ... Verehrt Ihr *fo*?«

»Ja, gewiß«, sagte Münpa. »Ich bin auf Pilgerreise zu den Tausend Buddhas.«

»Ah! nach Dunhuang! Ich war noch niemals dort, aber es muß ein sehr heiliger Ort sein. Es gibt dort viele, viele Buddhas unter der Erde. So viele, daß niemand sie zählen kann, und wenn man versucht, sie zu zählen, werden es immer mehr.«

»*Ya tsen!*« rief Münpa im Überschwang der Bewunderung und des Glaubens. »Ist es von hier aus noch weit?« fragte er den Wirt.

»Oh!« antwortete dieser, »die wahre Entfernung ist die, die der Reisende spürt, sie hängt nicht so sehr von

* *Gobi* bedeutet in der Landessprache »Steppenwüste«. Es ist dies nicht der Eigenname einer Region, wie unsere Karten uns glauben machen. Diese bestimmte Gegend wird von den Einheimischen als »große Gobi« bezeichnet.

den *lis* ab. Ein Mensch, der müde oder schwach ist, findet einen Weg sehr lang, den ein robuster Mann zurücklegt, fast ohne es zu merken. Ihr scheint mir sehr kräftig … Und Ihr habt alles, um Euch zu stärken«, fügte er hinzu, als er sah, daß Münpa sich über eine Entenkeule hermachte, die er aus seinem Sack gezogen hatte. »Ich denke, in drei oder vier Tagen könnt Ihr dort sein.«

Münpa beendete seine Mahlzeit, bezahlte den Herbergswirt und machte sich wieder auf den Weg.

Trotz der Begeisterung, die er bei der Vorstellung verspürte, so viele Buddhas zu sehen, begann die gleichbleibend trostlose Landschaft, die er durchwanderte, eine beklemmende Wirkung auf ihn auszuüben. Seine Bürde lastete schwerer auf ihm, als sie eigentlich war, und er kam nur langsam voran. Es wurde Abend, noch bevor er die Herberge erreicht hatte, die sein Gastgeber der vergangenen Nacht ihm als nächstes Etappenziel der Karawanen angegeben hatte. Unweit des Weges sah Münpa eine halb vom Sand verschüttete Häusergruppe. Er richtete sich dort für die Nacht ein.

Die Temperatur war ihm günstig: Er hatte das Glück, seine Reise im Frühjahr zu machen. Wenn auf dem gleichen Weg einsame Wanderer im Winter die Unvorsichtigkeit begehen, sich zum Schlummer niederzulegen, so erfrieren sie im Schlaf, während im Sommer manch einer in der glühenden Hitze vom Schlag getroffen wird. Aber Münpa konnte sich bequem auf einem weichen Bett von aufgehäuftem Sand ausruhen.

Er aß ein wenig und trank Wasser aus dem Schlauch. Es hatte einen widerlichen Geschmack, und sein Magen zog sich zusammen.
Am nächsten Morgen erwachte er fröstelnd und völlig zerschlagen. Hatte ihn erneut das Fieber ergriffen? … Das beunruhigte und mehr noch erstaunte es ihn: Er war noch niemals krank gewesen, außer in diesem Land der Dämonen. Der Sand, der hier alles unter sich begrub, konnte unmöglich natürlichen Ursprungs sein. Wer hatte je dergleichen gesehen? dachte sich der Mann aus der grünen Einöde*. Dies konnte nur das Werk von Dämonen sein.
»Ach! könnte ich diese verfluchte Gegend doch nur so schnell wie möglich verlassen!« rief er verzweifelt aus. Erneut fühlte sich der arme *manzi* von finsteren, feindlichen Mächten umgeben. Er träumte von der friedlichen Zeit, die er bei Gyalwai Öser, dem hochverehrten *gomchen,* verbracht hatte. Mit aller Kraft wandte er seine Gedanken dem Meister zu, dem er so demütig und ergeben gedient hatte. Seinem Meister, den er in aufrechter Haltung auf seinem Meditationssitz zurückgelassen hatte. Seinem Meister, der tot war … Oder immer noch am Leben? …
In seiner Erinnerung klangen die Gesänge des Milarepa nach, die er Ösers Schüler psalmodieren gehört hatte, und sie gaben ihm ein Gedicht aus dem Stegreif ein:

* Münpa hatte niemals den Süden von Tibet bereist. Er hätte dort in der Gegend von Samye und sogar in der Nähe von Lhasa das gleiche Phänomen von Versandung sehen können.

O mein Meister, der du ein Buddha bist,
Vor dem selbst die Götter sich neigen,
Du Zuflucht aller Geschöpfe,
Erhöre das Gebet des einsamen Pilgers.
In meinem Elend rufe ich dich an:
Gewähre mir deine Gnade,
Segne mich mit dem Anblick deines göttlichen Angesichts.
Ich bin hier, um dir zu dienen,
Verloren in diesem unbekannten, feindlichen Land.
Sieh herab zu mir von dem unsichtbaren Ort, an dem du dich befindest.

Münpa hatte die Hände erhoben, die Handflächen in einer Geste der Anbetung aneinandergefügt, während die Tränen sein staubüberdecktes Gesicht durchfurchten. Er warf sich zu Boden und blieb lange so, in äußerster Andacht und Erwartung, mit dem Gesicht auf dem Sand liegen.

Doch kein liebevoller Druck auf seinen Kopf zeigte ihm an, daß sich die väterliche Hand seines geliebten Gurus auf ihn gelegt hatte. Vor ihm erstreckte sich nur das gelbe, wüste, tote Land.

Dennoch hatte Gyalwai Öser sich am ersten Abend nach seinem Aufbruch majestätisch wie ein Gott vor ihm erhoben und die Nacht mit seiner strahlenden Aura erhellt. Warum weigerte er sich nun, seinen Ruf zu beantworten? Zweifellos hatte er sich schuldig gemacht. Er hatte den Türkis nicht wiedergefunden,

den zauberkräftigen Türkis, auf den der *gomchen* wartete.
Und plötzlich überkam ihn ein noch viel schrecklicherer Gedanke als der seiner Schuld.
War es möglich, daß Ösers Lebenskraft dahinschwand, während der Türkis, sein Leben, auf sich warten ließ? Hatte er gar nicht mehr das Vermögen, sein höheres Sein an den Ort zu übertragen, an dem sein Diener ihn so dringend um seine Gegenwart bat? War es möglich, daß Gyalwai Öser, dessen höheres Sein der Mörder nicht zu töten vermocht hatte, jetzt wirklich starb, eingehüllt in sein tiefrotes Gewand, dort in weiter Ferne, in der verschlossenen Einsiedelei, während vor ihm auf dem kleinen Tisch die beiden erloschenen Opferlampen standen, gleich neben der Tatwaffe, der schweren bronzenen Teekanne? Aber wenn es so war, hatte er, Münpa, ihn erneut ermordet! Da er Öser nicht geholfen und ihm den Türkis nicht zurückgebracht hatte, bewirkte er nun damit seinen langsamen Tod …
Münpa war völlig verzweifelt. Was sollte er tun? Lobsang, der den Türkis mit sich genommen hatte, konnte sich nicht inmitten all diesen Sandes befinden, und noch weniger hätte er den Türkis in dieser Wüstenregion verkaufen können. Was sollte er tun? … Ohne Zweifel dem Orakel gehorchen, bald würde ihm ein Zeichen Klarheit bringen. Schweren Herzens machte er sich wieder auf den Weg, während die Fieberanfälle von Mal zu Mal heftiger wurden. Die Tage vergingen, seine Etappen wurden immer kürzer. Einen ganzen

Tag lang mußte er ausgestreckt neben dem Weg zwischen zwei Sandhügeln verbringen. Er füllte seinen Schlauch jedesmal, wenn er auf ein bewohntes Anwesen traf, aber das Wasser aus den Brunnen war immer bitter und brannte im Magen.

»Wenn Ihr nach Dunhuang wollt, müßt Ihr schon bald den großen Weg verlassen«, sagte ihm eines Abends der Wirt einer Herberge, in der er übernachtet hatte. »Der große Weg führt zum Chinator: dem Jadetor.«

Dieses Wort »Chinator« weckte Münpas Aufmerksamkeit.

»Chinator?« fragte er. »Also ist man außerhalb von China, wenn man hindurchgeht?«

»Ja«, antwortete der Wirt zerstreut.

Tatsächlich wird Xinjiang, obwohl es eine chinesische Provinz ist, als islamische Region von den Chinesen des Zentrallandes als Ausland betrachtet. Das ist ein Land »außerhalb von China«, genau wie das, das hinter der Mauer liegt, die ich gesehen habe, folgerte Münpa.

Und von diesem Schluß ausgehend, stellte er, mit dem *Tso Ngönpo* im Mittelpunkt, weitere geographische Überlegungen an: Die Welt besteht aus Tibet, China und Indien und außerdem aus dem sehr fernen Land der *chilings* mit den weißen Augen. Wenn man China verläßt, braucht man nicht mehr weit zu gehen, bis man auf das große Wasser, den *chuter,* trifft. Sich ihm anzunähern, ist sicher sehr gefährlich, und man hat noch nie davon gehört, daß je ein Mensch es getan hat. Es ist dies das Ende der Erde, und wenn man sich zu dicht an den Rand heranwagt, kann man hinunterfallen. Das ist sonnenklar. Wenn man einen kleinen chinesischen Hund zum Spielen auf einen Tisch setzt, läuft er von einem Ende des Tisches zum anderen. Wenn er zu dicht an den Rand des Tisches herankommt, kann er leicht herunterfallen. Genauso kann man von der Erde herunterfallen. Aber die Umgebung des *chuter* wird von *trowos* bewacht, und sie lassen es nicht zu, daß irgend jemand sich nähert ...

Münpa war überaus zufrieden mit seinem Wissen um die geographische Beschaffenheit der Erde.

Um seine Informationen dennoch auf den letzten Stand zu bringen, fragte er: »Ist das große Wasser sehr weit von hier entfernt?«

Der Ausdruck »großes Wasser« ließ den Wirt an einen großen Fluß wie den Huang He, den Gelben Fluß, denken, der durch Lanzhou fließt, oder an einen noch größeren.

»Bestimmt sehr weit«, antwortete er. »Sicher im Land der *urusso*.«

Der Wirt hatte keine Ahnung von dem »großen Wasser«, das die Erde umgibt, aber er wußte sehr wohl, daß es ein russisches Turkestan gab, aus dem man schöne Lederstiefel nach China importiert. Auch Münpa wußte von der Existenz der *urusso*, ohne eine genaue Vorstellung zu haben, in welchem Land sie lebten. Das Gespräch endete an diesem Punkt.

Am nächsten Tag, als Münpa sich, zunehmend schwach und fiebrig, den Weg entlangschleppte, erblickte er in nicht sehr weiter Ferne eine große Wasserfläche, die aussah wie ein See. Wasser, mit dem er sich die Stirn und das glühende Gesicht kühlen konnte, Wasser, das vielleicht nicht so bitter sein würde, wie das in seinem Schlauch …

Münpa verließ den Weg und wanderte nun über die ausgedörrte Erde. Doch seltsam: je weiter er voranschritt, desto weiter entfernte sich der See. Der Marsch über den holprigen Boden unter der glühenden Sonne wurde immer mühseliger. Münpa flimmerte es vor Augen, ihm wurde schwindelig, er mußte halt machen. Er setzte sich nieder und lehnte sich gegen eine kleine Erhebung, die sich an einer Mulde entlangzog, die wie ein ausgetrocknetes Bachbett aussah.

Und das erwartete Wunder geschah. Das Wasser, das Münpa von weitem gesehen hatte, erstreckte sich jetzt in einer großen, weiten Fläche bis zu seinen Füßen. Es erstreckte sich, soweit das Auge reichte, azurblau wie das des *Tso Ngönpo* in Münpas Heimatland. Er betrachtete es wie verzaubert, alle Erinnerungen an seine mühseligen Wanderungen fielen von ihm ab, er fühlte sich umhüllt von der frischen, klaren Höhenluft des Steppenlandes und verspürte eine unglaubliche Glückseligkeit.

Und da, ganz dicht vor ihm, rührte ein Wirbel die glatte Wasserfläche auf, dehnte sich aus, und inmitten stieg ein *naga* empor. Vom unteren Teil seines Körpers sah man knapp über der Wasseroberfläche einen schmalen Streifen von schillernden Schuppen, während der obere Teil von menschlicher Gestalt war und ein überaus einnehmendes Gesicht offenbarte.

»Münpa«, sagte der *naga,* »deine große Ergebenheit für deinen Meister verdient eine Belohnung. Du wirst sie erhalten. Hier ist der Türkis, den ich einst gebracht habe und der sich jetzt wiedergefunden hat. Nimm ihn und bringe ihn dem ehrwürdigen Gyalwai Öser zurück, der darauf wartet.«
Zugleich streckte der *naga* Münpa den magischen Türkis entgegen, den dieser nie zu Gesicht bekommen hatte. Er war unglaublich schön, groß und oval wie ein Vogelei, blauer und leuchtender als der blaueste aller Himmel.
Zitternd und von einer unbeschreiblichen Erregung erfaßt, streckte Münpa den Arm aus, und der *naga* legte ihm den kostbaren Talisman in die geöffnete Handfläche. Dann wurde Münpa von der Stärke seiner Gefühle übermannt, er verlor das Bewußtsein von dem, was ihn umgab. Der *naga* und der See verschwanden vor seinen Augen, und er versank im Nichts.
Wie lange mochte seine Ohnmacht gedauert haben? … Als er wieder zu sich kam, kündigte sich schon die Dämmerung an. Er lehnte an einer sanften Erhebung, während seine Füße in einer kleinen Mulde ruhten, die einem ausgetrockneten Bachbett ähnelte. Sein Arm war ausgestreckt, und seine Finger umklammerten einen Kieselstein.
Das Wasser, das er gesehen hatte, war eine der Luftspiegelungen gewesen, wie sie in dieser Gegend sehr häufig vorkommen; der *naga* und der Türkis ein Traum oder eine Halluzination, da Münpas Gedanken

sich ständig um dieses Thema drehten. Aber der *dokpa* aus Qinghai sah darin das Werk von Dämonen. Er bezweifelte nicht, daß er den Türkis erhalten hatte, er hatte sein Gewicht in der Hand gespürt. Einer dieser Dämonen, von denen ihm der *daoshi* gesprochen hatte, mußte ihn sich angeeignet und den geraubten Edelstein boshafterweise durch einen Kieselstein ersetzt haben.
Was konnte er tun, um der Macht der bösen Geister zu entrinnen? Er hatte seinen Meister angerufen, ohne eine Antwort zu erhalten ... Nun würde er Schutz und Hilfe bei den Tausend Buddhas finden. Er mußte so schnell wie möglich Dunhuang erreichen ...
Gerade wollte er aufstehen, fest entschlossen, auf den großen Weg zurückzukehren und während der Nacht weiterzuwandern, als er ein leises Lachen hinter sich hörte.
Ein Mann, den er nicht kommen gehört hatte, sprach ihn an: »Ah!« sagte er, »du gehörst also auch dazu?«
Münpa, noch aufgewühlt von den heftigen Erregungen, die ihn nacheinander erschüttert hatten, begriff den Sinn der Frage nicht und sagte automatisch ja.
Der Mann lachte wieder, diesmal ein verständnisinniges Lachen.
»Du darfst dich nicht länger aufhalten«, sprach er nun weiter, »es ist noch weit bis zur Mauer. Wo erwartet man dich?«
»Ich bin müde und krank«, seufzte Münpa, der den

Worten seines Gesprächspartners nicht zu folgen vermochte.
»Das ist betrüblich«, bedauerte ihn der Chinese. »Aber reiß dich jetzt zusammen, ich gehe mit dir. Wenn du deine Leute nicht gleich bei der Ankunft findest, bitte ich meine, sich um deinen Sack zu kümmern. Und jetzt auf!«
»Gehen wir in Richtung Westen?« erkundigte sich Münpa besorgt, als er sah, daß sein Begleiter sich weiter landeinwärts hielt, anstatt sich dem großen Weg zuzuwenden.
»Ja natürlich. Anxi liegt im Westen. Du hattest wohl kaum die Absicht, den Weg zu nehmen und durch das Tor hineinzugehen, da ich dich hier getroffen habe?« fragte ihn der Chinese in spöttischem Ton. »Ich habe den Eindruck, du bist dir deiner Richtung nicht sehr sicher. Kommst du zum ersten Mal her?«
»Ja«, sagte Münpa.
»Ist das die Möglichkeit!« rief der andere aus. »Man sollte einen Neuling, der zum ersten Mal kommt, niemals allein gehen lassen. Man wird dich auf frischer Tat ertappen. Na gut! Ich helfe dir. Komm, du brauchst mir nur zu folgen.«
»Es wird Euch zum Verdienst angerechnet werden, wenn Ihr einem Pilger helft«, erwiderte Münpa.
»Haha!« antwortete ihm der andere und brach in Gelächter aus, denn er glaubte, Münpa mache einen Scherz. »Ein Pilger, ein Pilger, das ist gut! Das nennt er Pilgerreise!«
Er schwieg abrupt.

»Jetzt, Kamerad, laß uns nicht weiterschwatzen. Sie dürfen uns nicht hören, falls sie zufällig hier herumschleichen.«
Münpa begriff nichts von den Worten und dem Verhalten des Mannes, der ihm so unerwartet erschienen war. Er versuchte auch gar nicht zu begreifen. Er war mit seinen Gedanken woanders, völlig beschäftigt mit diesem neuen Zauber, den geheimnisvolle Kräfte bewirkt hatten, um ihn zu leiten, zu ermutigen oder ihm zu schaden.
In tiefes Nachdenken versunken, folgte der arme Tibeter seinem Führer ganz mechanisch.
Der Chinese war hingegen hellwach, sein Geist arbeitete rege und entwarf einen gewitzten Plan. Er wollte die Gegenstände, die er in einem großen Sack bei sich trug, in Anxi einschmuggeln. Sie waren mit einem Zoll belegt, den man entrichten mußte, sobald man das Stadttor passierte. Die Steuer zu bezahlen hieß, den Gewinn, den man aus dem Verkauf bezog, um genau die gleiche Summe zu vermindern, und das war zu vermeiden. Dem entging man, indem man die Säcke an Seilen über die Festungsmauern zog, und zwar mit Hilfe von Komplizen, die in bestimmten Nächten zur vereinbarten Stunde am vereinbarten Platz Wache standen.
Als der Schwarzhändler Münpa mit einem Sack an der Seite auf der Erde sitzen sah, glaubte er, dieser sei ein Schmuggler wie er und steure die Festungsmauern von Anxi von dieser Seite an, weil er sich auf dem großen Weg nicht blicken lassen wollte.

Der Zustand der Verwirrung, in dem sich der Tibeter befand, hatte es ihm weder erlaubt, das Gewerbe seines zufälligen Reisegefährten zu erraten, noch den Irrtum aufzuklären, dem dieser sich in bezug auf seine Person hingab und der ihm im übrigen auch gar nicht klargeworden war.

Die vermeintliche Kumpanei zwischen ihm und Münpa veranlaßten den Chinesen jedoch keineswegs zu einem besonders mildtätigen Verhalten, da ein anderes seinen eigenen Interessen von weit größerem Nutzen sein konnte.

»Dieser Mann ist entweder dumm«, dachte er, »oder er ist betrunken, und er hat sich niedergesetzt, um seinen Alkoholrausch auszuschlafen. Sobald wir uns der Mauer nähern, werde ich ihn vorgehen lassen. Die Soldaten machen in letzter Zeit sehr häufig die Runde. Gerät er in einen dieser Wachgänge, wird man ihn festnehmen, und während sie mit ihm beschäftigt sind, kann ich meinen Freunden das Zeichen geben, meinen Sack an die Seile binden, die sie an der Mauer herabgleiten lassen, und sie können ihn dann ungestört auf die andere Seite ziehen. Zeigt sich kein Wachsoldat, hat der Dummkopf Glück gehabt. Er scheint mir nicht in der Lage, die Leute zu finden, die auf ihn warten, und deshalb werde ich seinen Sack hinter meinem hinüberziehen lassen. Morgen, wenn er wieder bei Sinnen ist, wird er mir für diesen Gefallen eine kleine Vergütung bezahlen.«

Die Dinge liefen haargenau so ab, wie der gerissene Gauner es sich ausgerechnet hatte. Münpa, der sich immer noch wie ein Schlafwandler bewegte, gehorchte der Einflüsterung seines Gefährten und ging allein auf die Mauer zu.

Noch bevor er sie erreicht hatte, spürte er unsanfte Hände auf seinen Schultern.

»Ha! haben wir dich erwischt!« sagten seine Angreifer grinsend. »Was hast du da in dem Sack? Deine Kumpane wollten ihn für dich über die Mauer ziehen, stimmt's? Den Trick kennen wir. Komm, zeig her ...«

»Ich bin ein Pilger«, stammelte Münpa. »Ich komme aus Qinghai, ich bin auf dem Weg zu den Tausend Buddhas.«

»Ja«, sagte einer der Soldaten, der Münpa mit Hilfe einer kleinen Taschenlampe von oben bis unten abgeleuchtet hatte. »Du siehst tatsächlich aus wie ein *manzi.* Schauen wir trotzdem nach.«

Ohne abzuwarten, daß er selbst seine Last vom Rücken nahm, hatten die Soldaten sie bereits ergriffen und begannen, sie aufzuschnüren.

»Es stimmt«, sagte einer der Männer, »das ist alles Mundvorrat, und, sieh da, ein paar schöne Stiefel.«

Er gab seinen Kameraden ein Zeichen, und da er sich ihrer Zustimmung sicher fühlte, sprach er nun weiter. »Nun gut«, erklärte er, »du bist kein Schmuggler, du hast dich im Weg geirrt, denn das Stadttor befindet sich nicht auf dieser Seite. Wir werden dich begleiten. Das Tor ist um diese Zeit verschlossen, aber gleich daneben befindet sich eine Herberge, in der du übernachten kannst. Wir sind sehr freundlich zu dir, wir bringen dich nicht ins Gefängnis. Du solltest uns dafür danken und uns ein kleines Geschenk machen. Komm! Gib uns diese Stiefel.«

»Nehmt sie«, antwortete Münpa.

Fast bezweifelte er, daß es sich um echte Soldaten handelte. Vielleicht waren auch sie nur Hirngespinste, wie der *naga,* der See, der Türkis. Vielleicht würden sie sich in die Nacht hinein verflüchtigen, und er würde sich allein, inmitten des Sandes, wiederfinden ...

Trotzdem packte er seinen Sack und seine Kleider wieder zusammen und folgte den Soldaten. Diese schlugen heftig gegen das Tor einer Herberge und riefen den Wirt heraus: »Mach auf! Mach auf!«

Und als dieser geöffnet hatte: »Nimm diesen Pilger aus Qinghai bei dir auf. Er will die Tausend Buddhas anbeten und hat sich im Weg vertan.«

Dann gingen sie lachend davon und beglückwünschten sich zu ihrem guten Fang. Den Erlös aus dem Verkauf der schönen neuen Stiefel würden sie sich teilen. Diese Nacht war ihnen günstig gewesen und auch dem durchtriebenen Gauner, der dem arglosen *dokpa* die Falle gestellt hatte, in die er prompt hineingelaufen war. Während die Soldaten dem armen Münpa ein Paar Stiefel abnötigten, hievte er in aller Ruhe seinen Sack über die Mauer, dessen Inhalt nun dem Zoll entgangen war.

Hoch oben am Himmel funkelten die Sterne und blinzelten sich vergnügt zu. Wieder eine Komödie, die sich in der Welt der Menschen abspielte. Sie hatten schon ganz andere gesehen.

Die »Dämonen« ersparten Münpa weitere Abenteuer. Am übernächsten Tag nach seiner Ankunft vertraute ihn der Herbergswirt der Obhut von Leuten an, die sich in die Gegend von Dunhuang begaben. Er brach gemeinsam mit ihnen auf, und nachdem sie ihn beim Abschied auf den richtigen Weg gebracht hatten, auf dem er nur noch eine kurze Strecke allein zurückzulegen hatte, erreichte Münpa ohne Schwierigkeiten die Grotten der Tausend Buddhas.

Zu der Zeit, als Münpa dort eintraf, lag die Stätte der Tausend Buddhas seit mehreren Jahrhunderten verödet. Einst hatten die frommen Anhänger des Buddhismus dort in einen Felsabhang zahlreiche Gänge gegraben, und die Öffnungen, die an dem Felsabsturz zu sehen waren, verliehen ihm das Aussehen einer riesigen Honigwabe.

Als die verschiedenen Formen des Buddhismus in Indien und in Zentralasien ihre Blütezeit erlebten, entwickelten die Gläubigen eine ganz besondere Vorliebe für diese Art von Tempelgrotten, für die sie, je nach Gegend, Felsen oder Erdreich aushöhlten. Es war dies höchst merkwürdig, denn, anders als die römischen Katakomben, entstanden die Höhlen nicht etwa aus der Notwendigkeit heraus, Verstecke schaffen zu müssen, in denen man verbotene Rituale zelebrieren und sich zudem den Strafen entziehen konnte, die von den weltlichen Machthabern über alle verhängt wurden, die an diesen Ritualen teilnahmen. Es handelte sich auch nicht darum, geheimnisvolle Einführungsriten vor den Blicken Uneingeweihter zu schützen: Der Buddhismus

ist eine Lehre der Klarheit, ohne dunkle Untergründe, ohne Scheinlehre. Der Meister*, der die Lehre verkündete, legte sie einem jeden ohne Einschränkung dar: Das unterschiedliche Auffassungsvermögen seiner Schüler war der einzige Grund für die verschiedenen Auslegungen der von ihm verbreiteten Lehrmeinung. Im Laufe der Jahrhunderte, die auf Buddhas Tod folgten, erfuhren diese Divergenzen immer stärkere Ausprägungen. Interpretationen häuften sich auf Interpretationen, Kommentare auf Kommentare. Doktrinen unterschiedlichster Herkunft wurden dem Buddhismus einverleibt, und so entwickelte sich unter der Bezeichnung Buddhismus auch diese obskure, von Geheimlehren und schaurigen Bräuchen bestimmte Form, die in Nepal vorherrscht und nach Tibet weitergetragen wurde.
Die Schöpfer dieser Höhlen in Dunhuang und die Künstler, die die Wände der Grotten mit Fresken ausgeschmückt haben, folgten zwar Eingebungen, die vom Geist des ursprünglichen Buddhismus schon weit entfernt waren, doch war hier nichts vom Einfluß der späteren Anhänger des großen Philosophen Sakya zu spüren, unter denen der Buddhismus unheimliche Ausprägungen annahm.

* In den ältesten Schriften wird die folgende Erklärung Buddhas überliefert, die er in den letzten Augenblicken seines Lebens abgegeben haben soll: »Ich habe die Lehre verkündet, o Ananda, und ich habe keinerlei Unterschied zwischen Innen und Außen gemacht. Die Lehre ist die Wahrheit, und ich habe sie ohne Einschränkung weitergegeben.«

Dunhuang ist in Licht gebadet, in das wundervolle Licht Zentralasiens. Es dringt ein durch die Hunderte von Höhlen, von denen die gelbe Oberfläche des Abhangs durchlöchert ist, und von denen Gänge in die Tiefe des Berges führen. Und wenn die Kraft des Lichts erschöpft ist und es das äußerste Ende der unterirdischen Gänge nicht mehr erreichen kann, werden diese von der übernatürlichen Helle erleuchtet, die von den zahllosen Buddhas ausgeht, deren Lächeln rätselhaft und zugleich unendlich mitfühlend ist.

Münpa war bestürzt vom Anblick dieser zahllosen Gestalten in der Welt der Fresken. Ganz instinktiv mißtraute er diesen Personen auf den Wänden, denn sie erinnerten ihn an den Zauber, dem er im Kloster zum »Allerhöchsten Frieden« unterlegen war. Doch die Fresken in Dunhuang zeigten keineswegs das Schauspiel hektischen Alltagslebens. Die Buddhas, ihre Schüler und die Gottheiten zeigten sich darauf unwandelbar heiter, losgelöst von dem Strudel lächerlicher Betriebsamkeiten, denen sich die Wesen hingeben, die aus Begehren geboren und vom Begehren getrieben sind. Alles in Dunhuang kündete von Frieden. Dem traurigen Münpa, dessen inneres Gleichgewicht so stark erschüttert worden war – zum einen von dem Drama, das ihm in Gyalwai Ösers Einsiedelei so hautnah geworden war, zum anderen von der Vielzahl geheimnisvoller Geschehnisse, die sich um ihn herum gehäuft hatten – gelang es nicht, sich der Freude zu überlassen, die von den so gleichartigen Fresken ausging, auf denen sich dieses Lächeln von erhabener

Weisheit tausendfach wiederholte. Dieser Friede, diese Glückseligkeit beunruhigten ihn vielmehr, und erneut begann er sich in Gedanken phantastische Geschichten auszumalen.

Während er die Heiterkeit der Gestalten auf den Fresken von Dunhuang mit den Angriffen verglich, die ihm seiner Meinung nach von seiten der Dämonen widerfahren waren, erinnerte er sich, daß dem tibetischen Volksglauben zufolge die Geister der Toten im Jenseits eine Reise unternehmen, auf der sie nacheinander bedrohliche dämonische Wesen und Bodhisattvas treffen, die den erhabenen Buddhas verwandt sind. Auf dieser Reise durchquert der Geist öde, staubige Gegenden, er sieht verfallene Häuser, er wird von Sandstürmen heimgesucht, er erblickt Flüsse mit klarem Wasser, die sich in ausgetrocknete, steinige Furchen verwandeln, sobald er sich nähert.

All das hatte er erlebt ... Also ... War er vielleicht schon tot? ... Doch konnte er sich nicht der kleinsten Einzelheit entsinnen, die in Zusammenhang mit seinem Tod gestanden hätte. Er hatte klare Erinnerungen an das Zelt, in dem er am *Tso Ngönpo* gelebt hatte, an seine Verwandten, an die *trapas* seines kleinen Klosters, an die Schüler von Gyalwai Öser und vor allem an den *gomchen* selbst. Ein Bild von seinem Tod zeichnete sich in seinem Gedächtnis jedoch nicht ab. Er sah sich nicht daliegen, umgeben von den Leuten, die er kannte, er hörte weder das Psalmodieren der *lamas* noch die Verlesung des *phowa* an seinem Kopfende. Und endlich sah er auch seine Beisetzung nicht, denn

wie jeder Tibeter weiß, folgt der Geist des Verstorbenen dem Leichenzug, der seine sterblichen Überreste zum Feld der Verbrennung bringt oder auf den Berg, auf dem der Leichnam zerstückelt und den Geiern zum Fraß vorgeworfen wird. Nein, er konnte sich an nichts dergleichen erinnern. Die Toten – das wußte er auch – bewahren sich diese Erinnerung nur für einen kurzen Augenblick. Gleich darauf folgt das Vergessen … War er schon an diesem Punkt angelangt?
Auf jeden Fall gab es ein unfehlbares Mittel, um sich über seine Lage Klarheit zu verschaffen: Der Körper des Toten, sein jenseitiger Leib, wirft keinen Schatten, und seine Füße sind nicht vorwärts, in die gewohnte Marschrichtung, gewandt, sondern rückwärts.
Die Probe war schnell zu erbringen. Und so schritt unser Münpa nun in der strahlenden Sonne am Ufer des kleinen Flusses entlang, der vor den Felshängen der Tausend Buddhas entlangströmte. Zuerst wanderte er lange Zeit so vor sich hin, hielt auf dem Sand Ausschau nach einem Schatten, der ihm folgte oder voranging. Zu dieser Tageszeit stand die Sonne im Zenit – ein äußerst ungünstiger Augenblick für das Experiment, das Münpa im Sinn hatte. Doch gab er nicht auf, und seine Beharrlichkeit wurde belohnt. Ein zuerst sehr kurzer Schatten, der sich zunehmend verlängerte, begleitete ihn auf seinem Spaziergang. Dieses Zeichen beruhigte ihn, und zur Bestätigung mußte er jetzt überprüfen, in welche Richtung seine Füße gewandt waren. Das konnte er tun, indem er die Abdrücke überprüfte, die sie im feuchten Sand am Fluß-

ufer hinterließen. Münpa zog seine Stiefel aus, machte einen Schritt, dann zwei, dann drei Schritte, dann noch ein paar, preßte die Fußsohlen tief in den Sand, indem er sich mit den Zehen anklammerte. Er blieb stehen, untersuchte die Abdrücke: Sie wiesen in Marschrichtung. Er begann von neuem – einmal, zweimal, zehnmal und beobachtete gleichzeitig seinen Schatten. Folgte er ihm immer noch?

So versunken war Münpa in sein Experiment, daß er den Chinesen nicht bemerkte, der am Flußufer stehengeblieben war und ihn aufmerksam beobachtete. Erst als dieser ihn ansprach, wurde er sich seiner Gegenwart gewahr.

»Was tust du da, mein Freund?« fragte ihn der Chinese mit einer sehr klaren, ruhigen Stimme, die keine besondere Neugierde verriet.

Münpa zuckte zusammen. Von der Schwelle des *bardo* wurde er in das Reich der Lebenden zurückgeführt, und er war jetzt so gut wie überzeugt davon, daß er ihm noch immer angehörte. Nun betrachtete er den, der ihn angesprochen hatte.

Es handelte sich um einen Mann mittleren Alters, der mit schlichter Eleganz in ein geschmackvolles Gewand aus grauer Seide und eine schwarze Weste gekleidet war. Er trug Stiefel aus schwarzem Samt und eine traditionelle, schwarzseidene Haube. Sein Gesicht strahlte wohlwollende Heiterkeit aus, ähnlich jener der zahllosen Buddhas, die entlang der Fresken in den Höhlengängen aufgereiht waren.

Tatsächlich wirkte dieser Chinese, der aufrecht und

reglos am Flußufer stand, wie ein Buddha, der auf die Erde herabgestiegen war. Oder – dieser unangebrachte Gedanke ging Münpa jetzt durch den Kopf – oder wie der *heshang* in den Mysterienspielen der *lamas.*

Der chinesische Buddha wiederholte seine Frage: »Was tust du da, mein Freund?«

»Oh, ich … ich …«, antwortete Münpa vage.

Sein Gesprächspartner bedrängte ihn nicht weiter.

»Aus welchem Land kommst du?« fragte er.

»Aus Qinghai«, antwortete Münpa.

»Du bist also Tibeter? Was tust du in Dunhuang? Hast du dich in dieser Gegend niedergelassen?«

»Ich bin nur auf Pilgerreise hier.«

»Du bist doch gewiß nicht direkt aus Qinghai hierhergekommen, um den Tausend Buddhas Ehre zu erweisen? Bist du hier, um Geschäfte abzuschließen?«

»Ich bin kein Händler«, protestierte Münpa, »ich bin ein *lama.*«

Er verwendete das Wort *lama* in dem erweiterten Sinn, in dem es die Ausländer gebrauchen.

»Oh! Ein *lama …* tatsächlich«, sagte der Chinese und zeigte einen Anflug von Interesse. »Wo wohnst du hier? Hast du die Absicht, dich lange in Dunhuang aufzuhalten?«

»Ich weiß noch nicht, wie lange ich bleibe«, antwortete Münpa, der in Wahrheit gar keine Pläne hatte. »Ich wohne bei dem Tempeldiener.«

»Wenn du willst, kannst du während der ganzen Zeit, die du deinen Andachtsübungen widmen willst, bei mir wohnen. Auch ich verehre *fo.*«

Und nach kurzem Schweigen fügte er hinzu: »Du wirst gut bei mir untergebracht sein und brauchst nicht dafür zu bezahlen. Du bist mein Gast. Mein Haus befindet sich dort drüben in einem Pappelhain, du kannst das Dach von hier aus sehen. Hast du Lust zu kommen? Mein Name ist Wang. Falls du dir unsicher über den Weg bist, der dich zu mir führt, brauchst du nur den Erstbesten zu fragen, dem du begegnest. Mich kennt jeder.«
Münpa zögerte. Er bezweifelte nicht, daß er bei dem Chinesen, dem man seinen Reichtum ansah, sehr viel angenehmer wohnen würde als in der Scheunenecke, in der er bei dem Tempeldiener untergekommen war. Er bezweifelte auch nicht, daß er dort besser verpflegt würde, zumal seine Vorräte allmählich knapp wurden. Erneut betrachtete er den, der ihm dieses großzügige Angebot gemacht hatte: Er sah so real aus, daß er es wagen konnte, ihm zu vertrauen.
Er dankte und erklärte, daß er Herrn Wangs Einladung gerne folgen und sich in Bälde bei ihm einfinden werde.
Herr Wang hatte nicht übertrieben, als er sagte, daß jeder ihn kenne. Im chinesischen Nordwesten war er eine bekannte Persönlichkeit. Er entstammte einer sehr reichen Familie von Großgrundbesitzern und hohen Beamten – alles überaus ehrenwerte Leute, die sich an den konfuzianischen Sittenkodex hielten.
Von Kindheit an hatte Wang Yu Shou sich zum Studium der Literatur und der Philosophie hingezogen gefühlt. Eine solche Neigung konnte chinesischen El-

tern nur gefallen, und da es ihrem Sohn an Mitteln nie mangeln sollte und er es auch nicht nötig hatte, sich auf eine gewinnbringende Tätigkeit vorzubereiten, hatten sie es ihm in jeder Weise ermöglicht, seiner Berufung zum Gelehrten zu folgen.

Im Laufe der Jahre hatte der wißbegierige Wang sich die gesamte klassische konfuzianische Literatur angeeignet, er hatte auch die Geschichte und die Philosophie der großen taoistischen Denker studiert, und dann hatte er sich sehr stark von der buddhistischen Lehre angezogen gefühlt, wie sie von den Begründern des *Chan*-Buddhismus, des Meditationsbuddhismus, ausgelegt wird.

Das Studium und die praktische Ausübung der Meditation hatten seinen Charakter so stark geformt, daß er nun unwandelbar ruhig und gelassen war. Die von Konfuzius so hoch gepriesene Schaffung einer guten Regierung erschien ihm ein kindliches Unterfangen. Gibt es überhaupt gute oder schlechte Regierungen? fragte er sich als Taoist, der die Weisheit im *wu wei*, im Nicht-Handeln, sieht. Die Dinge werden von den Eigenschaften bewegt, die den Substanzen innewohnen, aus denen sie bestehen, sagte er sich. Die Welt und die Wesen, die sie bewohnen, bewegen sich ihren eigenen Gesetzen folgend, und wer glaubt, ihre Ordnung und ihre Bewegung lenken zu können, der täuscht sich, denn er begreift nicht, daß er selbst in dieses unvermeidliche Spiel der verschiedenen Elemente, aus denen die Welt besteht, einbezogen ist, da er selbst eines dieser Elemente ist. Der Weise weiß das,

denn »indem er sich bewegt, bleibt er unbeweglich; indem er handelt, handelt er nicht«.
Herr Wang rief sich gern diese Lehren der Begründer des Taoismus ins Gedächtnis, und auch die der Väter des *Chan*-Buddhismus, die sie in Bildern ausdrückten, die dem Uneingeweihten rätselhaft blieben:

> Ich befinde mich auf der Brücke, die über den Strom führt, und, o Wunder, nicht das Wasser fließt unter der Brücke hindurch, sondern die Brücke legt sich über das Wasser.
> Eine Staubwolke steigt vom Meer empor, und das Rauschen der Wellen dehnt sich über die Erde aus.

Solche Erklärungen führen zu einer Wahrnehmung der Dinge, die völlig verschieden ist von der oberflächlichen Wahrnehmung, auf die sich die Mehrzahl der Menschen beschränkt; man lernt, im Weißen das Schwarze zu erkennen und im Schwarzen das Weiße, oder wie die Meister des *Chan*-Buddhismus es ausdrücken, »den Polarstern in der südlichen Hemisphäre zu sehen«.
Diese Schule zweifelt an dem Wert der Erkenntnisse, die unsere Sinne uns vermitteln. Sie lehrt, daß Gedanken und Glaubensvorstellungen, die denen, die man für wahr hält, genau entgegengesetzt sind, ebenso wahr sind und daß das Gegenteil von dem, was uns wirklich erscheint, ebenso wirklich sein kann.
Es ist dies die Lehre von einem gelassenen, heiteren

Skeptizismus. Herr Wang war ein guter Schüler gewesen. Herr Wang war ein Weiser. Ein Weiser nach chinesischer Art, das heißt, ein Weiser höheren Grades.
Er spielte seine Überlegenheit in keiner Weise aus. Reich von Geburt an, hatte er die Verwaltung seines Vermögens einem seiner Vettern überlassen, von dem er wußte, daß er so ehrenhaft war, zumindest nur einen angemessenen Anteil des Gewinns, der durch seine Hände ging, in die eigene Tasche zu stecken. Dieser Grad von Rechtschaffenheit reichte Herrn Wang völlig aus, denn er verlangte von anderen keine herausragenden Tugenden. Von seinen beträchtlichen Einkünften machte Herr Wang großherzig Gebrauch. Er selbst lebte sehr einfach, aber er machte denen, die den Luxus liebten, keinen Vorwurf. Großzügig half er jedem, der ihn um Hilfe bat, und auch vielen anderen, deren Bedürftigkeit er selbst entdeckt hatte. Er führte ein untadeliges Leben, ohne übertriebene Askese, und vor allem, ohne anderen ihr ausschweifendes Verhalten vorzuwerfen. Er hatte eine Tochter aus gutem Hause geheiratet, mit der er zwei Söhne hatte. Dazu besaß er eine Konkubine: Ihr Vater, ein armer Bauer, suchte sie zu verheiraten oder zu verkaufen, als Herr Wang sie sah. Sie zu sich zu nehmen war ein gutes Werk, das dem Wirken eines chinesischen Philosophen auf vollkommene Weise entsprach … Und außerdem war das Mädchen hübsch.
Herr Wang hatte sich nicht etwa deshalb so spontan für Münpa interessiert, weil er ein Gefühl von Anteilnahme für diesen Menschen der Hochweiden verspürt

hatte, der fern seines Landes durch die Gegend irrte und dessen Geist ziemlich verwirrt schien, wie sein seltsames Gebärdenspiel am Flußufer gezeigt hatte. Sentimentalen Mitleids war Herr Wang nicht fähig. Vielmehr verteilte er seine Gaben mit jener gelassenen Heiterkeit, die untrennbar zu ihm gehörte.

Herr Wang war niemals auf Reisen gegangen, aber es machte ihm größtes Vergnügen, mit Fremden zu sprechen, sich von ihnen die Sitten und Gebräuche ihres Landes beschreiben zu lassen, die Landschaften, die Anlage der Dörfer, die Art ihrer Kultur und viele andere Dinge. Von diesem Tibeter aus dem Land der Nomaden, der obendrein *lama* war, konnte er womöglich interessante Auskünfte erhalten. Aus diesem Grund hatte er den *dokpa* zu sich eingeladen.

Herrn Wangs Domizil war auf chinesische Weise angelegt, das heißt, es bestand aus mehreren Gebäuden, die durch Höfe voneinander abgetrennt waren. Die Anlage war von Gärten umgeben, die wiederum von einer hohen Mauer eingefaßt waren.

Münpa wurde nicht bei der Dienerschaft untergebracht. Man wies ihm ein Zimmer zu, das auf den Hof hinausging, in dem auch der Verwalter und der Buchhalter wohnten. Diese Nachbarschaft schmeichelte ihm. Dem Verwalter und dem Buchhalter wiederum wurde Münpa als ein *lama* aus Qinghai vorgestellt, so daß sie sich in ihrer Würde nicht beeinträchtigt fühlen mußten. In seinem verschmutzten Gewand bestach Münpa nicht gerade durch sein Äußeres, als *lama* war er so gerade noch annehmbar.

In einem zierlich ausgeschmückten und aufwendig eingerichteten Pavillon, der über einen eigenen Garten verfügte, wohnten Frau Wang, ihre Zofen und zwei Gesellschafterinnen. In einem kleineren Pavillon lebte die Konkubine mit ihrem Töchterchen, das ihr einziges Kind war. Eine Tatsache, die sie betrübte, denn diese unterstrich noch ihre Unterlegenheit gegenüber der legitimen Gattin, Frau Wang, die Mutter von zwei Söhnen war.
Im größten der Pavillons, der im Hintergrund eines der Gärten gelegen war, lebte Herr Wang sein einsames Leben eines Gelehrten. Sein Sekretär wohnte in einem Nebengebäude, er hatte jedoch innerhalb des Anwesens noch weitere Zimmer, in denen seine Frau und seine Kinder lebten. Alle Bewohner von Herrn Wangs kleinem Gut, von dem untersten der Diener bis zu dem gebildeten Sekretär, waren verheiratet. Wangs Sittenkodex schrieb die Ehe vor, und nur ganz junge Leute waren davon ausgenommen.
Diese Verhaltensregeln erlegten den Jungen auch die Pflicht zur Bildung auf. Wangs Söhne, die ihrem Rang entsprechend einen Erzieher hatten, wohnten in einem Pavillon, der sehr hübsch innerhalb eines Gartens gelegen war. Der Erzieher kümmerte sich nicht nur um die Bildung der Söhne seines Herrn, sondern hielt auch Unterricht in einer kleinen Klasse ab, deren Besuch für alle Söhne der Angestellten und Diener von Herrn Wang verbindlich war. Eine Lehrerin vermittelte den kleinen Mädchen ein Minimum an Bildung. Die Tochter von Herrn Wang und seiner Konkubine

erhielt von dem Erzieher gesonderten Unterricht in dem Pavillon, in dem ihre beiden Halbbrüder lebten, die älter waren als sie und sie um die Wette verhätschelten.

Münpa war es nicht erlaubt, die verschiedenen Pavillons zu besuchen, aus denen sich das Anwesen des Chinesen zusammensetzte. Doch erfuhr er aus seinen Unterhaltungen mit dem Verwalter und dem Buchhalter einiges über die Menschen und die Dinge, die sich innerhalb dieser Umfriedung befanden, in die man ihn eingelassen hatte. Die Gespräche vermittelten ihm eine eindrucksvolle Vorstellung von dem Vermögen und der gesellschaftlichen Stellung seines Gastgebers, und er fragte sich, aus welchem Grunde dieser ihn zu sich eingeladen hatte.

Einige Tage nach seiner Ankunft besuchte ihn Herrn Wangs Sekretär und befragte ihn über das Leben der Nomaden in Qinghai. Münpas Antworten notierte er in der Reihenfolge, in der dieser sie ihm gab. Diese Unterhaltungen zogen sich über mehrere Wochen hin. Dann brachte der Verwalter Münpa ein schönes, neues Gewand aus grauer Baumwolle und sagte ihm, dies sei ein Geschenk von Herrn Wang, der ihn morgen empfangen werde.

Als der Augenblick gekommen war, wurde Münpa durch eine ganze Reihe von Höfen und Gärten geführt, bis er endlich zu Herrn Wangs Haus gelangte, der ihn liebenswürdig empfing.

»Ihr habt meinem Sekretär überaus interessante Dinge erzählt«, sagte Herr Wang in sehr höflichem Ton.

»Jetzt, *lama*, möchte ich, daß Ihr mir von der Religion erzählt, die Ihr praktiziert. Welches sind Eure Glaubenssätze?«

Münpa fühlte sich in größter Verlegenheit. Er glaubte an mancherlei Dinge, die bruchstückhaft waren und in keiner Beziehung zueinander standen. Er hatte niemals eine solide Basis von zusammenhängenden religiösen Vorstellungen gehabt.

»Ich bin sehr unwissend«, gestand er. »Was könnte ich einem gelehrten Mann wie Euch an Wissenswertem erzählen?«

Wang versuchte es auf eine andere Art.

»Gibt es gebildete *lamas* in Qinghai? Den Vorsteher Eures Klosters zum Beispiel?«

Mit einem leichten Lächeln und einer Handbewegung schob Münpa den Vorsteher der *gompa* von Arik beiseite, der er nur dem Namen nach angehörte.

»Er nicht«, antwortete er, »aber ich war Diener eines heiligen *gomchen,* der sehr weise war.«

»Ihr wart sein Diener, sagt Ihr. Hat er Euch nicht unterrichtet? ... Und warum sagt Ihr, daß Ihr sein Diener wart? Seid Ihr es nicht mehr?«

Diese Frage führte Münpa auf den unsicheren Boden, vor dem er sich fürchtete. War er noch immer der Diener von Gyalwai Öser? ... War dieser tot, oder lebte er noch?

»Glaubt Ihr«, fragte er unvermittelt, »daß alle diese Buddhas auf den Wänden der Grotten lebendig sind?«

Mit einer solchen Frage hatte Wang nicht gerechnet. Sie stand in keinem Zusammenhang zu der seinen.

Einen Augenblick lang betrachtete er das angstvolle Gesicht des Tibeters, der eine Antwort zu erwarten schien, von der sein Leben abhing.
»Dieser arme Mann ist nicht mehr recht bei Sinnen«, dachte sich der weise Herr Wang und erinnerte sich an das Gebärdenspiel seines Gastes am Flußufer. Der Wunsch zu begreifen, der ihn niemals verließ, erwachte erneut. Was hatte diesen Geist in eine solche Verwirrung versetzt? Er beschloß, seine Befragung nicht zu überstürzen.
»Nun«, sagte er, »das hängt ganz davon ab, was man unter ›lebendig sein‹ versteht. Es gibt viele unterschiedliche Formen des Daseins ...«
»Er spricht wie ein Gelehrter«, dachte Münpa. »Ich verstehe ihn nicht, aber er ist überzeugt, daß man auf verschiedene Weise leben kann. Man lebt im *bardo* ...«
Münpa kehrte zu seinem ursprünglichen Gedanken zurück und bezweifelte erneut, daß er sich noch innerhalb der Welt der Menschen befand.
»Wißt Ihr«, fragte er jetzt, »ob diese Buddhas und die Leute, die sie umgeben, nicht hin und wieder den einen oder anderen Betrachter zu sich in das Fresko hineingezogen haben?«
Die Unterhaltung nahm eine überraschende Wendung. Trotz seiner Unerschütterlichkeit war Herr Wang jetzt verblüfft. Noch nie hatte er eine so verrückte Frage gehört. War in den Worten des Tibeters ein Sinn enthalten, der ihm entging? Stand dieser Sinn in bezug zu bestimmten Glaubensvorstellungen, die in Qinghai verbreitet waren? Es konnte interessant sein,

das ausfindig zu machen. Oder hatte dieser ungebildete *lama* außergewöhnliche psychische Erfahrungen gemacht? Auch das verdiente ergründet zu werden.
Herr Wang faßte sich in Geduld. Vorsichtig nahm er seine Befragung wieder auf, wobei er es vermied, Münpa zu widersprechen. Mit verständnisvollem Nicken gelang es ihm, den *dokpa* zu beeindrucken, der glaubte, Herr Wang sei in Geheimwissenschaften eingeweiht, die er um keinen Preis weitergeben durfte – daher seine stillschweigende Weigerung, die Fragen zu den Buddhas auf den Fresken direkt zu beantworten.
Wangs List hatte Erfolg. Münpa wollte ihm beweisen, daß er, Münpa, zu dieser mystischen Welt, deren Geheimnis Wang hütete, Zugang gehabt hatte.
»Ich habe Euch diese Fragen zu den Buddhas auf den Tempelwänden gestellt«, sagte er, »weil ich erlebt habe, wie andere Personen, die auf andere Mauern gemalt waren, lebendig wurden und mich zu sich hineinzogen haben. Ich bin ihnen nur mit Mühe und Not entflohen ... Bin ich ihnen wirklich entflohen?« murmelte er sodann.
Wang war ganz Ohr. Er bedauerte, daß sein Sekretär nicht da war, der Münpas Äußerungen hätte niederschreiben können. Er selbst wagte es nicht, sich Notizen zu machen, denn er fürchtete, seinen Gesprächspartner zu irritieren, so daß er seine seltsame Erzählung womöglich abbrechen würde. Wo befand sich dieses Fresko, auf dem die Personen lebendig waren? ... Auf welche Weise war er in dieses Kloster gelangt? ...

Jede von Münpa mit Vorsicht gegebene Antwort zog eine erneute Frage von Herrn Wang nach sich. Trotz seiner ungeschickten Aussparungen gelang es dem *dokpa* nicht, den Ablauf der Ereignisse zu verschweigen, die sich nun rückwärtig eines vom anderen herleiteten, bis er schließlich am Ausgangspunkt anlangte und Wang ihn veranlaßte, von seiner Suche nach dem übernatürlichen Türkis zu erzählen, von dem Mord an Gyalwai Öser und davon, daß ihm, kurz vor seiner Ankunft in Dunhuang, der Türkis von einem *naga* zurückgebracht und dann wieder von einem Dämon geraubt worden war, der ihn durch einen Kieselstein ersetzt hatte.

Münpa war völlig erschöpft, als er seine lange, von zahlreichen Pausen unterbrochene Erzählung, die sein Zuhörer sich hütete, auch nur im geringsten aufzustören, schließlich beendet hatte.

Herrn Wang war klar, daß er so tun mußte, als habe er ihm jedes Wort geglaubt, wenn er ihn zur Ruhe bringen wollte. Er nahm Münpa das Versprechen ab, sich niederzulegen, und versicherte ihm, daß er über seinen Fall nachdenken würde, den er für ernst hielt.

Er ist tatsächlich ernst, dachte Herr Wang, er maß dieser Aussage jedoch eine andere Bedeutung bei, als Münpa glaubte.

»Man muß diesen armen Mann auf seine Bergweiden zurückschicken«, sagte er sich und beschloß, sich darum zu kümmern.

Einige Tage später ließ er den Tibeter zu sich kommen.

»Der Aufenthalt in diesem Land tut Euch nicht gut«,

sagte er zu ihm. »Ihr seid hier bösartigen Wesen begegnet. Ihr müßt nach Qinghai zurückkehren, denn Ihr werdet hier weder den Türkis noch seinen Dieb finden.«

Wang bezweifelte im übrigen sehr, daß es diesen Türkis und den Dieb überhaupt gab. Er glaubte nicht einmal an die Existenz des ermordeten Eremiten. Dieses Drama und alle Begleitumstände konnten ebensogut wie die lebenden Gestalten des Freskos, die Münpa in ihre Mitte gezogen hatten, oder wie der *naga,* der ihm in der Nähe von Anxi erschienen war, nichts als Halluzinationen sein, Phantasievorstellungen, geboren aus seinem kranken Hirn. »Besteht diese Welt, die wir für wirklich halten, denn nicht nur aus vielfältigen Schatten, die unser unruhiger Geist auf die Leere projiziert?« fragte sich der weise Herr Wang, und dieser Gedanke veranlaßte ihn zu großer Nachsicht mit Münpa.

»Ihr könnt im übrigen ganz beruhigt sein«, sagte er zu ihm. »Die feindlichen Wesen, die Euch unterwegs begegnet sind, existieren nicht wirklich, sondern nur in Eurem Geist. Wenn Ihr sie aus Eurem Geist auslöscht, verschwinden sie. Die Buddhas löschen auf diese Weise die Welt aus, in der wir, dem Irrtum und der Illusion verhaftet, geboren werden, handeln, leiden und sterben.«

»Das hat mein Meister seinen Schülern auch erklärt«, sagte Münpa und er zitierte diesen Text, der ihm in Erinnerung geblieben war, ohne daß er seinen Sinn voll begriffen hätte:

»Es taucht im Geist empor,
und im Geist geht es unter ...«

»Genau, genau das ist es«, stimmte Herr Wang ihm zu. »Ruft Euch diese Wahrheit ins Gedächtnis. Eure Abenteuer sind nichts als ein Traum, laßt Euch nicht davon beunruhigen.
Von hier aus kann man den *Tso Ngönpo,* den großen See von Qinghai, direkt erreichen, aber der Weg ist weit, und man muß völlig verlassene Gegenden durchqueren. Das ist keine Reise, die ein Mann allein unternehmen kann. Ihr habt mir gesagt, daß Ihr in Lanzhou einen Herbergswirt kennt, der Euer Freund ist. Kehrt zu ihm zurück. Von dort aus könnt Ihr über vielbegangene Wege leicht wieder in Euer Land zurückkehren. Mein Sekretär wird dafür sorgen, daß Euch die Heimreise erleichtert wird.«
Mit diesen Worten entließ Herr Wang Münpa, und er rief ihn kein weiteres Mal mehr zu sich. Wie er versprochen hatte, traf sein Sekretär alsbald die Vorbereitungen für Münpas Abreise.
Seiner Gewohnheit entsprechend, erwies Herr Wang sich als sehr großzügig. Münpa bekam ein neues Gewand und ein Paar Stiefel als Ersatz für jene, die ihm von den Soldaten entwendet worden waren. Sein Sack wurde für die Reise mit frischen Vorräten gefüllt, und außerdem übergab ihm der Sekretär eine beträchtliche Geldsumme. Noch nie war Münpa so reich gewesen. Ein Diener, der ein Maultier führte, das mit seinem Gepäck beladen war, brachte Münpa bis zu der Her-

berge, die außerhalb des Stadttors von Anxi gelegen war und in der er Wochen zuvor übernachtet hatte. Im Auftrag von Herrn Wang ersuchte er den Wirt, sich darum zu kümmern, daß Händler, die ihre mit Waren beladene Fuhrwerke nach Lanzhou brachten, es Münpa gegen Bezahlung erlaubten, die Reise in einem ihrer Wagen auf einer Kiste sitzend zurückzulegen.

Und so geschah es. Münpa mußte diesen Weg »in Richtung Westen«, den er unter so großen Mühen hinter sich gebracht hatte, in umgekehrter Richtung keineswegs erneut zu Fuß zurücklegen. Unempfindlich gegen die unsanften Stöße und die Härte seines unbequemen Sitzes, bereitete es ihm ein einzigartiges Vergnügen, auf seiner Brust das Gewicht der Silberbarren zu spüren, die Herr Wang ihm geschenkt hatte. Ihre Kraft erwies sich als ebenso wirksam wie die eines Talismans. Münpa wurde nicht von Gespenstern umtanzt, der Gedanke an seine vergebliche Suche nach dem Türkis quälte ihn nicht mehr, und es erschien ihm nun ganz offenbar, daß er die Schwelle zum *bardo* nicht überschritten hatte. Alles ist ein Traum, sagte Herr Wang; die *lamas* in Tibet sagen es ebenfalls. Münpa ließ es zu, daß sich der Traum vor ihm entfaltete.

Die Händler, mit denen er reiste, übernachteten in Sidu in der Herberge, die dem Schwager der roten Seerose gehörte, bei dem er zu Anfang gewohnt hatte. Es war schon dunkel, als sie ankamen, und im Hof waren noch andere Warenladungen angekommen. Der Wirt, der vollauf beschäftigt war, bemerkte Münpa

nicht, und dieser versuchte nicht, sich zu erkennen zu geben. Noch vor Sonnenaufgang brach er gemeinsam mit seinen Gefährten wieder auf.
Der Rest der Reise nach Lanzhou verlief ohne Zwischenfälle.

7

Die Händler, mit denen Münpa die Reise zurückgelegt hatte, stiegen in Lanzhou nicht in der Karawanserei ab, deren Wirt er kannte. Er verabschiedete sich deshalb bei der Ankunft höflich von ihnen, ohne jedoch übertriebene Dankbarkeit für den Platz zum Ausdruck zu bringen, den man ihm auf einem der Fuhrwerke eingeräumt hatte: Schließlich hatte er für die Fahrt bezahlt.

Münpa wollte sich in die Karawanserei begeben, die ihm vertraut war, und wollte dort Eindruck schinden. Er hatte während der langen Wochen seiner Reise im langsamen Tempo der Maultiere, die überladene Fuhrwerke zu ziehen hatten, viel nachgedacht, da ihn die Landschaft nicht interessierte.

Herr Wang, der Weise, der einem Buddha glich, hatte ihm nahegelegt, nach Qinghai zurückkehren, doch ohne daß Münpa allzu tief in sich hineinblicken mußte, war ihm klargeworden, daß er nicht die geringste Lust hatte, diesen Rat zu befolgen. Warum? Das wußte er selbst nicht genau, doch verspürte er allein bei dem Gedanken daran einen ausgeprägten Widerwillen. Er würde nicht in seine *gompa* auf den luftigen Höhen zurückkehren, und seine Rolle als Diener von Gyalwai Oser war beendet... Er erinnerte sich nicht gern an den *gomchen* und die Ereignisse, die mit ihm verbunden waren. Er verleugnete keineswegs die Aufgabe, die er übernommen hatte, er hatte sie zu erfüllen versucht, er war gescheitert. Er konnte ihr später einmal nachgehen, sobald die Umstände ihm gewogen waren. Ja, genau das war es: später ... später ... Inzwischen würde er sich zu seinem Freund Chao begeben.

Münpa heuerte zwei Rikschas an, lud sein Gepäck in die eine, setzte sich in die andere und nannte den Männern, die sie zogen, die Adresse der Karawanserei.

Wie der Zufall es wollte, befand Chao sich im Hof, als Münpa dort eintraf. Als der Wirt die beiden Gefährte und den gut gekleideten Mann erblickte – Münpa trug eines seiner neuen Gewänder – der in einem von beiden saß, trat er näher, um den Reisenden zu begrüßen. Er brauchte einen Augenblick, bevor er sich davon überzeugt hatte, daß dieser Reisende tatsächlich der *manzi* war, den er angestellt hatte, um die Maultiere seiner Kunden zu striegeln. Es war noch gar nicht allzu lange her, seitdem sie sich voneinander verabschiedet hatten, doch der *dokpa* erschien ihm jetzt als ein völlig anderer Mensch.

»Guten Tag, Freund Chao!« rief Münpa, noch bevor er ausgestiegen war. »Kann ich bei dir unterkommen?«

»Das ist gar keine Frage«, antwortete ihm der Wirt in herzlichem Ton. »Bring dein Gepäck hier herein«, und er öffnete die Tür zu einem Raum, der mit einem *kang* ausgestattet war: ein Zimmer für einen Reisenden. Das letzte Mal hatte Münpa in der Scheune geschlafen, im Heu, oder in einem der Ställe …

Als Münpa und Chao sich beim Abendessen gegenübersaßen, unterhielten sie sich miteinander.

»Woher kommst du?« fragte Chao.

»Vom Chinator«, antwortete Münpa, da er glaubte, dieser vage Hinweis auf einen Ort, dessen genaue Lage er nicht kannte, würde ausreichend sein. Er war fest entschlossen, keinen vollständigen Bericht über seine Abenteuer im Reich des Sandes abzugeben: über die rote Seerose, den *naga,* der ihm den Türkis zurückgebracht hatte, und über Herrn Wang, den Weisen, würde er schweigend hinweggehen. Das alles ging Chao nichts an.

»Hast du nichts mehr von dem Dieb gehört, der die Kette gestohlen hat?«

Während Münpa immer neue Märchen ersonnen hatte, hatte er jenes fast vergessen, das er ganz zu Beginn erfunden hatte: die Bernsteinkette, die einer Witwe gestohlen worden war.

»Nein«, antwortete er, »nichts mehr.«

»Gib dir keine Mühe mehr. Der Gauner wird längst über alle Berge sein und sich irgendwo versteckt halten. Sicher hat er die Kette verkauft.«

»Höchstwahrscheinlich«, stimmte Münpa ihm zu.

»Und was hast du inzwischen gemacht?«

»Oh, ein wenig Handel getrieben«, antwortete Münpa mit vorgetäuschter Bescheidenheit, um sich wichtig zu machen.

»Bist du reich geworden?«
»Reich! O nein!« protestierte Münpa lachend. »Nur eine kleine, wirklich kleine Summe habe ich zusammengebracht. Ich war nicht in der Lage, ein Geschäft auf eigene Rechnung zu betreiben. Ich habe für einen Händler gearbeitet.«
»Was hast du verkauft?«
Münpa hob einen seiner Füße, die mit schönen neuen Stiefeln bekleidet waren.
»Stiefel«, sagte er.
»Oh!« rief Chao aus, »schöne Stiefel aus Xinjiang nach russischer Mode! Die *hui-hui* dort unten stellen sie her. War dein Arbeitgeber ein *hui-hui*? ...«
»Ja«, antwortete Münpa.
»Hast du Stiefel mitgebracht, um sie hier zu verkaufen?«
»Nein, mein Dienstherr hat sämtliche Stiefel verkauft und ist mit anderen Waren nach Hause zurückgekehrt. Ich habe nur ein ganz kleines Geschenk für Euch.«
Münpa stand auf und holte von einer Bank ein Päckchen, das er beim Hereinkommen dort niedergelegt hatte, und reichte es jetzt seinem Gastgeber.
»Was ist das? Laß sehen«, sagte dieser.
Das Geschenk bestand aus vier gepreßten Melassebroten, die an Seifenstücke erinnern, und aus einem Sack mit Rosinen – beides typische Produkte aus Xinjiang.
»Ah! Man sieht, woher du kommst«, sagte der Wirt. »Ich danke dir. Es freut mich, daß du mich nicht vergessen hast. Warum bist du nicht dageblieben, wenn du so gute Geschäfte gemacht hast?«

»Mir gefällt dieses Land nicht«, erklärte Münpa. »Zuviel Sand, kein Grün, und das Wasser ist schlecht, furchtbar schlecht. Ich bin dort krank geworden.«
»Ah, ich verstehe. Du willst nach Qinghai zurückkehren.«
Dies war für Münpa der Augenblick, um auszusprechen, was er bisher nur gedacht hatte.
»Ich habe nicht die Absicht«, erklärte er, »zumindest nicht jetzt. Wenn Ihr nichts dagegen habt, würde ich gern hierbleiben. Ich bezahle Euch meine Unterkunft«, fügte er hinzu.
»Es freut mich für dich, daß du nicht mittellos zurückgekehrt bist«, antwortete ihm der Wirt, »doch von Bezahlung kann keine Rede sein, nicht einmal im Scherz. Du bekommst dein Zimmer und du ißt zusammen mit mir. Und früher oder später werden wir sehen, was du tun kannst, wenn du auf die Dauer hierbleiben willst. In der Zwischenzeit kannst du mir zur Hand gehen: im Lager die Waren einordnen, die eintreffen, die anderen, die fortgeschickt werden, versandfertig machen, und wenn sehr großer Andrang ist, hilfst du den Dienern, die Tiere der Karawane zu versorgen. Ich werde dir ein kleines Gehalt dafür zahlen. Und so mag es gehen, bis du etwas Besseres für dich gefunden hast.«
Und tatsächlich »ging das« zur beiderseitigen Zufriedenheit sehr gut. Die Zeit verstrich. Chao bekam einen großen Satz Steingutteller- und schalen angeliefert. Münpa erbot sich, sie an die Geschäfte in den benachbarten Orten zu verkaufen. Zusammen mit einem Diener und drei vollbeladenen Maultieren machte er sich

auf den Weg. Seine Reise dauerte zwei Monate und war ziemlich ertragreich.
Im Anschluß waren es Hüte, Stiefel, Felle von Schafen, Füchsen und Luchsen, Reis und andere Güter, die er an verschiedenen Orten verkaufte.
Münpa gefielen diese Reisen, die ihm keine großen Unbequemlichkeiten auferlegten, und das geschäftige Treiben, das in Chaos Karawanserei herrschte, behagte ihm sehr. Hier konnte er sich entfalten, konnte jenen Geschäftssinn entwickeln, der in jedem Tibeter verborgen ist. Er unterhielt sich mit den Karawanenführern, Chaos Kunden, und ließ sich von ihnen alle Dinge ihres Landes beschreiben, die auch nur irgendwie in bezug zum Handel standen. Er sprach mit ihnen wie mit seinesgleichen und verzichtete auch gegenüber dem Wirt auf die Höflichkeitsphrasen, wie sie in China und auch in Tibet üblich sind, wenn man sich an jemanden wendet, der im Rang über einem steht. Chao hatte Zuneigung zu ihm gefaßt. Mit belustigter Anteilnahme verfolgte er den Werdegang dieses Naturburschen aus der Einöde und seine Entwicklung zum Chinesen. Abgesehen von seinen Gesichtszügen, die seine Abstammung verrieten, glich Münpa inzwischen in jeder Weise einem wohlhabenden Chinesen, der stets – samt Schuhen und Kopfbedeckung – untadelig gekleidet war. Diese Aufmachung gab ihm Sicherheit. Die peinliche Episode der Prügelstrafe, der man ihn im *yamen* unterzogen hatte, war so tief in seinem Gedächtnis vergraben, daß er sich hätte anstrengen müssen, um sich daran zu erinnern. Von den Leu-

ten, mit denen er zu tun hatte, wußte keiner etwas davon, und keiner würde je davon erfahren. Daß ein armer Teufel ausgepeitscht wird, kommt in einer großen Stadt häufig vor, ist fast alltäglich; ein solcher Vorfall hinterläßt keine Spur. Glückliches China, das weder Straf- noch Personenstandsregister kannte!
Und die Zeit verging. Wieviel Zeit? Münpa legte sich keine Rechenschaft darüber ab. Er erinnerte sich nur, daß er seit seiner Rückkehr in die Karawanserei mehrmals mit Chao das Neujahrsfest gefeiert hatte. Wie viele Male? Dreimal, viermal? Das war nicht von Belang. Das Leben nahm einen angenehmen Gang. Chao erwies sich als echter Freund. Er überließ Münpa einen großzügigen Teil des Gewinns, den seine Handelsreisen einbrachten, und Münpa konnte Rücklagen machen. Er hatte jetzt auch ein eigenes, kräftiges Maultier. Bei der Ankunft aus der Mongolei war es so erschöpft gewesen, daß seine Herren es auf der Heimreise nicht hatten mitnehmen können. So hatte Münpa es zu einem niedrigen Preis gekauft, und seit das Tier sich wieder erholt hatte, war es mehr als das Doppelte seines Preises wert. Münpa besaß zudem zwei Seidengewänder, von denen eines mit Pelz gefüttert war.
Chao, der Verwunderung äußerte, weshalb Münpa es so strikt ablehnte, Qinghai in seine Handelsreisen einzubeziehen, erklärte er, es sei ihm als Mitglied eines Klosters in seinem Land nicht erlaubt, fern davon zu leben, und deshalb sei es ratsam für ihn, die Nähe seiner Klosteroberen zu meiden.

Diese Erklärung klang einigermaßen plausibel. Chao tat auch so, als würde er sie ihm glauben, ihm blieben jedoch gewisse Zweifel.

Im übrigen gingen ihn Münpas persönliche Angelegenheiten nichts an. Der Mann war ihm als Angestellter sehr nützlich, und er gedachte, ihn zu seinem Teilhaber zu machen.

Chao hatte keine Söhne. Sein einziges Kind, ein Mädchen, war verheiratet mit einem Schreiber des *yamen*. Diese Verbindung schmeichelte der Eitelkeit des Wirts, war aus finanzieller Sicht jedoch von keinerlei Interesse. Ein solcher Schwiegersohn konnte nicht sein Nachfolger werden, und seine Tochter spielte die große Dame. Deshalb ... Münpa ... Man würde sehen ...

Münpa hatte keine Ahnung, welche Pläne sein Gastgeber mit ihm hegte. Er ließ es sich gutgehen und interessierte sich zunehmend für die geschäftlichen Belange.

Die Ereignisse, die ihn nach Lanzhou geführt hatten, schwanden immer mehr aus seiner Erinnerung, und kamen sie ihm zufällig einmal in den Sinn, was äußerst selten war, weckten sie in ihm ein Gefühl von Unwillen und Zorn. Ohne sich völlig darüber im klaren zu sein, war er dem Zaubertürkis böse und war auf eine unbestimmte Weise sogar schlecht auf Gyalwai Öser zu sprechen. Ihretwegen war sein Leben so aufgestört, so völlig aus der Bahn geworfen worden, die ihm vorbestimmt gewesen war. Alle beide hatten den leidenschaftlichen Glauben enttäuscht, den er in

sie gesetzt hatte. Er hatte sich Führung, ein Zeichen, ein Wunder von ihnen erhofft ... Nichts von alldem war geschehen. Er erwartete sich inzwischen gar nichts mehr. Würde ihn das Wunder überhaupt noch kümmern, wenn es denn geschehen sollte? Sein Leben hatte sich verändert, so sehr verändert, daß seine Gedanken sich anderen Dingen zugewandt hatten.
Und da geschah es, daß sich das vergeblich erwartete Wunder offenbarte, jedoch auf eine Weise, die Münpa sich niemals hätte träumen lassen.
Auf einer seiner Reisen durch das Land hatte Münpa in einer Herberge einen Herrn Teng getroffen, der mit Wolle, Pelzen, Moschus und anderen Waren handelte. Er lebte in Lanzhou und war auf dem Weg, seine Familie zu besuchen. Bevor die beiden Männer sich am Abend auf dem *kang* zum Schlafen ausstreckten, tranken sie einige Gläser Branntwein und unterhielten sich. Sie empfanden Sympathie füreinander, und Teng lud Münpa ein, ihn zu besuchen, sobald er wieder nach Lanzhou zurückgekehrt sei.
Münpa hatte sich dieser Einladung erinnert, und er saß jetzt an diesem Nachmittag mit Teng an einem Tisch, und zwischen ihnen stand die unvermeidliche Flasche Branntwein.
»Ihr seid tatsächlich Tibeter?« sagte Teng zu Münpa. »Ich hatte Euch für einen Mongolen gehalten. Ihr habt mit Eurem Diener Mongolisch gesprochen, als wir uns begegnet sind.«
»Oh!« antwortete Münpa, »ich radebreche ein bißchen Mongolisch. Es kommen viele Reisende aus der Mon-

golei zu Herrn Chao, bei dem ich wohne. Beim Zuhören habe ich ein paar Worte gelernt. Mein Diener, den Ihr gesehen habt, ist Mongole.«

»Tibeter! Aus welcher Gegend Tibets kommt Ihr?«

Münpa hätte gern so getan, als käme er aus einer der großen Städte Zentraltibets: Zwar nicht gerade aus Lhasa, so doch aus Shigatse, Gyantze oder auch aus Chamdo, aber er überlegte sich sehr schnell, daß Chao und andere Leute in Lanzhou von seiner ländlichen Herkunft wußten. Deshalb war es besser, die Wahrheit zu sagen.

»Ich bin aus Qinghai«, gestand er.

»Aus Qinghai!« rief Teng aus. »Welch ein Zufall! Meine Frau stammt auch aus Qinghai. Sie wird sich freuen, einen Landsmann zu treffen, ich rufe sie.«

Er stand auf, ging in den Hof hinaus und rief zu dem Balkon empor, der an der ganzen Front entlanglief: »Cham! Cham!«

Teng mußte ein liebevoller Ehemann sein: Er gab seiner tibetischen Ehefrau den Namen, mit dem man in Tibet die Ehefrauen bezeichnet, die der besseren Gesellschaft angehören. Er kam zurück, setzte sich wieder, und wenig später trat eine ziemlich rundliche, offensichtlich schwangere Frau in den Raum.

»Stell dir vor«, sagte Teng zu ihr, »dieser Händler hier stammt aus deiner Gegend, aus Qinghai.«

»Nicht möglich!« rief die Frau und betrachtete Münpa mit unverhohlener Freude. »Aus welchem Ort am *Tso Ngönpo* kommt Ihr?«

»Aus Arik«, gestand Münpa.

»Ich bin aus Thebgyai.«
Die gute Frau strahlte.
»Wir sind beide *dokpas*«, fügte sie hinzu.
»Das sieht man keinem von euch beiden an«, sagte ihr Mann scherzend und deutete auf Münpas chinesisches Gewand und auf das seiner Frau, die nach der letzten Mode von Lhasa gekleidet war.
»Ich habe in der Stadt zu tun«, sagte er dann an Münpa gewandt, »deshalb dürft Ihr jedoch noch nicht gehen. Bleibt bitte. Unterhaltet Euch mit meiner Frau in Eurer einheimischen Mundart, das wird ihr Freude machen. Es ist mir wichtig, daß sie zufrieden, immer zufrieden ist, nicht wahr?«
Er bezog sich mit eindeutigem Augenzwinkern auf die gesegneten Umstände seiner Frau.
»Cham, würdest du dem Koch sagen, er soll ein schönes Abendessen für drei zubereiten. Dein Treffen mit deinem Landsmann muß gefeiert werden. Ich komme bald wieder.«
Herr Teng ging hinaus.
Man findet in den Grenzgegenden viele Tibeterinnen, die mit Chinesen verheiratet sind. Sehr viel seltener – wenn es überhaupt vorkommt – sind Hirten aus den schwarzen Zelten, die sich in reiche Händler verwandeln, wie Münpa einer zu sein schien.
Frau Teng stellte die erste Frage: »Wie lange seid Ihr schon Händler in Lanzhou?«
»Seit einigen Jahren«, antwortete Münpa vage.
»Wo wohnt Ihr?«
»In der Karawanserei von Chao. Ich bin sein Geschäfts-

partner. Euer Gatte kennt das Haus. Und Ihr, seid Ihr schon lange hier verheiratet?«
»Bald vier Jahre. Ich habe einen zweijährigen Sohn«, verkündete sie stolz.
»Und bald werdet Ihr noch ein Kind bekommen. Meinen Glückwunsch«, sagte Münpa höflich. »Gefällt es Euch in China?«
»O ja! Es ist sehr viel angenehmer, in einer großen Stadt wie Lanzhou zu leben, wo es immer etwas Neues zu sehen gibt, als in einem Zelt zu wohnen und den ganzen Tag nichts als Yaks und Schafe zu Gesicht zu bekommen. Außerdem ist Herr Teng so gut, ja so überaus gut zu mir«, erklärte sie im Ton glühender Dankbarkeit. »Er ist auch reich. Er schenkt mir alles, was ich mir wünsche. Ich arbeite nicht, ich habe eine Zofe, und es gibt noch zwei weitere Bedienstete im Haus, dazu die Angestellten, die Herr Teng in seinem Handel beschäftigt, einem großen Handel. Herr Teng ist ein großer Kaufmann.«
Frau Tengs Augen glänzten, sie strahlte verzückt. Ihr Leben als Ehefrau von Herrn Teng schien ihr ganz offenbar dem der glückseligen Gäste des Paradieses von der »Großen Freude« gleichzukommen.
»Das ist schön, wirklich schön für Euch!« stimmte Münpa ihr zu. »Wie habt Ihr Herrn Teng denn kennengelernt?«
»Das war schrecklich! Ganz schrecklich!« antwortete Frau Teng. »Es sind schreckliche Dinge geschehen. Der *Tso Ngönpo* ist ein schreckliches Land voller Dämonen. Ich bin heilfroh, daß ich es verlassen habe.«

Die Wendung, die das Gespräch nun nahm, gefiel Münpa überhaupt nicht. Von den Dämonen hatte er genug, und er legte keinen Wert darauf, wenn auch nur indirekt wieder Kontakt mit ihnen aufzunehmen!
Die ehemalige Hirtin aus der dämonischen Einöde war selig, den Dialekt ihrer Heimat sprechen zu können und sich mit einem Landsmann über Geschehnisse zu unterhalten, die so geartet waren, daß sie einem Chinesen, selbst ihrem so ausgezeichneten Ehemann, völlig unverständlich bleiben mußten. Die Erinnerungen hatten ihren Geist jetzt aufgewühlt, die Worte drängten sich ihr auf die Lippen. Sie mußte sprechen. Sie sprach.
Die Beschreibung ihres Lebens als Töchterchen im Familienzelt interessierte Münpa nicht. Er kannte dieses Leben der *dokpas* am *Tso Ngönpo,* er hatte es selbst gelebt. Daß man ein Mädchen von weniger als fünfzehn Jahren mit einem Graubart verheiratet hatte, war ebenfalls nichts Ungewöhnliches. Zerstreut hörte Münpa ihr zu.
»Ich war die zweite Frau von Kalsang«, erzählte Frau Teng. »Seine erst Frau schlug mich ... Oh! Und wie sie mich schlug! ... Sie hieß Tseringma. Ich heiße Pasangma.«
Diese Namen sagten Münpa nichts. Sie sind in Tibet sehr verbreitet.
»Der alte Kalsang nahm mich nicht in Schutz«, fuhr Frau Teng fort, ganz in ihre Erinnerungen versunken. »Er hatte mit Tseringma keine Kinder. Ich sollte ihm einen Sohn schenken, und er war wütend, weil dieser

Sohn nicht kam. Niemals hätte ich einen von ihm bekommen können.«
Sie machte eine Pause.
»Herrn Teng dagegen habe ich gleich zu Anfang einen Sohn geboren, und das Kind, das jetzt zur Welt kommt, wird sicher wieder ein Sohn.«
Frau Teng frohlockte mit naiver Schamlosigkeit.
»Und dann ... und dann«, fuhr sie fort, »hat Lobsang mich eines Abends gesehen ... Ich war dabei, die Schafe in die Umfriedung bei den Zelten zurückzutreiben. Und ... Und da ist es passiert.«
Bei dem Namen Lobsang spitzte Münpa die Ohren, da er ihm seine eigenen Erinnerungen wachrief. Doch gibt es Hunderte von Lobsangs in Tibet. Er beschränkte sich darauf, verständnisvoll zu nicken. Er begriff vollkommen, was geschehen war. So etwas geschieht häufig.
»An einem anderen Abend kam er wieder, und an noch einem Abend, und dann bat er mich, mit ihm zu fliehen. Natürlich war ich einverstanden ... Der alte Kalsang war mir zuwider, Tseringma schlug mich ... Lobsang sagte, daß er bald reich sein würde ... Und er war auch schön.«
»Wie war er?« fragte Münpa.
Frau Teng zeichnete ein annäherndes Bild von ihrem Liebhaber. Groß, aber die meisten *dokpas* in Qinghai sind groß. Breite Schultern, sehr kräftig: Auch dies galt für fast alle *dokpas*. Und alle *dokpas* haben schwarze Augen und Haare. Der Lobsang, den seine ehemalige Geliebte beschrieb, hatte nichts, was ihn in besonderer

Weise von anderen Männern seines Landes unterschied.
»Wir mußten zusehen, daß wir auf dem schnellsten Weg möglichst weit weg kamen. Kalsang durfte uns nicht finden. Wir ritten die ganze Nacht hindurch. Ich saß hinter ihm ... Lobsangs Pferd war kräftig ... Ein wirklich gutes Pferd ... Ach! das arme Tier!«
»Wieso – das arme Tier? Ist es zugrunde gegangen, weil Euer Geliebter es überfordert hat?«
»Nein, das war es nicht. Ihr werdet gleich hören ... Am nächsten Tag und an den folgenden Tagen sind wir weiterhin nur nachts gereist. Sobald es dämmerte, versteckten wir uns. Lobsang durchquerte das Land immer abseits der Wege, um niemandem zu begegnen, wie er sagte. So verging etwa eine Woche. Ich sagte ihm, daß wir schon sehr weit von Kalsangs Zelten entfernt seien und uns deshalb nicht mehr so sorgsam verstecken mußten. Man war uns bestimmt nicht auf der Spur. Außerdem hatte Kalsang mich wahrscheinlich in den Zelten meiner Familie gesucht. Ich hatte geschrien, ich würde nach Hause zurückkehren, als man mich eines Tages allzu heftig geschlagen hatte. Doch Lobsang hörte nicht auf mich und bewegte sich wie ziellos weiter durch verlassene Gegenden.
Wohin gingen wir überhaupt? Wenn ich ihn fragte, wurde er wütend. Er wurde immer seltsamer ... *kuschab*, die Dämonen verfolgten uns. Es gibt Dämonen bei uns. Die Dämonen in den Seen, die Dämonen, die über die Steppen streifen, die sich in den Felsöff-

nungen verstecken – Ihr wißt das, *kuschab*, denn Ihr seid aus diesem Land.«

Münpa wußte es. Mit einer Kopfbewegung stimmte er ihr zu. Diese Unterhaltung gefiel ihm nicht. Er hätte Frau Teng gern unterbrochen, doch ihr Redefluß war jetzt nicht mehr aufzuhalten.

»Ich selbst habe diese Dämonen nicht gesehen, aber Lobsang sah und hörte sie. Häufig hielt er an, blickte mit weit aufgerissenen Augen ins Leere und horchte. Oder er blieb lange unbeweglich sitzen, versteckte den Kopf in den Händen oder in seinem Gewand, als wollte er nichts hören und nichts sehen. Manchmal weckte er mich, während ich schlief, und fragte mich: ›Hörst du das Lachen, dort hinter uns?‹ Oder er sagte: ›Da sind Schritte, ganz in der Nähe … jemand kommt auf uns zu.‹ Oder auch: ›Hörst du, da spricht jemand? … Da, da schreit jemand …‹ Ganz grundlos bekam er Wutanfälle, mißhandelte mich.

Und immer noch wanderten wir abseits der Wege, ohne bestimmtes Ziel, wie es schien. Doch eines Tages sagte mir Lobsang, wir würden nach Nepal gehen. Kannte er den Weg dorthin? Er hielt sich immer abseits von den Zelten und Weilern, die wir von weitem erblickten, und ich wußte nicht, ob wir uns in die richtige Richtung bewegten.

Als wir aufbrachen, hatte Lobsang eine große Menge von Vorräten mitgebracht. Sie waren jetzt aufgebraucht. Er schickte mich zu den Häusern, die wir von weitem sahen, damit ich dort meine Ringe gegen *tsampa* eintauschte. Von seinem Pferd wollte er sich auf gar keinen Fall trennen. Gewiß, das konnte er auch nicht, wir brauchten das Tier für unsere Reise. Er ging zu Fuß, aber ich war zu erschöpft dazu. Niemals hätte ich über so lange Zeit Tag für Tag solche Fußmärsche machen können, und ich hätte auch längst nicht so schnell gehen können wie er. Trotzdem war das Essen für uns noch wichtiger als das Pferd.

Lobsang trug ein Reliquienkästchen bei sich. Es hing an einer Schnur um seinen Hals, und er hielt es immer sorgfältig unter seinem Gewand versteckt. Alle Tibeter nehmen ein Reliquienkästchen auf Reisen mit, das sie vor Unfällen und Räubern bewahren soll. Aber was sie schützt, ist nicht das Kästchen, sondern der Inhalt, ein zauberkräftiges Amulett oder ein Stück von der Kleidung eines heiligen *lamas*. Ist es nicht so, *kuschab*?«

Erneut stimmte Münpa ihr mit einem Kopfnicken zu.

»Wir hatten nichts mehr, weder Tee noch Butter noch *tsampa*. Wir hatten nichts, rein gar nichts mehr, *kuschab*. Seit drei Tagen hatten wir nichts mehr gegessen. Ich hatte Lobsang schon mehrmals geraten, sein Reliquienkästchen zu verkaufen. Auch wenn es nicht aus Silber war, würden wir trotzdem *tsampa* dafür bekommen, und wenn es aus Silber war, konnten wir es gegen eine große Menge von Vorräten eintauschen. Ich sagte zu Lobsang, er könne doch den schutzbringenden Gegenstand aus dem Kästchen herausnehmen. Das Kästchen zu verkaufen, war keine Sünde. Da er dort, wo wir hingingen, reich sein würde, konnte er sich dann ein neues Reliquienkästchen kaufen und

den *kunda* oder die *sung* hineinlegen. Er geriet außer sich vor Wut, als ich ihm das sagte!
Ich hatte schließlich Angst vor ihm. Ich liebte ihn nicht mehr … Ich hätte ihn gern verlassen, nur wo konnte ich in der Changthangs so ganz allein hingehen? …
Doch an jenem Abend quälte ihn der Hunger wohl zu sehr. Ich sah, wie er das Reliquienkästchen unter seinem Gewand hervorzog. Es war in ein Stück *nambu* eingenäht, und da es so sorgsam eingehüllt war, dachte ich mir, daß es aus Silber sein müsse. Das hieß, wir würden wieder essen, sobald wir Zelte oder eine Häusergruppe erreichten, wo wir es verkaufen konnten. Es war schon dunkel, aber unser Feuer aus *chiwa* verbreitete genügend Helligkeit. Lobsang trennte die Hülle aus *nambu* auf und zog das Reliquienkästchen heraus. Er zitterte am ganzen Körper. Warum nur? Er tat nichts Böses. Er öffnete das Reliquienkästchen und zog ein kleines, in ein Seidenband eingewickeltes Päckchen heraus. Der kostbare Gegenstand mußte, wie es üblich ist, in diesem Stück Seide verborgen sein.
Ich war neugierig, um was es sich wohl handeln mochte, aber ich war vor allem erleichtert bei dem Gedanken, daß Lobsang sich entschlossen hatte, es zu verkaufen und daß ich endlich wieder essen würde. Lobsang entrollte ein langes Band, er rollte und rollte. Er fand nichts in dem Band, nichts in seinen Falten, er schüttelte das Reliquienkästchen aus, er fuhr mit dem Finger hinein, um sich zu vergewissern, daß es wirk-

lich rein gar nichts enthielt. Es war tatsächlich leer. Da stand Lobsang auf, tat einen grauenvollen Schrei und warf das Reliquienkästchen zu Boden.
Wie er sagte, hatte er an diesem Abend das Geheul von Wölfen gehört, und er hatte deshalb das Pferd in unserer Nähe angebunden. Als das Pferd diesen furchtbaren Schrei hörte, geriet es in Panik, es zerriß die Kordel, mit der es festgebunden war, und floh in die Nacht hinein. Lobsang fluchte laut und rannte ihm nach. Ich bekam es mit der Angst zu tun und wagte nicht, Lobsang zu folgen. Vielleicht würde er das Pferd im Laufe der Nacht wieder einfangen. Andernfalls würden wir es bei Tageslicht jeder in einer anderen Richtung suchen. Ich hob das Reliquienkästchen auf. Lobsang mußte verrückt sein, daß er es fast zerschmettert hätte. Ich steckte es in meinen *ambag*. Lobsang brachte das Pferd in dieser Nacht nicht zurück.«
Frau Teng verstummte.
Münpa hatte begriffen. Die Erzählung war ganz eindeutig. Lobsang war der Dieb und Mörder. Die Ängste, von denen dieser Mann während seiner kopflosen Flucht heimgesucht worden war, kamen von den Dämonen, von denen er sich verfolgt glaubte. Dieses Reliquienkästchen, das er nicht verkaufen wollte und das er dann leer vorgefunden hatte … LEER … Wie war das möglich! Gewiß dachte der Dieb, etwas darin vorzufinden. Dieses ganz bestimmte Etwas: den Türkis, dessen Verkauf ihn an dem Ort, den er anstrebte, reich machen würde … Er würde reich sein, hatte er zu seiner Geliebten gesagt … Und diese rasende Wut, als er

sah, daß das Reliquienkästchen leer war ... Leer ... leer, wiederholte sich Münpa.
Es konnte kein Zweifel bestehen, diese Geschichte, die Frau Teng ihm gerade erzählt hatte, paßte haargenau auf Lobsang. Wo befand er sich jetzt? Seine ehemalige Geliebte wußte es vielleicht.
Seine Erregung nur mühsam verbergend, fragte er sie: »Und dann, als es Tag wurde?«
»Ich besah mir das Reliquienkästchen. Es war wunderschön, aus Silber, mit kleinen goldenen Lotusblüten verziert. Jede Blüte enthielt in der Mitte eine Perle.«
Das war nun der schlagende Beweis. Einst hatte Münpa in der Einsiedelei das Reliquienkästchen in der Hand gehalten, da Gyalwai Öser ihn beauftragt hatte, es in ein neues Stück Stoff einzunähen. Nur wie konnte das sein? Leer? Und der übernatürliche Türkis? ...
»Und dann? ...« fragte er wieder.
»Am Morgen habe ich Lobsang gefunden. Ein Rudel Wölfe muß das Pferd angegriffen haben, Lobsang hat es zu verteidigen versucht, und die Wölfe haben sich auf ihn geworfen. Seine Leiche und die des Pferdes lagen dicht beieinander, von beiden war nur noch eine zerfetzte Hälfte übrig.«
Münpa klammerte sich mit beiden Händen am Tisch fest, um sich nicht anmerken zu lassen, daß er wankte.
»Und Ihr?« fragte er, da er begriff, daß er zumindest so tun mußte, als interessiere er sich für das Ende der Geschichte.

»Ich weiß nicht, was ich dann getan habe. Die *dokpas*, die mich fanden, haben mir erzählt, daß ich wie eine Tote am Boden lag. Sicher ziemlich weit von dem Platz entfernt, an dem Lobsang starb. Sie haben den Leichnam nicht gesehen, denn sie haben nie etwas davon erwähnt. Sie haben mich auf einem Maultier mit zu sich nach Hause genommen. Lange Zeit war ich wie von Sinnen. Sie haben mich gepflegt … Sie haben sich das Reliquienkästchen genommen … als Bezahlung. Und dann, als es mir wieder gutging, mußte ich für sie arbeiten … Wie bei Kalsang, und da war auch ein Alter, der mich wollte … Und dann traf Herr Teng mit seinen Gehilfen und Maultieren ein; er machte eine Rundreise, um Wolle einzukaufen. Während seine Männer die benachbarten Siedlungen abwanderten, blieb Herr Teng bei uns, in einem schönen Zelt. Meine Arbeitgeber schickten mich, um ihm Milch und Butter zu bringen. Er fragte mich, ob die Leute, bei denen ich lebte, meine Verwandten seien. Ich sagte nein und … Da ist es passiert … Kurz vor seiner Abreise hat er mir gesagt, wenn ich wollte, würde er mich als seine Frau mit nach China nehmen, denn er sei Witwer. Ich habe eingewilligt. Und so hat mein Glück begonnen.«
Münpa fand noch die Kraft, Frau Teng zum glücklichen Ausgang ihres Abenteuers zu gratulieren. Er war in Gedanken ganz woanders. Doch hielt seine Gastgeberin noch einen weiteren Schock für ihn bereit.
»Ist Euch nicht gut, *kuschab*«, fragte sie besorgt. »Hat Euch diese Geschichte von den Dämonen zugesetzt? Ich für meinen Teil habe immer geglaubt, daß diese

Wölfe, die Lobsang zerfleischt haben, keine wirklichen Tiere waren. Das waren Dämonen in Gestalt von Wölfen. O ja, ich bin ganz sicher, das waren Dämonen … Ich bin so glücklich, daß ich in China bin.«
Erneut verstummte sie für einige Augenblicke. Münpa war immer noch völlig niedergeschmettert.
Dann sprach sie weiter, als läge es ihr am Herzen, das abfällige Urteil, das sie über ihr Land gefällt hatte, zu korrigieren: »Aber am *Tso Ngönpo* gibt es auch große *drubthob, kuschab.* Bestimmt habt Ihr schon von Gyalwai Öser gehört? In Qinghai kennt jeder seinen Namen.«
»Ja«, sagte Münpa und spürte, wie er von Schwindel ergriffen wurde. Was würde er jetzt noch erfahren?
»Habt Ihr ihn jemals gesehen?«
»Nein«, antwortete Münpa, ohne sich bewußt zu sein, was er sagte.
»Ich auch nicht, ich habe ihn nie gesehen. Aber in seiner Einsiedelei sind außergewöhnliche Dinge passiert. *Dokpas* haben davon in Xining berichtet, und Leute aus Xining haben mir davon erzählt. Man spricht in ganz Qinghai von nichts anderem.«
»Ich habe nichts davon gehört«, erklärte Münpa, damit ihr sein Schweigen nicht allzu seltsam vorkam. »Ich war unterwegs und habe mit den *hui-hui* Handel getrieben.«
»Ach, deshalb. Also, ich sage Euch: Gyalwai Öser zog sich oft über lange Zeit für seine *tsam* zurück. Aus Angst, ihn zu stören, wagte dann niemand, ihn zu besuchen. Doch ein paar seiner Schüler sind zur Ein-

siedelei gegangen, um sich bei einem der ihren, der sich als sein Diener immer in seiner Nähe aufhielt, nach ihm zu erkundigen. Sie konnten ihren Freund nicht finden. So haben sie die Einsiedelei betreten, und da, auf dem Meditationssitz des *gomchen,* haben sie sein Gewand und seinen *sen* gesehen, ganz aufrecht, als würden sie den *gomchen* einhüllen. Aber in diesen Kleidern war kein Körper enthalten. Vor dem Meditationssitz befand sich ein Altar, und darauf standen zwei brennende Lampen. Und auf der Erde, zu Füßen des Sitzes des *drubthob,* lag ein Gewand, das Gewand seines Schülers und Dieners. Es lag in seiner ganzen Länge da, die Ärmel ausgebreitet, so als befände sich der Körper des hingestreckten Mannes darin. Doch da war kein Körper, das Gewand war ebenso leer wie die Kleidungsstücke des *gomchen.* Habt Ihr je von einem solchen Wunder gehört, *kuschab?«*

»Das ist Marpa und Rechungpa geschehen«, sagte Münpa, dem ganz unwillkürlich die Überlieferung von diesen Wundern in den Sinn kam.

Er war am Ende seiner Kräfte.

»*Cham kuschab*«, sagte er zu Frau Teng, »ich bin krank, ich muß nach Hause gehen ... Das muß ein Fieberanfall sein ... Ich habe mir das Fieber bei den *hui-hui* geholt. Laßt kein Abendessen für mich vorbereiten und sagt Eurem Gatten, daß es mir leid tue, nicht hierbleiben zu können.«

»Es stimmt, Ihr seid ganz blaß. Ich lasse Euch eine Rikscha rufen.«

Sie klatschte in die Hände und gab dem Diener, der sogleich erschien, die entsprechende Anweisung. Genau in diesem Augenblick traf Herrn Tengs eigene Rikscha vor der Haustür ein. Als Herr Teng eintrat, war Münpa schon im Begriff zu gehen.
»Was soll das bedeuten?« rief er aus. »Es war abgemacht, daß Ihr zum Abendessen bleibt.«
»Es tut mir leid, es tut mir furchtbar leid«, stammelte Münpa.
»Der *kuschab* ist krank«, sagte Frau Teng im Ton freundschaftlichen Mitgefühls. »Er hat sich im Land der *hui-hui* das Fieber geholt.«
»Es stimmt. Ihr seht sehr schlecht aus«, bemerkte Teng. »Ihr müßt Euch niederlegen und einen Arzt rufen. Diese Fieber aus Xinjiang sind gefährlich.«
»Ich muß nach Hause«, sagte Münpa.
Die Rikscha kam.
»Ich lasse Euch nicht allein gehen«, erklärte Herr Teng. »Ihr scheint mir zu krank. Ich begleite Euch.«
»Ja, gut so«, stimmte Frau Teng ihm zu. »Herr Teng wird Euch begleiten. Pflegt Euch gut und kommt uns besuchen, sobald Ihr Euch wieder erholt habt.«
Münpa taumelte. Man hob ihn in eine Rikscha, und Herr Teng stieg in die seine, die noch am Hauseingang stand.
»Chao! Chao!« rief Teng, noch bevor die Rikschas im Hof der Karawanserei angelangt waren.
Sein Ruf hatte einen solchen Beiklang von Angst, daß Chao auf der Stelle aus seiner Küche herausstürzte. Er war schon an Tengs Seite, als dieser Münpa aus sei-

nem Gefährt half, und kam gerade rechtzeitig, um ihn aufzufangen, bevor er ohnmächtig zu Boden fiel.
Mit Hilfe von Chaos Diener brachten die beiden Männer den bewußtlosen Tibeter in sein Zimmer.
Bis zum Abend gab er kein Lebenszeichen von sich. Der mitfühlende Chao und einer seiner Diener wechselten sich in der Wache ab. Er hatte hohes Fieber und schien sie nicht zu erkennen. Er phantasierte. In zusammenhanglosen Satzfetzen wiederholte er immer wieder das Wort »leer«, verbunden mit verschiedenen Gegenständen: »Leer ... leer ...«, murmelte er. »Reliquienkästchen leer ... Kleider leer ... Verschwunden ... Nichts ... Leer ... Die Mauer ... Eingetreten in die Mauer ...«
Er warf sich erregt hin und her, sein Gesicht war gerötet, seine Augen blickten wie irr. Chao bekam es mit der Angst zu tun. Man mußte einen Arzt rufen. Aber welchen? Dem Herbergswirt, der in gewisser Weise »fortschrittliche« Ideen hegte, kam der Gedanke, sich an einen der Ärzte des amerikanischen Missionskrankenhauses in Lanzhou zu wenden.
Er begab sich zum Krankenhaus, erklärte, der Kranke sei nicht transportfähig, und bat, einen Arzt zu schicken. Er fügte hinzu, daß sein Freund und er in der Lage seien, seinen Besuch und alle in der Folge notwendige Pflege zu bezahlen.
Bezahlen zu können ist bei wem und wo auch immer die wirksamste aller Empfehlungen. Einer der ausländischen Ärzte kam, um Münpa zu untersuchen. Er befand, daß er sehr krank sei, sich in Lebensgefahr be-

fände, diagnostizierte eine Gehirnentzündung – ein Begriff, mit dem Chao nicht viel anfangen konnte – und erklärte, man müsse den Kranken umgehend ins Hospital bringen, wo er ständig überwacht werden konnte. Den Transport würde das Krankenhauspersonal übernehmen. Da Chao versicherte, der Händler könne die Kosten für seine Behandlung bezahlen, würde man ihm sein eigenes Zimmer geben, und sein Freund würde die Erlaubnis bekommen, ihn zu besuchen.

Chao dankte, bestand darauf, eine gewisse Summe im voraus zu entrichten, und Münpa wurde sodann mit aller Vorsicht auf einer überdachten Tragbahre fortgebracht, der eine Krankenschwester folgte.

Münpa wurde gut gepflegt, und seine robuste Konstitution trug wesentlich dazu bei, daß die Verordnungen der Ärzte Wirkung zeigten. Doch vergingen sechs Wochen, bis er seine geistige Klarheit soweit wiedergewonnen hatte, daß er sich über das Vorgefallene Rechenschaft ablegen konnte, und bis er kräftig genug war, um im Park des Krankenhauses spazierengehen zu können.

Auf einer Bank unter Bäumen sitzend, umgeben von blühenden Büschen, fühlte Münpa sich wie neugeboren. Der Münpa, der er vor seiner Krankheit gewesen war, erschien ihm wie eine Traumgestalt oder wie ein Mensch, der er in einem seiner früheren Leben gewesen war – mit Gewißheit hatte er nichts mit dem chinesischen Händler gemein, der jetzt im Park des Krankenhauses von Lanzhou in der Sonne saß.

Dieser andere Münpa, Münpa Desong, war tot oder vielmehr hatte sein Körper sich verflüchtigt ... Diese Tatsache war offenkundig. Leute hatten sein leeres Gewand gesehen, berührt, das vor dem Sitz von Gyalwai Öser ausgestreckt dalag, so als ob sein Körper es in dieser Haltung der Ehrerbietung noch ausfüllte. Ein Wunder des *gomchen.* Das gab Münpa zu. Er erinnerte sich, wie er Ösers Körper aufgerichtet und seine Kleidung in Ordnung gebracht hatte, wie er die Opfergaben auf den kleinen Tisch gestellt und die Lampen angezündet hatte ... Diese Lampen, die Jahre später noch brannten ... Ja, was Öser anging, so gestand er das Wunder ein, alle nur vorstellbaren Wunder. Nachdem er seinen Körper auf dem Meditationssitz aufgerichtet hatte, konnte das Wunder nach seinem Aufbruch aus der Einsiedelei geschehen sein. Der *gomchen,* der nur äußere Anzeichen von Tod gezeigt hatte, aber nicht wirklich tot war, konnte die Auflösung der Elemente seines Körpers bewirkt haben, wie Marpa und andere *drubthob.* Doch er, Münpa? Er erinnerte sich, daß er sich vor seinem Meister niedergeworfen hatte, bevor er die Einsiedelei verließ, aber er hatte sich wieder erhoben, das wußte er genau, er hatte sich auf den Weg gemacht ... Er war nach China gereist, war bei den *hui-hui* im Land des Sandes gewesen, war der Geliebte von der roten Seerose gewesen, war Gast von Herrn Wang gewesen, der einem Buddha glich, und er hatte Chao zum Freund, Chao, der am Vortag gekommen war, um sich mit ihm zu unterhalten. Und er, Münpa, war ein Händler, der auf einer Bank im Park des ame-

rikanischen Krankenhauses saß. Also? ... also? Was sollte er von diesem leeren Gewand denken, das das seine gewesen zu sein schien?
Und das leere Reliquienkästchen? Der Türkis, der nicht darin enthalten war? Hatte man ihn herausgenommen? Wer? Lobsang nicht, das bewies die Erzählung seiner ehemaligen Geliebten. Öser? Nein, er glaubte an die Existenz des Türkises, an seine übernatürliche Herkunft. Das bewiesen die Sorgfalt, mit der er das Reliquienkästchen aufbewahrte, der Respekt, den er ihm erwies. War das Reliquienkästchen leer gewesen, als er es von seinem sterbenden Guru erhalten hatte, und hatte auch dieser es leer erhalten und war das schon zuvor über Generationen so gegangen? Hatte der übernatürliche Türkis je irgendwo anders existiert als in der Einbildung zauberkräftiger *lamas*, die ihn einer an den anderen weitergaben ... die glaubten, etwas weiterzugeben, eine Kraft, die in dem Türkis innewohnte, und die doch nur Leere, Nichtvorhandenes weiterreichten?
Dennoch hatte diese Leere, dieses Nichts, Wirksamkeit bewiesen. Kranke *dokpas* waren gesundet, nachdem sie das Reliquienkästchen berührt oder es auch nur angerufen hatten, und in Zeiten der Trockenheit war Regen gefallen, sobald man das Reliquienkästchen gen Himmel erhoben hatte.
Wegen diesem nicht vorhandenen Türkis war Lobsang zum Mörder geworden, hatte er die Schreie der rächenden Dämonen gehört, die seine Verfolgung aufgenommen hatten. Seinetwegen war er in die Einsam-

keit geflüchtet und schließlich von Wölfen zerrissen worden.
Seinetwegen hatte er selbst, Münpa, sein Land verlassen, hatte er sich auf die Suche nach Lobsang und dem übernatürlichen Türkis begeben, der gar nicht existierte. Seinetwegen hatte Münpa, der *dokpa,* sich in einen chinesischen Händler verwandelt, der niemals mehr Herden von Yaks in die hohen Weidegründe führen würde.
Alle hatten sie sich rund um die Leere im Kreis gedreht, bewegt von der Macht des Nichts!
Vor ihm tauchte das Bild des Freskos in seinem Zimmer dort im Kloster zum »Allerhöchsten Frieden« auf. Marionetten, dachte er. Sie brauchten mich nicht hineinzuziehen, denn ich befinde mich schon darin; alle und alles befinden sich darin. »Die Welt ist ein auf die Leere gemaltes Fresko. Wer war es noch, der mir das gesagt hat? Herr Wang oder der *daoshi* in Sidu oder der Vorsteher des Klosters zum ›Allerhöchsten Frieden‹? ... Ich weiß es nicht mehr ...«
Münpa war müde, sehr müde. Eine Krankenschwester kam.
»Sie müssen hineingehen«, sagte sie. »Die Sonne ist untergegangen, Sie könnten sich erkälten.«
Folgsam gehorchte Münpa. Er hatte das Bedürfnis zu schlafen.
Am nächsten Morgen fühlte er sich ausgeruht und im Frieden mit sich.
»Sie sehen ausgezeichnet aus«, sagte ihm der Arzt, der zur Visite kam. »Sie können gehen, sobald Sie

wollen. Ablenkung wird Ihnen guttun. Treffen Sie sich mit Freunden, mit Freunden, die Sie aufheitern, meine ich. Es muß ein schwerer Schock gewesen sein, der Sie in diesen Zustand versetzt hat, aus dem wir Sie wieder herausgeholt haben. Wenn Ihnen widrige Ereignisse Kummer bereitet haben, so denken Sie jetzt nicht mehr daran, blicken Sie nach vorn. Sie sind noch jung ...«

Ja, Münpa fühlte sich tatsächlich wieder ganz jung.

Am nächsten Tag kam Chao zu Besuch. Der Arzt mußte mit ihm gesprochen haben, denn er machte Münpa auf der Stelle den Vorschlag, in die Karawanserei zurückzukehren. Münpa stimmte ihm sogleich zu.

»Du brauchst jetzt nichts anderes mehr als gutes Essen«, erklärte ihm sein Freund. »In einigen Wochen wirst du wieder so kräftig sein wie zuvor. Das hat mir der Arzt versichert. Du warst wirklich in einer sehr elenden Verfassung. Diese Reise in die Gobi war kein Erfolg für dich, und deinen Dieb hast du auch nicht gefunden.«

»Ich habe ihn gefunden«, sagte Münpa.

»Wie bitte? ... Du hast mir gesagt, daß du ihn nicht gefunden hast!«

»Ich habe ihn später gefunden.«

»Hier? ... Wo ist er?«

»Er ist tot.«

»Tot? Und die Kette?«

»Tot«, wiederholte Münpa.

»Was! die Kette ist tot?«

»Alles ist tot. Nichts existiert, außer Marionetten, die von der Macht des Nichts bewegt werden.«
Chao glaubte, daß sein Freund noch ein wenig phantasierte. Der Arzt hatte ihm geraten, ihm nicht zu widersprechen und ihn auf andere Gedanken zu bringen, deshalb verlangte er keine weitere Erklärung.
»Morgen hole ich dich ab, und dann werden wir uns zu Hause unterhalten«, sagte er.
»Einverstanden!« antwortete Münpa.
Am nächsten Tag nahm er wieder sein Zimmerchen in der Karawanserei in Besitz, dessen Lehmwände frei von jedwelchem beunruhigenden Fresko waren. Erneut gingen die Tage dahin, ohne daß irgendwelche Zwischenfälle das Gleichmaß unterbrochen hätten. Münpa blieb schweigsam, er schien ein geheimes Zwiegespräch mit sich selbst zu führen, das ihn jedoch nicht völlig in Anspruch nahm, denn er interessierte sich mehr und mehr und mit wachsender Gewinnsucht für die Geschäfte. Er legte eine Intelligenz, einen praktischen Verstand an den Tag, die Chao über die Maßen erstaunten. Dieser Bauer aus Qinghai hat zweifellos das Zeug zu einem geschickten, gerissenen Kaufmann, dachte er, während er seinen Gast beobachtete …
Auch Chao war schweigsam geworden und blieb häufig über längere Zeit in seine Gedanken versunken, doch war er mit ganz anderen Dingen befaßt als Münpa.
Chao hatte Mitteilung erhalten, daß sein Geschäftspartner gestorben war, der die Handelsniederlassung

in Urga geleitet hatte. Der Verstorbene hinterließ nur halbwüchsige Kinder und eine Witwe, die aus Gansu stammte und dorthin zu ihrer Familie zurückkehren wollte. Die Niederlassung in Urga wurde vorläufig von dem ersten der Handlungsgehilfen verwaltet, einem Mongolen, der Erfahrung in geschäftlichen Dingen hatte, aber Chao hatte Bedenken, ihm voll und ganz zu vertrauen und ihn zu seinem Partner zu machen. Hingegen dachte er an Münpa, dessen Geschäftssinn unübersehbar war und der sich als gewinnbeteiligter Partner in jeder Weise als ehrlich erweisen würde – davon war Chao fest überzeugt. Und außerdem: Münpa war zwar Tibeter, doch stammte er aus Qinghai, einer chinesischen Provinz, und war deshalb mehr Chinese als Mongole. Diese kindliche Überlegung war für Chao durchaus von Bedeutung, zudem verspürte er Sympathie, ja, sogar echte Freundschaft für Münpa, und er war jetzt entschlossen. »Ich werde Münpa den Posten in Urga anbieten«, sagte er sich. Bevor er seinem Gast diesen Vorschlag unterbreitete, wollte er lediglich abwarten, bis seine angegriffene Gesundheit völlig wiederhergestellt war.

Die Ereignisse überstürzten sich auf unvorhergesehene Weise. Bei Chao traf eine mongolische Karawane ein. Die Händler hatten für den Rückweg mehrere Kamele frei, und sie suchten nach Lasten, die sie neben ihren eigenen Waren noch mitnehmen konnten. Chao sah darin die Gelegenheit, verschiedene Güter, die er eingelagert hatte, zu seiner Niederlassung in Urga zu befördern. Zugleich war dies die Gelegenheit, auch

Münpa dorthin zu schicken, und ohne noch weiter zu zögern, bot er ihm eine gleichberechtigte Partnerschaft und die Leitung der Niederlassung in Urga an.
Münpa zögerte nicht einen Augenblick. Er willigte auf der Stelle ein und begann mit den Vorbereitungen für seine Abreise.
Er fühlte sich völlig wiederhergestellt und im Vollbesitz seiner Kräfte. Chao hätte vielleicht dennoch gezögert, Münpa eine so lange Reise allein unternehmen zu lassen. Die Gegenwart der Reisegefährten beruhigte ihn dahingehend.
»Du brichst zusammen mit der Karawane auf«, hatte er zu seinem Freund gesagt, als er ihm den Vorschlag unterbreitete. »Du nimmst zwei Diener mit, die sich um dein Gepäck kümmern, und Kamele, die es tragen. Für dich selbst gebe ich dir zwei gute Maultiere mit, damit du unterwegs das Reittier wechseln kannst. Im übrigen werdet ihr, du und deine Weggenossen, wegen der Kamele langsam reisen.«
Die Mongolen blieben einen Monat in Lanzhou, und dieser Monat verging für Münpa sehr schnell, da ihn die Aussicht, sich als Händler in der mongolischen Hauptstadt niederzulassen, in Spannung hielt.
Der Tag der Abreise kam, vor der Stadt setzte sich die lange Reihe der Kamele in Gang. Die Händler, die auf ihren kräftigen Reittieren saßen, hatten sie mit den Kameltreibern vorausgehen lassen und verweilten noch, um sich von Chao zu verabschieden. Münpa blieb als letzter bei ihm zurück.
Wenn Chao Freundschaft zu ihm gefaßt hatte, so erwi-

derte Münpa diese von ganzem Herzen. Er wußte, wieviel er dem Händler und Herbergswirt zu verdanken hatte, der ihn aufgenommen hatte, als er, der ungeschliffene Bauer aus der Tiefe seines unzivilisierten Landes hier eingetroffen war, getrieben von trügerischen Vorstellungen, die ihn einer Sache nachjagen ließen, die es gar nicht gab.

»Vielen Dank für alles, Chao«, sagte er zu seinem Freund. »Du warst wie ein Vater zu mir. Du kannst dich auf mich verlassen, ich werde mich dort unten gut um deine Geschäfte kümmern. Du wirst dein Vertrauen nicht zu bereuen haben.«

Die beiden Männer hatten sich weiter nichts mehr zu sagen. Münpa schwang sich auf sein Maultier, trieb es mit einem kurzen Peitschenschlag an und setzte in schnellem Trab seinen Gefährten nach.

Es wehte ein scharfer Wind, der dem Reiter kleine gelbe Sandkörnchen ins Gesicht peitschte, den Sand der Gobi, der er entgegenritt. Aber dieses Land des Sandes mit seinen Luftspiegelungen und den Dämonen, die daraus aufsteigen konnten, fürchtete Münpa jetzt nicht mehr. Alle Bilder seiner Vergangenheit hatte er hinter sich wie in einen tiefen Abgrund geworfen, selbst das verehrteste von allen: das seines Meisters, den er in sein Mönchsgewand gehüllt auf seinem Meditationssitz zurückgelassen und dessen Körper sich auf übernatürliche Weise verflüchtigt hatte. Doch dieser Münpa, der es sich als heilige Mission auferlegt hatte, Öser das Leben wiederzugeben, indem er ihm einen Türkis zurückbrachte, den es gar nicht gab, hatte dieser Münpa sich nicht auch verflüchtigt? Hatte man nicht sein leeres Gewand in der Einsiedelei des *gomchen* gefunden? Also konnte er, der Münpa, der auf dem Wege nach Urga war, nicht der gleiche Münpa sein, der *trapa* einer armen *gompa* in Qinghai, jener Münpa, der auf der Suche nach dem imaginären Türkis war.

Schatten, Marionetten – hatte man ihm nicht als solche die Wesen und die Dinge dieser Welt beschrieben? Zweifellos hatten sie recht, die Weisen, die so sprachen. Er erhob weder den Anspruch, es ihnen an Weisheit gleichzutun, noch gedachte er, ihnen zu widersprechen.

Er war nichts als ein kleiner, närrischer Schatten, eine Marionette, die als Händler verkleidet war und die von einer Kraft bewegt wurde, die von einem Nichts ausging, von einem nicht vorhandenen Türkis. Und diese Marionette wollte leben, wollte ihre Rolle eines Traumhändlers voll und ganz erfüllen.

Mit entschlossener Geste schwang Münpa seine Peitsche durch die Luft und ritt frohgemut der Mongolei entgegen, um dort die Bilder seines neuen Schicksals auf den farblosen Hintergrund der Großen Leere zu zeichnen.

GLOSSAR

ambag (am phrag) Die Tibeter tragen sehr lange und weite Gewänder, die sie in der Taille mit einem breiten, dicken Gürtel zusammenhalten, der mehrfach um den Körper gewickelt wird. Das hochgeraffte und von dem Gürtel gehaltene Gewand bildet eine Tasche über der Brust. Diese Tasche nennt man *ambag*. Die Kleidungsstücke der Tibeter haben im übrigen keine Taschen. Alles, was sie bei sich tragen wollen, stecken sie in den *ambag*. Der *ambag* ist oft so groß wie ein echter Sack, zumindest bei einfachen Leuten. Die Tibeter, die höheren sozialen Schichten angehören, tragen wie die Mongolen relativ enge Gewänder.

bardo (bar do) Zwischenzustand nach dem Tod.

baicai Chinesischer Kohl. Man ißt ihn frisch oder nachdem man ihn in der Art von Sauerkraut in einer Lake mariniert hat.

Chan-Buddhismus Meditationsbuddhismus. Die Lehre wurde von Bodhidharma, einem indischen Buddhisten aus der Kaste der Brahmanen, nach China gebracht. Um 520 traf er in Kanton ein. Diese Form des Buddhismus ist in Japan unter *zen* bekannt.

chaomian Chinesische Nudeln.

chiling (phyi gling) Die Engländer, von denen viele blaue oder graue Augen haben, die die Tibeter als weiß bezeichnen und grauenvoll finden. Wörtlich bedeutet der Begriff ein außerhalb gelegenes, durch das Meer abgetrenntes Land.

chiwa (ici ba) In den lokalen Dialekten gibt es sehr verschiedene Bezeichnungen für die getrockneten Fladen des Viehs, die man auf Weiden aufsammelt. Die meisten Tibeter haben kein anderes Heizmaterial.

chörten Tibetische Form des indischen Stupa.

chupa Das lange und faltenreiche traditionelle Gewand der Tibeter. Siehe *ambag*.

chuter (chu gter) Der tibetischen Geographie zufolge handelt es sich um einen Wassergürtel, der die Erde an ihrem äußersten Rand umgibt. Wörtlich bedeutet *chuter* Wasserschatz.

dajiu Starker chinesischer Weinbrand. Der Genuß von Alkohol, der im Prinzip allen Buddhisten verboten ist, wurde von Tsongkhapa den Mönchen seiner Sekte, *gelugpas* (Gelbmützen), ausdrücklich untersagt. In der Praxis fühlen sich die einfachen Mönche, die *trapas*, keineswegs unter dem Zwang, diese Regel außerhalb ihrer Klöster zu befolgen. Das gleiche gilt für die Regel der Keuschheit.

daoshi So wie alle Ausländer alle tibetischen Mönche gleichermaßen als *lamas* bezeichnen, obwohl nur Würdenträger Anrecht auf diesen Titel haben, so bezeichnen sie auch alle taoistischen Mönche als *daoshi*. Das ist jedoch ein Irrtum. Die einfachen taoistischen Gläubigen sind *daomin*, während *daoshi* diejenigen sind, die sich einer höheren religiösen Schulung unterzogen haben und in die Geheimlehren eingeweiht sind.

djagpa Räuber, Bandit.

dokpa (brog pa) Tibetischer Nomade.

dorje (rdo rje) Ein kleiner ritueller Gegenstand, der die Methode, die Aktivität symbolisiert, *vajra* im Sanskrit.

drubthob (grub thob) Ein spirituell verwirklichter Meister, der über besondere Kräfte verfügt, *siddha* im Sanskrit.

fo Chinesische Bezeichnung für Buddha, *jiao* für Religion, *fo-jiao* Buddhismus.

gamti oder gamtri (sgam khri) Wörtlich: Kastensitz. Es handelt sich dabei in der Tat um eine Art Kasten ohne Deckel. Drei der Seiten sind niedrig, die vierte ist hoch und dient als Rückenlehne. Dieser »Kasten« ist nicht sehr tief und mit Kissen ausgefüllt. Der *lama* oder der *gomchen* setzt sich mit gekreuzten Beinen darauf. Die Seitenwände des Kastens hindern ihn daran, sie auszustrecken. Er benutzt diesen Sitz während der Zeiten, die der Meditation geweiht sind. Manche der Eremiten, die ihr Leben der Meditation widmen, schlafen auch in diesem Kastensitz, ohne sich jemals auszustrecken. Sie begnügen sich damit, sich an der Rückenlehne abzustützen, die immer höher als ihr Kopf reicht.

gomchen (sgom chen) Wörtlich: Großer Meditierender. Übliche Bezeichnung für die kontemplativen tibetischen Einsiedler.

gompa (dgon pa) Alexandra David-Néel hat in mehreren ihrer Bücher ausführlich dargestellt, daß tibetische Klöster, *gompas*, katholischen Klöstern in keiner Weise ähnlich sind. Eine *gompa* ist, je nach Größe, ein Dorf oder eine Stadt, die ausschließlich von Mönchen bewohnt wird. Diese legen weder ein Gelübde des Gehorsams noch der Armut ab. Ihr jeweiliger Lebensstandard hängt von ihrem persönlichen Vermögen ab, den Einkünften, die ihre Arbeit ihnen einbringt, oder von der Unterstützung, die ihre Familie ihnen gewährt. Die Bewohner des Klosters leben nicht zusammen. Die *gompa*, die meist von Mauern umfriedet ist, umfaßt Straßen und Alleen, an denen sich Häuser aller Art erheben, die den Mönchen der *gompa* gehören. In diesen Wohnungen, von den prachtvollen Häusern der *tulku-lamas* und anderer Würdenträger bis hin zu den bescheidenen Zellen der armen Mönche, lebt jeder *trapa* für sich allein. Er ißt zu Hause, schläft zu Hause, studiert und arbeitet zu Hause und muß sich nur an die Regel halten, den allgemeinen Versammlungen am Morgen und am Abend beizuwohnen und vor Sonnenuntergang in die Klosterumfriedung zurückzukehren.

gomthag (sgom thag) Wörtlich: Meditationsriemen. Ein langes Band oder eine Schnur aus festem Stoff, die man um Lenden und Knie windet, wenn man mit gekreuzten Beinen sitzt. Diese Schnur dient als Stütze, denn sie ermöglicht es, während der Zeit der Meditation den Oberkörper aufrecht zu halten.

heshang Chinesische Bezeichnung für buddhistischen Mönch.

hui-hui Moslems, die nicht chinesischer Abstammung sind. In Ostchina nennt man alle Moslems so.

hun Seele.

kabse Eine Art Gebäck.

kang Eine erhöhte Ebene aus Ziegelsteinen und Erde, die zugleich als Bett und als Heizquelle dient. Im Winter zündet man darunter ein Feuer an, das durch Öffnungen in der Mauer von außen genährt wird. Der Rauch zieht mehr oder weniger gut durch die gleichen Öffnungen ab. Als Brennstoff dient der Mist aus den Ställen.

khadak (kha btags) Eine lange Schärpe, die man Menschen zum Gruß darbietet, denen man respektvolle Verehrung erweisen will. Die Qualität des Stoffes und die Länge der Schärpe hängen vom sozialen Stand dessen ab, dem man sie entgegenbringt, und von den Mitteln desjenigen, der sie offeriert. Solche Schärpen werden von Gläubigen auch den Standbildern der Götter dargebracht.

küma Dieb.

kunda (sku dra) Kleine oder auch größere Statue, die eine Gottheit oder einen verstorbenen *lama* darstellt.

kuschab (sku zhabs) Gleichbedeutend mit Herr, jedoch mit einer Spur von Ehrerbietung, etwas so wie Sir im Englischen.

kyangs (rkyang) Große, wilde Esel. Sie leben in Herden in den tibetischen Einöden und gesellen sich gern zu den Pferden und den Maultieren, denen sie auf den Weiden begegnen. Vor allem nachts nähern sie sich ihnen, fast wie um sie aufzufordern, sich ihnen anzuschließen, und manchmal tun die Pferde dies auch.

lama (blama) Dieser Begriff bedeutet »erhaben, außerordentlich«. Alleiniges Recht darauf haben die geistlichen Würdenträger, die *tulkus (sprul sku)*, die von Ausländern fälschlicherweise als »lebende Buddhas« bezeichnet werden. Im erweiterten Sinn bezeichnet man mit dem Titel *lama* auch die Oberhäupter großer Klöster und herausragende Gelehrte. Die Mehrzahl der Mönche sind *trapas*, was soviel bedeutet wie »Student, Schüler«. Aus Höflichkeit wird die Bezeichnung *lama* auch auf alle Mönchen ausgedehnt, die eine etwas höhere Stellung einnehmen.

lha kang (lha kang) Wörtlich: Haus der Götter. Tempel.

li Chinesisches Längenmaß.

loie Chinesische Bezeichnung für den Verwalter im Kloster, der sich mit der Abwicklung weltlicher Angelegenheiten befaßt. *Er loie* bedeutet zweiter Verwalter.

lun Vorschrift, Gebot.

manzi Verächtlicher Name, der soviel wie »Barbar« bedeutet, mit dem die Chinesen in den Grenzgebieten ihre tibetischen Nachbarn und vor allem die Hirten aus Qinghai bezeichnen.

mo (mo) Methode der Weissagung, zu der die Tibeter Zuflucht nehmen. Eine Art Orakel.

momos Gefüllte Teigtaschen.

mopa (mo pa) Wahrsager, der die Kunst der *mos* beherrscht.

nämo (gnasmo) Gastwirtin. In Tibet ist es Brauch, jede Hausherrin niederen und mittleren sozialen Standes so anzureden.

naga Sanskrit-Bezeichnungen für die Gottheiten des Wassers. Ihr tibetischer Name ist *lu (klu)*, dennoch ist in Tibet der Begriff *naga* gebräuchlich.

naljorpa (rnal 'byorpa) Wörtlich: Jemand, der den Zustand vollkommenen Friedens erreicht hat, der sich dem Wahren, dem Eigentlichen an»jocht«.

nambu Dicker, sehr warmer, aber rauher Wollstoff.

namche (rnam shes) Bewußtsein. Das bewußte Prinzip des Menschen.

ngagpa (snags pa) Ein Ausübender der Geheimlehren des Buddha.

norbu gö dö pung dzom (norbu dgos dos spungs dzoms) Wörtlich: Das Juwel, das die Anhäufungen des Gewünschten und Benötigten ansammelt, d. h. das einem verschafft, was man sich wünscht.

norbu rimpoche (nor bu rnpoche) Das ganz außerordentliche Juwel. Die Tibeter kennen eine ganze Reihe von zauberkräftigen Juwelen, unter anderem jenes, das Glück verschafft, *norbu sam pel (norbu bsam hpel)*.

phowa (pho ba) Die Übung bzw. der mystische Text, der von einem *lama* gesprochen wird, der eine besondere Einführung in diesen Ritus erfahren hat, und den Geist des Sterbenden in das Paradies der Großen Glückseligkeit geleitet.

ping Fadennudeln aus Sojamehl.

po Niedere Geister.

saphug Von *sa*, Erde, und *phug*, Höhlung, Höhle.

sen (gzan) Ein sehr langer, breiter Schal, in den sich die buddhistischen Mönche hüllen und der ihnen als Obergewand dient. Er ist ihr wesentliches Kleidungsstück. Die buddhistischen Mönche in den Ländern des Südens und in Tibet tragen ihn ständig. In China und in Japan ist er kürzer und schmaler, und die Mönche tragen ihn nur, wenn sie meditieren oder kultische Handlungen vollziehen.

sung (gzungs) Eine schutzbringende Zauberformel, die Wirkung ausübt auf die wesentlichen Bestandteile der Dinge. In der Regel auf ein Stück Papier geschrieben. Im tieferen Sinne ist ein *sung* eine sprachliche Anrufung der eigenen innersten Buddha-gleichen Natur in uns.

thangka Tibetisches Rollbild, das verschiedenste, meist aber religiöse Motive darstellt.

tingngedzin (ting nge 'dzin) Wörtlich: Die Tiefe erfassen, bezeichnet alle möglichen Versenkungszustände während der konzentrativen Meditation.

tongzi Kleine chinesische Münzen.

trapa, eigentlich *trawa (graw pa)* Wörtlich: Student, Schüler. So werden alle lamaistischen Mönche bezeichnet. Im präzisen Sprachgebrauch steht der Begriff *lama (blama),* Vortrefflicher, nur den herausragenden Mitgliedern der Geistlichkeit zu. Siehe *lama.*

trowo (khrobo) Schreckliche Gottheiten.

tsa tsa Figürliche, plastische Darstellung, die aus Erde und Ton und den pulverisierten Überresten meist höhergestellter *lamas* geformt werden.

tsam (mtshams) Zeit der Zurückgezogenheit, die der Meditation oder magischen Praktiken geweiht ist.

tsampa (tsam pa) Mehl aus gerösteter Gerste. Die Tibeter befeuchten es mit Tee oder, mangels Tee, mit Wasser, kneten es mit einer Hand (niemals mit zwei Händen) und formen längliche Klößchen daraus, die *pag* genannt werden. Sie essen diese anstelle von Brot, und sie bilden ihr wesentlichstes Nahrungsmittel.

Tso Ngönpo (mtso sgnon po) Der blaue See, den man auf Karten häufig unter dem mongolischen Namen Kukunor findet. Die ganze Gegend ist nach ihm benannt. Die Chinesen nennen ihn *Qinghai,* das grüne Meer.

tuma So heißt eine wildwachsende Wurzel, die in den hochgelegenen, unbebauten Gebieten wächst. Sie schmeckt ein wenig wie Eßkastanie.

urussu Die Russen.

wangkur (dbang skur) bedeutet »Übertragung von Macht«, »eine Initiation verleihen«. Siehe dazu: A. David-Néel, *Initiations lamaiques,* Paris 1930. (Dt. *Der Weg der Erleuchtung. Geheimlehren, Zeremonien und Riten in Tibet,* Stuttgart 1960.)

yamen Regierungsgebäude des Stadt- oder Provinzverwalters.

ya tsen (ya mtshan) Welch ein Wunder. Tibetischer Ausruf, der höchstes, bewunderndes Erstaunen ausdrückt.